LA MAISON DE RÊVE
DU LAC PARADIS

MANUELA INUSA

LA MAISON DE RÊVE DU LAC PARADIS

Traduit de l'allemand par Audrey Rivière

ÉDITIONS PRISMA

Titre de l'édition originale :
Lake Paradise – Ein Zuhause für das Glück

ISBN : 978-2-8104-4205-8

Pour Sibah, Leila et Hakim
– ma famille, ma maison, mon bonheur

Chapitre 1

C'était un lundi matin ordinaire à Lac Paradis, Nebraska, un village de quatre mille habitants entouré de champs de maïs et d'un lac idyllique auquel il devait son nom. Murielle, Delores et Sadie étaient assises comme tous les matins à huit heures au Café Paradis et échangeaient les derniers potins, n'omettant aucun détail, même le plus insignifiant.

– J'ai entendu dire qu'ils s'étaient encore disputés. Assez fort même. On les a entendus jusqu'au bout de la rue, raconta Sadie qui, à soixante-trois ans, *était* la plus jeune des trois et une vendeuse de glaces à plein temps aux Crèmes glacées Paradis.

– Qui se sont disputés ? demanda Delores.

Elle avait soixante-douze ans et était parfois un peu difficile à comprendre.

Murielle et Sadie la regardèrent en fronçant les sourcils jusqu'à ce que Delores ouvre la bouche et laisse échapper un « aaah » muet. Il s'agissait bien sûr de Savannah Keller, la nièce de Sadie et la propriétaire du seul hôtel de la ville, l'Auberge Paradis. La jeune femme ne vivait manifestement pas le plus heureux des mariages et était souvent le sujet de conversation de la matinée.

– Je lui souhaite tellement de se reprendre et de trouver l'homme qu'elle mérite, dit Murielle, une femme rondelette aux cheveux permanentés, qui n'était pas mariée et avait huit chats à la maison.

Sadie et Delores l'approuvaient d'un signe de tête, lorsqu'une voix éraillée les fit se retourner à l'unisson vers le comptoir derrière lequel Nolan était au téléphone.

– Comment ça, vous ne pouvez pas me livrer le sirop de caramel avant jeudi ? Comment voulez-vous que je prépare un macchiato au caramel sans sirop de caramel ? demanda-t-il presque hystériquement en s'éventant de la main pour se donner de l'air.

Elles avaient l'habitude de cela. Chaque petit problème devenait un éléphant pour Nolan, ce qui faisait une fois de plus secouer la tête de Murielle.

– Nous devons lui trouver quelqu'un de toute urgence, conclut-elle.

– Mais cela pourrait s'avérer difficile, s'inquiéta Sadie.

Après tout, Nolan était le seul habitant ouvertement gay de Lac Paradis.

– Mon neveu Paul, qui habite à Lincoln, a quelques amis homosexuels, raconta Delores.

– Mais nous ne voulons pas que Nolan s'installe dans la capitale. Il fait le meilleur café à des kilomètres à la ronde, leur rappela Murielle.

Les deux autres étaient d'accord avec elle. Depuis que Nolan avait emménagé ici il y a deux ans, on avait enfin droit à un vrai café et on n'était plus obligé de se contenter de ce breuvage aqueux de la station-service ou du café de campagne écologique et décaféiné de la boulangerie bio. Nolan n'avait pas prévu de rester lorsqu'il était venu rendre visite à sa grand-tante Alma malade. Mais le café était vide, il était immédiatement tombé amoureux de l'endroit et avait eu une vision qu'il avait mise en œuvre en seulement quatre semaines. Depuis lors, la place centrale de la ville ne s'était pas seulement enrichie d'un commerce, mais Lac Paradis avait également gagné un précieux habitant.

Nolan termina sa conversation téléphonique, s'appuya sur le comptoir et poussa un profond soupir. Puis il leva brusquement les yeux, comme s'il s'était rendu compte qu'on l'observait. Les trois femmes retournèrent rapidement à leurs cafés, aux muffins à la banane et à leur sujet de conversation précédent. Mais Nolan ne se laissa pas abuser. Avant même qu'elles ne s'en rendent compte, il était déjà à leur table et disait :

– Alors, mesdames, de quoi parlez-vous aujourd'hui ? J'ai l'impression qu'il s'agit de moi.

– Oh, mon cher, nous pensons juste que tu as besoin d'un partenaire à tes côtés, dit Delores, qui fut aussitôt bousculée par Murielle sous la table.

– Vous êtes adorables, répondit Nolan. Eh bien, si vous connaissez un homme gay sympa chez les pompiers volontaires, n'hésitez pas à me l'envoyer. J'ai toujours eu un faible pour les pompiers.

– Nous garderons les yeux et les oreilles ouverts, promit Sadie.

Et alors que Delores s'apprêtait à reparler de son neveu Paul à Lincoln, la porte s'ouvrit, la cloche du magasin retentit et Lexi Dawson entra dans le café. Elle leur fit un signe de la main en souriant et se dirigea vers le comptoir où elle fut servie par Rhonda qui portait aujourd'hui une casquette à motif léopard.

Murielle, Delores et Sadie fixèrent discrètement Lexi, qui avait attaché ses cheveux blonds bouclés en une haute queue de cheval et portait un blue-jean, un pull bleu clair douillet et des baskets blanches. Nolan s'assit à la table avec elles et regarda la jeune femme.

– Qu'est-ce que vous avez de nouveau à dire sur elle ? demanda-t-il à voix basse.

– Rien du tout, répondit Sadie.

– Absolument rien, dit Murielle.

– La pauvre a l'air encore plus seule que toi, fit Delores, ce qui amena Nolan à lui lancer un regard désapprobateur.

– Tu sais ce qui lui est arrivé, hein ? demanda Murielle, et Nolan hocha la tête.

– C'était il y a un peu plus de deux ans, n'est-ce pas ? Quelques semaines avant que je n'emménage ici.

– Oui.

Sadie baissa brièvement les yeux.

– Un tragique accident. Le mariage était déjà planifié, la robe ajustée, la vaisselle choisie, les fleurs commandées, le traiteur engagé… Pauvre, pauvre Lexi. Personne n'a vraiment servi à rien.

Tous les quatre regardèrent la jeune femme avec regret. Elle paya, prit son café à emporter et leur souhaita une bonne journée en sortant.

– Pauvre, pauvre Lexi, répéta Delores à Sadie.

Et le reste de la table ne put qu'être d'accord avec elles.

Chapitre 2

Lexi sortit du café et secoua la tête d'un air amusé. Que les commères de la ville parlent d'elle, c'était évident, et ce n'était pas nouveau, mais que Nolan commence à devenir l'une d'entre elles, c'était vraiment drôle. Eh bien, elle l'en félicitait. Si ça l'amusait de raconter des ragots sur les gens, il n'avait qu'à le faire. Elle était d'avis que tant qu'on ne faisait de mal à personne, on avait le droit de faire ce qu'on voulait. Et le trio ne blessait personne, et cela ne changerait pas en tant que quatuor. Ils étaient comme un journal ambulant que tous ceux qui s'intéressaient aux nouvelles de Lac Paradis pouvaient lire.

Lexi prit une gorgée de son café au lait et, comme c'était une belle matinée ensoleillée de septembre, elle se promena sur la place de la ville. Elle passa devant le kiosque à journaux, le salon des animaux et Rupert qui était en train d'empiler des épis de maïs devant son supermarché. Elle passa ensuite devant la boutique de sa mère, qui était encore fermée, devant la mairie et sa grande horloge, qui avait toujours trois minutes de retard, et devant la poste, qui faisait également office de banque, de notaire et de cabinet d'avocats de la ville. Elle rencontra ensuite Buddy, un petit homme d'une cinquantaine d'années qui se qualifiait lui-même de « poète de la ville » et qui distribuait chaque matin un nouveau poème traitant d'un sujet d'actualité à Lac Paradis. Il lui tendit un papier et Lexi continua à flâner le long de la partie centrale de la place, recouverte de gazon, où Lindsay, l'actuelle princesse du maïs, proposait justement son cours de yoga matinal pour les personnes âgées. Lexi salua les personnes âgées et se dirigea vers la vieille maison de style colonial que le maire Doyle avait transformée en musée du Maïs deux ans plus tôt, car il estimait que la ville en avait absolument besoin. À l'époque, cela avait bien arrangé Lexi. Après la mort de Keith, elle n'avait plus vu aucun sens à la vie et avait été heureuse de voir qu'à l'assemblée municipale, on cherchait des volontaires qui avaient envie et le temps d'aider à aménager le musée. Elle avait eu plus de temps qu'il n'en fallait, car non seulement le mariage et la lune de miel étaient passés à la trappe, mais aussi tout ce qu'elle avait imaginé pour les années à venir. La vie d'épouse et de mère dont elle avait rêvé. Au lieu de cela, elle avait peint les murs du musée, ciré les sols, déplacé les meubles, décoré les vitrines, accroché les affiches et finalement même proposé de travailler dans le musée. Comme guide, caissière, bonne à tout faire, peu importe, du moment que cela lui permettait de ne pas penser à la douleur qui l'accablait tellement qu'elle ne savait pas comment vivre avec. Tout ce qui pouvait l'empêcher de penser à Keith et à ses chances perdues était bienvenu.

Lexi ouvrit le musée, accrocha le panneau « Ouvert » sur la porte.

Elle se plaça derrière la barre d'accueil qui se trouvait juste à côté de la fenêtre. De là, elle avait une vue imprenable sur toute la place de la ville, sur tous les magasins et sur les gens qu'elle connaissait d'aussi loin qu'elle se souvienne.

Lexi, ou Alexis Ursula Dawson, était née et avait grandi à Lac Paradis, ne l'avait jamais quitté et se réjouissait d'y vieillir. Sa famille vivait ici, sa meilleure amie Trish et tous ceux qui comptaient pour elle. À l'exception de sa sœur aînée Helena, qui vivait à Kansas City avec son mari et ses enfants, et de son jeune frère Tommy, qui était parti à l'université d'Omaha.

Keith était aussi d'ici, Lexi et lui avaient toujours été dans la même classe depuis l'école maternelle, étaient tombés amoureux à dix-sept ans, s'étaient fiancés à dix-neuf ans et avaient planifié leur mariage à vingt ans. Tout était déjà prêt et ils se réjouissaient de passer le reste de leur vie ensemble. Ils avaient tous les deux décidé de ne pas aller à l'université, mais de rester à Lac Paradis. Keith avait commencé à travailler dans l'usine de tortillas de son père et Lexi avait trouvé un emploi temporaire dans une boulangerie bio. Elle avait également appris à faire de la pâtisserie et de la cuisine et avait aménagé la maison où avaient vécu autrefois ses grands-parents Murphy et Ursula. Deux semaines avant le mariage, Keith lui a demandé si elle était d'accord pour qu'il parte seul dans la forêt, pour faire un peu de randonnée et camper une nuit ou deux. C'était la façon qu'avait Keith de se vider la tête – comment aurait-elle pu le lui refuser ?

Et comment aurait-elle pu se douter qu'il ne reviendrait pas vers elle ?

Lexi soupira et regarda en direction du chemin Paradis, une petite rue latérale où se trouvait la deuxième maison la plus luxueuse de la ville. Elle était de style victorien, peinte en bleu et blanc, et était habitée par une ancienne diva hollywoodienne du nom d'Ava Garland, qui y vivait avec son perroquet Sinatra. La maison était magnifique, mais rien à voir avec la propriété de l'homme le plus riche des environs : Vincent Highmore, qui possédait des champs de maïs à perte de vue et avait gagné des millions avec son empire du maïs. Son imposante villa se trouvait à la périphérie de la ville, ce qui convenait à la plupart des habitants de Lac Paradis, car Vincent Highmore était certes un homme respecté, mais pas très apprécié, et à Lac Paradis, on était heureux de ne pas être trop proche de lui.

Lexi sortit alors de sa poche le papier que Buddy lui avait tendu plus tôt et lut le poème du jour. Comme toujours, il était écrit à la main et imprimé sur un papier jaune.

Oh, toi, pot de yaourt à la cerise vide
Comme tu me rends triste
Il y a quelques instants encore, tu étais plein de vie, de saveur et d'intégrité, maintenant tu es vide.
Vide
Vide à jamais.

Elle ne put s'empêcher de sourire. *Oh, Buddy, tes sujets deviennent de plus en plus insignifiants*, pensa-t-elle. Et elle se demanda ce que le pot de yaourt pouvait bien refléter comme sujet d'actualité. Peut-être était-il une métaphore de quelque chose de complètement différent et d'une grande importance pour Buddy, qui le savait ? Alors que Lexi se demandait encore ce qu'il pouvait bien représenter, la cloche du magasin retentit et elle regarda la porte. Edda entra dans le musée. Elle était la directrice et la seule autre employée ici. Lexi la connaissait depuis toujours, car elle était une amie de ses grands-parents.

La femme âgée la regarda avec une expression incroyablement durable, et Lexi se douta de quoi il s'agissait. Elle attendait secrètement ce message depuis des mois. Et maintenant, le moment était venu.

– Lexi, ma chérie, je suis désolée, mais la décision a dû être prise hier soir encore au conseil municipal, et je viens de l'apprendre moi-même, commença Edda.

Ses cheveux blancs étaient coiffés en chignon et ses rides profondes racontaient une longue et intéressante histoire de vie.

– Je fais mes valises, dit Lexi tout de suite, pour ne pas rendre les choses plus difficiles pour Edda.

– Je suis vraiment désolée, dit à nouveau cette dernière. Mais tu vois bien qu'il ne se passe absolument rien ici. Le budget ne suffit tout simplement plus pour deux employés.

Lexi hocha la tête. Elle s'étonnait que l'on puisse maintenir le musée en activité, car sur l'ensemble de la semaine dernière, ils n'avaient reçu que douze visiteurs. Et avec une entrée à quatre dollars par personne, on pouvait calculer que cela ne couvrait même pas les frais de fonctionnement, et encore moins le salaire des employés. Il y a deux ans, juste après l'ouverture, tous les nouveaux citadins avides étaient passés par là, mais pourquoi visiter plus d'une fois un musée du Maïs ? Certes, des classes d'écoles de Lac Paradis et des villes voisines venaient de temps en temps, mais il était rare que quelques touristes de passage ou hébergés à l'auberge Paradis s'y égarent. L'histoire du maïs ne semblait pas intéresser beaucoup de monde et Lexi craignait même que le musée ne doive bientôt fermer complètement.

Elle regarda Edda.

– Je comprends tout à fait. Ce n'est pas grave, je trouverai certainement un autre travail.

– J'en suis sûre. Tu es pourtant une personne si gentille. Si joyeuse.

Joyeuse, oui, elle l'avait été. Mais ces derniers temps, il y avait des jours où elle avait du mal à esquisser un sourire. Tout était tellement désespéré, elle n'avait plus aucune perspective.

La seule chose qui lui procurait encore du plaisir était le dessin. Elle avait toujours aimé faire des portraits et acceptait de temps en temps des commandes. Malheureusement, elle ne pouvait pas en vivre.

Lexi but sa dernière gorgée de café, qui était déjà froid, et jeta le gobelet en carton dans la poubelle. Elle prit ensuite l'un des sacs en papier imprimés de petits épis de maïs dans lesquels elles mettaient habituellement les souvenirs en vente au musée et rassembla ses quelques affaires : une tasse en céramique portant l'inscription

« Meilleure fille du monde », que sa mère lui avait offerte un après-midi, quelques crayons, son gel hygiénique, deux barres de chocolat Her shey's, le paquet de bonbons au gingembre et... c'est tout. Le sac à la main, elle promit à Edda de passer la voir de temps en temps. Puis elle passa la porte.

Une fois de plus, elle se retrouvait sans occupation, avec beaucoup de temps libre qu'elle redoutait déjà.

Chapitre 3

– Tu n'aurais pas besoin de renfort dans le magasin, par hasard ?

Lexi regarda d'un air interrogateur sa mère, qui s'agitait entre les présentoirs de vêtements de la boutique en triant des chemisiers. Elle lui lança un de ces regards compatissants dont elle avait dû recevoir près de quatre-vingt-cinq mille au cours des deux dernières années, trois mois et dix-sept jours, et répondit :

– Tu peux toujours m'aider dans le magasin, je serais même très heureuse de ta compagnie, mais je ne peux malheureusement pas te payer pour cela.

Oui, c'est ce qu'elle avait pensé. La Boutique Paradis était une entreprise d'un seul homme – ou plutôt d'une *seule* femme – comme la plupart des autres commerces de la ville. Elle permettait à ses parents de rester à flot, car c'était le seul magasin de vêtements de la région, mais elle n'offrait malheureusement pas grand-chose de plus.

– C'est bon, je vais sûrement trouver autre chose.

Encore ce regard. Sa mère, qui était son portrait craché, juste trente ans de plus, lissait un chemisier à motifs floraux accroché à l'un des présentoirs.

– Quel dommage qu'ils n'aient plus besoin de toi au musée. Est-ce que tu vas t'en sortir ? Tu arriveras à joindre les deux bouts ? Ton père et moi pourrions te prêter de l'argent en attendant que tu trouves quelque chose de nouveau.

– C'est bon, j'ai mis un peu de côté.

Et en cas de besoin, elle avait toujours l'argent que des parents lointains lui avaient envoyé pour son mariage. Lexi avait voulu le renvoyer, mais sa frêle grand-tante Betsy à Orlando et Ludwig, son cousin au second degré à Düsseldorf, n'avaient pas voulu en entendre parler. Jusqu'à présent, elle n'y avait pas touché, elle n'avait pas pu, mais si elle n'était bientôt même plus en mesure de s'acheter quelque chose à manger, elle serait bien obligée de le faire. Car trouver un nouveau travail à Lac Paradis ne serait pas aussi facile qu'elle le laissait entendre à sa mère. Peut-être pourrait-elle s'occuper de quelques habitants âgés de la ville, après tout, elle aidait souvent bénévolement à la maison de retraite. Cependant, elle n'était pas sûre que cela soit possible en tant qu'infirmière non qualifiée. Mais peut-être qu'un des deux propriétaires de supermarché concurrents cherchait de l'aide dans son magasin, qu'elle pourrait remplir les rayons ou autre chose. Et si rien d'autre ne se présentait, elle devrait travailler dans l'une des fermes autour de Lac Paradis.

À ce moment-là, Lexi regretta vraiment de ne pas être allée à l'université après le lycée et de ne pas avoir appris quelque chose. C'est ainsi qu'elle avait toujours imaginé sa vie : obtenir son diplôme de fin d'études, épouser Keith, avoir deux ou quatre enfants, cuisiner, faire de la pâtisserie, jardiner, lire, conduire les enfants à l'école ou chez les scouts, faire du bénévolat, continuer à dessiner, vendre un tableau de temps en temps et être parfaitement heureuse.

Être heureuse. Comme sa propre mère l'avait été pendant de nombreuses années, avant que les enfants ne grandissent et qu'elle ne s'ennuie à un moment donné et n'ouvre sa boutique.

Comme elle avait été naïve, pensa Lexi.

Elle mordillait nerveusement sa lèvre inférieure et savait déjà qu'il ne lui resterait probablement qu'une seule possibilité – et elle l'avait évitée avec succès jusqu'à présent.

– Et si tu demandais à Trish de t'embaucher ? dit sa mère à ce moment-là, comme si elle pouvait lire dans ses pensées.

Lexi la fixa du regard. Comment faisait-elle toujours ça ?

– Oui, peut-être, répondit-elle à demi-mot.

Que pouvait-elle faire d'autre ?

Après avoir posé quelques questions et n'avoir rien trouvé d'autre que le secret du pot de yaourt à la cerise – Rupert proposait cette semaine des yaourts à la cerise pour quarante-neuf cents, comme l'annonçait une affiche dans sa vitrine –, Lexi se trouva quelques heures plus tard devant le salon animalier de Trish. Sa meilleure amie avait ouvert Le Paradis des animaux il y a un peu plus d'un an, après avoir suivi quelques cours de soins aux animaux. Et elle était persuadée qu'un salon animalier pourrait devenir le commerce le plus lucratif de tout Lac Paradis, étant donné que près de la moitié des habitants avaient un animal de compagnie. L'animalerie de l'avenue Paradis faisait un chiffre d'affaires incroyable et tous les animaux qui y étaient achetés ou nourris avaient besoin d'un bain, d'un toilettage, d'une nourriture et d'une boisson, il fallait leur couper les ongles et le bec, les épouiller et tout le reste. La première fois que Lexi avait entendu le mot « épouiller » dans la bouche de son amie, elle avait fait la grimace et avait décliné l'offre de Trish de se joindre à elle.

Mais maintenant... elle ne voyait pas d'autre solution.

Elle entra dans le salon et vit Trish qui était en train de faire un shampoing à un chien. Si elle ne se trompait pas, il s'agissait de Flax, le colley de Howie. Howie était l'autre propriétaire du supermarché de Lac Paradis, qui se livrait depuis des années à une concurrence acharnée avec Rupert. Ce n'était pas étonnant, car les deux supermarchés se trouvaient directement sur la place de la ville : celui de Howie du côté ouest, celui de Rupert du côté est. Ils auraient pu se faire signe s'ils l'avaient voulu. Mais bien sûr, l'idée ne leur était jamais venue, ils étaient plutôt occupés à s'insulter, à se battre sur les prix, à proposer les produits les plus récents et les plus exclusifs et à s'échanger les insultes les plus méchantes. Lorsque Howie avait également volé la petite amie de Rupert, le vase avait débordé. Depuis, ils se détestaient cordialement, au grand dam de leurs clients qui devaient constamment écouter leurs histoires alors qu'ils ne voulaient qu'acheter un concombre. Une fois, Lexi s'était même rendue au grand magasin discount, mais il se trouvait à une demi-heure de route, ce qui n'en valait pas la peine. Après tout, elle n'avait guère besoin d'acheter de la nourriture, elle vivait seule, et cela ne changerait certainement pas de sitôt.

– Hé, Lexi, quelle surprise, entendit-elle Trish dire tandis que le chien se secouait et aspergeait de mousse son amie, qui portait un tablier en plastique rose par-dessus sa tenue noire.

Trish se mit à rire.

Lexi la regarda avec espoir.

– Salut, Trish. Comment vas-tu ?

– Je vais très bien. Et toi ?

– Malheureusement, pas si exaltant. Je me suis fait virer aujourd'hui.

Trish leva les yeux.

– Au musée ? Pourquoi ça ?

– Nous ne pouvons tout simplement plus nous permettre d'avoir deux employées.

– Oh, je suis désolée, mais ce travail était totalement ennuyeux de toute façon. Et tu peux commencer chez moi quand tu veux, mon offre tient toujours.

– Mais tu as déjà engagé Rebecca depuis longtemps.

Rebecca était la sœur de Trish, âgée de seize ans, qui aidait souvent au salon après l'école et le samedi.

– Becky n'est qu'une intérimaire. J'aurais vraiment besoin d'une employée à plein temps, car je suis submergée de travail depuis longtemps.

– Vraiment ? Et tu peux te le permettre ?

– Je peux. Si tu nous rejoins, nous pourrons même accepter d'autres missions. Ça vaut la peine, Lexi, je te l'ai dit dès le début, mais tu préférais rester assise dans un musée poussiéreux où il n'y a pas plus d'un visiteur par jour.

– Il y en a déjà quelques-uns de plus, rectifia-t-elle. La semaine dernière, ils étaient douze.

– Ah, douze ? Tant que ça ? S'il te plaît, excuse-moi d'avoir si mal évalué la situation, dit Trish, sarcastique.

– Haha.

– Tu sais, je pense que le fait que tu te sois fait virer de là est la meilleure chose qui puisse t'arriver. Alors, tu veux le poste ou pas ?

Son amie la regarda d'un air interrogateur.

– Je le veux. Mais je n'ai aucune idée de ce que sont les soins aux animaux. Tu vas devoir m'apprendre des choses, dit-elle, car même si elle aimait vraiment les animaux, elle n'en connaissait que peu les habitudes.

Enfant, elle avait eu un hamster, mais elle ne se souvenait pas si sa mère l'avait jamais emmené dans un salon de toilettage.

– On va s'en occuper.

Trish lui adressa un large sourire.

– Ah, je suis contente, dit-elle ensuite en s'approchant d'elle, les bras écartés.

Comme il y avait de la mousse partout sur elle, Lexi en fut aussi pleine, mais cela ne la dérangea pas le moins du monde. L'essentiel était qu'elle ne soit pas obligée d'aller cueillir du maïs.

– Merci, Trish, j'apprécie vraiment que tu fasses ça pour moi.

Elle était sincèrement soulagée.

– Pas de problème.

Trish commença à frotter le chien pour le sécher.

– Je suis contente que tu aies enfin repris tes esprits. Ce sera sûrement très amusant, nous serons ici dans le salon et…

Trish n'alla pas plus loin, car à ce moment-là, la porte s'ouvrit et une Murielle tout excitée s'écria :

– Il y a une grande nouvelle !

Trish leva les yeux.

– Oui, je sais déjà que Lexi a perdu son emploi au musée.

Elle désigna Lexi, qui se tenait hors du champ de vision de Murielle.

Murielle regarda au coin de la rue et dit en secouant la tête :

– Non, non, c'est de l'histoire ancienne.

Lexi fronça les sourcils.

– Comment cela peut-il être de l'eau d'hier, alors que c'est arrivé aujourd'hui ?

– Vous voulez savoir ou pas ? demanda Murielle, et on pouvait voir qu'elle était pressée d'avancer et d'annoncer la nouvelle à tout le monde avant que quelqu'un ne la devance.

– Oui, bien sûr, dit Trish. Raconte !

– Le vieux Highmore est décédé la nuit dernière, dit Murielle en les regardant toutes les deux avec de grands yeux, impatiente de voir leur réaction.

– Quoi ? Vincent Highmore est mort ? demanda Lexi, choquée.

– Non, pas lui ! la corrigea aussitôt Murielle. Son père, Alfred Highmore.

– *Wow*, dit Trish. Cela veut donc dire que Vincent va hériter de plus de champs de maïs et qu'il va bientôt racheter toute la ville.

L'homme possédait déjà un bon quart de toutes les propriétés de Lac Paradis, y compris leurs locaux commerciaux.

– C'est possible. Je dois y aller, s'exclama Murielle, qui avait déjà franchi la porte.

Les deux amies virent par la fenêtre du magasin Delores se précipiter sur la place de la ville, et Lexi était sûre que cela allait dégénérer en un concours de celle qui aurait finalement informé le plus de personnes. Au même moment, Sadie se tenait à la porte de son petit glacier et criait aux gens que le vieux Highmore était mort la nuit dernière.

Alfred Highmore était mort. Cela signifiait non seulement que Lac Paradis ne comptait plus que quatre mille dix-huit habitants, mais aussi qu'un nouvel enterrement aurait bientôt lieu. Un événement auquel peu de gens iraient probablement, sauf les commères, et encore, pour avoir de nouveaux cancans à raconter. Car Alfred n'avait pas été beaucoup plus apprécié que son fils Vincent. Les deux n'avaient jamais pensé qu'au profit. Durant toutes ces années, ils n'avaient pas participé une seule fois à une fête de la ville ou à un défilé. Et rien que pour ça, la plupart des habitants ne les appréciaient pas. Contrairement à Mathilda, la défunte épouse de Vincent. Elle avait été l'une d'entre eux avant de se marier richement et d'emménager dans la villa chic, et elle l'était restée jusqu'à sa mort il y a six ans.

Lexi regarda Trish.

– As-tu l'intention d'aller à l'enterrement ?

– Non, et toi ?

– Non. Je le connaissais à peine.

Elle regarda à nouveau par la fenêtre, où Murielle et Delores se bousculaient pour être les premières à rejoindre Nolan au café.

– Tu crois que…, commença-t-elle.

– Quoi donc ?

– ... Qu'Aaron Highmore viendra à l'enterrement ?

Aaron était le seul enfant de Vincent et de Mathilda Highmore. Il avait été envoyé en pension à l'âge de treize ans et on n'avait plus jamais entendu parler de lui depuis. Mais les histoires les plus folles circulaient sur ce qu'il était devenu.

– Non, je ne pense pas, dit Trish, juste au moment où Murielle faisait un dernier grand pas pour atteindre la porte du café. Il n'était même pas en ville pour l'enterrement de sa mère.

– Oui, tu as probablement raison, dit Lexi.

Secrètement, elle souhaitait autre chose. C'est-à-dire qu'Aaron revienne un jour à Lac Paradis pour qu'elle puisse voir de ses propres yeux ce qu'il était devenu. Car elle ne pouvait pas s'imaginer qu'il était vraiment devenu ce motard drogué, accro au sexe, entièrement tatoué et criminel, qui avait déjà quelques années de prison derrière lui. Pour elle, il était toujours le garçon au nez retroussé qui, en quatrième année, avait récupéré sa nouvelle boîte à pique-nique rose après que Rich Snider la lui avait confisquée. À l'époque, elle s'était juré d'être éternellement reconnaissante envers Aaron, et elle ne l'avait toujours pas oublié.

Chapitre 4

Il descendit de la voiture de location et regarda autour de lui, n'arrivant toujours pas à croire qu'il était vraiment là. Il regarda avec incrédulité des petites filles déguisées en épis de maïs répéter une danse au milieu de la place de la ville.

C'était exactement comme avant, rien n'avait changé. Seul le slogan officiel de l'État du Nebraska, qui ornait une grande bannière tendue entre deux lampadaires à l'ancienne, était nouveau. Il s'intitulait : « Nebraska. Honnêtement, ce n'est pas pour tout le monde. »

Ça ne pouvait être qu'une mauvaise blague, non ?

Pas pour tout le monde ? Le Nebraska n'était pas fait pour tout le monde ? Bien sûr, seuls les péquenauds et les idiots du village pouvaient s'y sentir bien. Mais pourquoi fallait-il le dire aussi clairement et l'écrire en gros sur une bannière ?

Aaron Highmore ferma la porte de la simple BMW noire qu'il avait louée à l'aéroport d'Omaha et ne put que secouer la tête. Sans but précis, il marcha le long du boulevard Paradis et tourna dans la promenade Paradis. Tout ici portait le mot « Paradis » dans son nom. Et le thème de tout semblait être le maïs. Non seulement les petites filles dansant à sa droite ressemblaient à des épis de maïs animés, mais la place était également décorée d'épis de maïs, et ce pour le Festival du Maïs à venir, la fête annuelle du maïs, comme le lui indiquaient quelques affiches. Il découvrit même quelques guirlandes d'épis de maïs. Et dans les vitrines, il y avait également une décoration de maïs très voyante.

Ciel, pourquoi son grand-père avait-il dû choisir la période de la récolte du maïs pour faire ses adieux ?

En fixant l'une des vitrines, Aaron se remémora l'appel qu'il avait reçu deux jours plus tôt...

Il était environ midi. Il était encore au lit, dans son appartement du quartier branché de l'Upper West Side à New York. À quelques rues du fameux Dakota Building, devant lequel John Lennon avait été tué au début des années 1980. Une femme, dont il ne se souvenait plus du nom, était allongée à côté de lui. Cela avait été une folle nuit de fête, avec beaucoup d'alcool, et à la fin, Aaron l'avait ramenée chez lui. Le sexe avait été bon, mais elle n'avait rien de spécial, elle était totalement interchangeable, et dans quelques heures, il l'aurait oubliée. Comme toutes les autres femmes qu'il avait rencontrées ces dernières années et qui n'avaient pas plus d'importance pour lui.

Bien sûr, Aaron avait déjà entendu parler de cette chose qu'on appelle l'amour. Il avait des amis qui le pratiquaient, mais il ne savait pas quoi en faire. Il n'avait jamais appris. Il ne savait pas ce qu'était l'amour, et pour lui, c'était quelque chose qui pouvait tout aussi bien venir d'une autre planète.

La seule personne qu'il avait jamais aimée avait été sa mère. Mais elle non plus n'avait pas pu empêcher son père de l'envoyer, à l'âge de treize ans, dans un internat pour garçons dans le New Jersey, où il n'avait plus personne d'autre que ses camarades de classe, avec lesquels il avait rapidement fait beaucoup de bêtises. Sa mère fut aussi la seule à venir le voir les années suivantes. Et à lui demander sans cesse de passer ses vacances à la maison, dans le Nebraska. Mais Lac Paradis était si loin – et pas seulement géographiquement – et Aaron n'avait absolument pas envie de voir son père. C'est pourquoi il avait préféré rester à l'internat pour faire encore plus de bêtises avec les autres garçons qui ne voulaient ou ne pouvaient pas non plus rentrer à la maison.

Il était devenu un vrai voyou, créant constamment des problèmes et espérant secrètement se mettre son père à dos. De lui rendre ce qu'il lui avait fait en le séparant de sa mère et de ses meilleurs amis. Ou peut-être d'obtenir enfin un peu d'attention. Mais son père ne semblait pas du tout s'intéresser à ce qu'il faisait. Il donnait de ses nouvelles deux fois par an, c'est-à-dire à l'anniversaire d'Aaron et à Noël, lorsqu'il prenait le téléphone de sa mère pour lui glisser quelques mots. Aaron était sûr que sa mère devait forcer son père à lui parler. Et à un moment donné, il n'en avait tout simplement plus rien à faire. Il se fichait de son père. Il avait continué à lui faire payer l'école coûteuse et avait finalement été heureux d'être accepté à Yale, car cela signifiait qu'il n'aurait pas à retourner dans le Nebraska. Il n'avait pas l'intention d'y retourner.

Mais l'année suivante, sa chère mère avait succombé à un cancer qu'elle lui avait caché jusqu'alors, et Aaron fut certain qu'elle était morte si tôt surtout par chagrin. Parce qu'elle devait mener cette vie qu'il détestait tant. Dans cette horrible grande maison isolée, sans son unique enfant bien-aimé. Avec un homme à ses côtés qui aurait tout aussi bien pu être fait de glace, aussi froid et sans cœur qu'il était. C'était le seul souvenir qu'Aaron avait du grand Vincent Highmore, et en fait, il ne voulait plus le revoir. Plus jamais. Pourtant, il avait absolument voulu aller à l'enterrement et rendre un dernier hommage à sa mère. Lui dire adieu. Il avait donc pris l'avion pour le Nebraska et s'était rendu à Lac Paradis, mais il n'était même pas resté deux heures. Dans la voiture de location aux vitres teintées, il s'était rendu au cimetière, s'était caché derrière un arbre pendant l'enterrement et avait pleuré en silence. Puis Aaron était retourné à l'aéroport et avait pris le prochain vol pour la côte Est, où sa vie avait continué. Et où il s'était senti plus seul que jamais.

C'était il y a six ans. À l'époque, il avait dix-neuf ans, il n'était plus vraiment un enfant, mais pas encore un homme. Mais aujourd'hui, il était adulte, gagnait sa vie et savait clairement ce qu'il voulait. Du moins, c'est ce qu'il pensait jusque récemment. Jusqu'à ce qu'il reçoive un appel – non pas de son père, mais de la femme de ménage, Vera.

C'était Vera, qu'il avait toujours appréciée et avec laquelle il était resté en contact jusqu'à aujourd'hui. Aaron s'était rallongé à côté de cette inconnue, et il avait soudain compris quelque chose : il était exactement comme son grand-père qui venait de mourir.

Il était comme son père !

Pas une once de compassion. Pas d'émotions. Rien que du froid. Aucune compréhension de la famille. Et aucune idée de ce que c'était que d'aimer un autre être humain.

Sans hésiter, il avait laissé l'inconnue seule et s'était promené dans les rues de l'Upper Manhattan. Il avait réfléchi à sa vie et à ce qu'elle lui avait apporté jusqu'à présent. Oui, il avait fait de grandes choses dans sa vie professionnelle, il avait conçu plusieurs bâtiments new-yorkais en tant qu'architecte, le dernier en date étant un hôtel particulier qu'il aurait bien aimé habiter lui-même s'il avait eu la famille qu'il faut. Mais il s'était soudain senti complètement perdu. Et c'est là qu'il comprit : il devait retourner à Lac Paradis. Aller au fond de certaines choses. Faire le point avec les autres. Chercher le dialogue avec son père. Lui dire que c'était à cause de lui qu'il était devenu cet être inhumain et insensible.

Lorsqu'il revint dans son appartement, la femme n'était plus là, ni sa Rolex qu'il avait oubliée sur la table de nuit. Mais il s'en moquait. Aaron ouvrit son ordinateur portable, réserva un vol pour le Nebraska et resta assis là pendant les vingt-quatre heures suivantes, sans bouger. À un moment donné, il rassembla quelques affaires, mangea quelque chose, dormit quelques heures, prit un taxi pour l'aéroport de Newark et entreprit le voyage le plus difficile de sa vie.

– Tu as l'air d'aimer la décoration, entendit-il quelqu'un dire et il sortit de sa transe.

À sa gauche, il découvrit une jeune femme aux longues boucles blondes, vêtue d'une veste en jean courte. Elle portait des collants et une robe brune avec ses bottes en faux cuir. Elle lui sourit largement.

– Je... euh..., balbutia-t-il en se demandant pourquoi il n'arrivait pas à prononcer une phrase correcte.

C'était sans doute cette gentillesse écrasante sur le visage de la femme qui le faisait perdre ses moyens. Mais il se rappela alors où il se trouvait. Tout le monde dans cette petite ville était comme ça, n'est-ce pas ? Ici, tout le monde se connaissait encore, s'intéressait à l'autre et se sentait sincèrement concerné – à l'exception bien sûr de certains membres de la famille.

Il se demanda si cette femme savait que son grand-père était mort. Connaissait-elle Alfred Highmore ? Aaron en était presque sûr, car son grand-père était probablement l'homme le plus riche de la région. Ou le deuxième plus riche. Il ne savait pas si son père l'avait dépassé entre-temps. Probablement que oui, car Alfred n'avait possédé qu'un tas de champs de maïs, alors que Vincent était en plus propriétaire de plusieurs usines et biens immobiliers. Du moins, c'était sa dernière situation.

– Tu n'es pas d'ici, n'est-ce pas ? lui demanda la jeune femme. Sinon, tu ne serais sûrement pas aussi fasciné par tout ce maïs.

Fasciné ? Oh là là, elle se trompait complètement. Aaron détestait le maïs, il l'avait toujours détesté. Et pas seulement parce que son père s'était toujours intéressé de plus près à cette stupide céréale. Il ne pensait pas seulement à lui, mais aussi à sa famille qui, avec la culture du maïs, contribuait à la destruction durable de l'environnement. Le taux élevé de nitrate dans les nappes phréatiques, les insecticides utilisés, qui tuaient bien plus que la vermine nuisible, et les manipulations génétiques, avec leurs conséquences sur la santé, étaient des sujets sur lesquels il aurait pu s'énerver pendant des heures. Bien sûr, il ne le fit pas à ce moment-là. Au lieu de cela, il regarda d'un air un peu moqueur la jeune femme qui tenait un bouquet de tournesols à la main.

– Ici, tout tourne encore autour du maïs, hein ?

Il parvint enfin à prononcer une phrase complète.

– Oh, tu es donc déjà venu ici ? Oui, tu vois très bien. Ici, tout tourne autour du maïs.

Elle sourit de nouveau et désigna avec les fleurs le centre de la place de la ville, où d'autres guirlandes de maïs venaient d'être accrochées.

– Ce week-end, il y a la grande fête du Maïs. Il y aura un concours d'épis de maïs, la nouvelle princesse du maïs sera élue et on pourra se régaler de tous les plats imaginables à base de maïs. Ma mère et moi tiendrons le stand de la soupe de maïs, que nous faisons nous-mêmes. Si tu es encore là, viens nous voir.

– Je ne suis pas sûr…

– Tu n'es pas obligé de participer au concours de nourriture.

Elle sourit et porta ensuite les tournesols à son visage, comme si elle voulait les sentir.

– Non, je voulais dire que je ne suis pas sûr d'être encore là à ce moment-là.

C'était mercredi après-midi. L'enterrement aurait lieu vendredi, et il n'y aurait plus rien qui le retiendrait ici.

– Oh, eh bien, si c'est le cas…

Elle le regardait avec des yeux brillants, et à ce moment-là, elle lui sembla familière. Ces taches de rousseur, réparties sur tout son nez, lui rappelaient quelqu'un.

– De la soupe de maïs, hein ? Ça a l'air plutôt dégoûtant.

Il fit une grimace.

Elle rit.

– Mais elle est vraiment délicieuse. Si tu viens, je t'en offre.

– Eh bien, je vais peut-être y réfléchir, dit-il en enfonçant ses pouces dans les poches de son jean.

Tout à coup, il se sentit bizarre, nerveux en quelque sorte, et il ne savait même pas pourquoi. Peut-être à cause de cette villageoise qui faisait de la soupe de maïs ?

Il se racla la gorge.

– Bon, je dois y aller.

– Amuse-toi bien à Lac Paradis. Et si tu ne sais pas encore quoi faire, je peux te recommander le musée du Maïs. Ou le lac, c'est vraiment joli là-bas.

Oh là là, il y avait maintenant un musée du Maïs ? C'était de pire en pire. Mais Aaron avait toujours aimé le lac, il en gardait de très bons souvenirs.

– Merci, dit-il en se dirigeant vers la voiture.

Il devait maintenant trouver d'urgence un endroit où passer la nuit. S'il était bien informé, il n'y avait toujours qu'un seul hôtel dans le coin. Il espérait vraiment qu'il y avait une chambre de libre, car si ce n'était pas le cas, il serait perdu. Il ne passerait certainement pas la nuit dans la villa familiale, et il était sûr que son père ne le laisserait pas faire. Bien sûr, il pouvait toujours aller chez son meilleur ami, Jonah, qui vivait toujours à Lac Paradis, mais ce dernier était un vrai moulin à paroles et ne le laisserait pas se reposer. C'était pourtant ce dont Aaron avait le plus besoin en ce moment : du calme et du temps pour mettre de l'ordre dans ses idées. Il avait simplement besoin d'être un peu seul.

Pourtant, il se demandait ce qu'il faisait ici à Lac Paradis, au bout du monde, alors qu'il aurait tout aussi bien pu s'asseoir dans Central Park et lire un livre ou esquisser un projet de construction. C'était une idée stupide de venir ici. Une idée vraiment, vraiment stupide.

Mais il se retourna encore une fois et regarda la femme blonde sautiller sur la route, presque comme si elle était un lapin. Involontairement, il ne put s'empêcher de sourire. Peut-être que cette soupe de maïs était bonne après tout. Oui, peut-être qu'il devrait vraiment aller la goûter ce week-end.

Aaron la suivit des yeux jusqu'à ce qu'elle disparaisse dans un magasin appelé *Le Paradis des animaux*. Il se demanda qui elle était et s'il la connaissait peut-être déjà. Il essaya de se remémorer le bon vieux temps, le lac, le terrain de jeu, la cour d'école... et soudain, il eut une image devant les yeux.

Elles étaient là, les taches de rousseur, sauf qu'à l'époque, il y en avait encore beaucoup plus. Elles se trouvaient sur le visage d'une petite fille qui lui souriait, rayonnante, et lui disait : « Merci d'avoir récupéré ma boîte à pique-nique. »

Et maintenant, un sourire se dessinait sur son visage.

Chapitre 5

– Oui, je l'ai vu chez Howie au supermarché, raconta Delores, tout excitée.

Elle était allée chez le coiffeur hier et portait maintenant ses cheveux blancs coupés en un carré à la mode.

– Il s'est acheté des pommes.

– Et j'ai parlé à Savannah au téléphone tout à l'heure, rapporta Sadie. Elle dit qu'il est arrivé hier dans une belle voiture noire et qu'il a loué une chambre à son hôtel.

On pouvait voir à quel point Murielle était attristée d'être la dernière à apprendre qu'Aaron Highmore était de retour en ville. Il était le sujet de conversation numéro un ce jeudi matin.

– Il est donc bien venu, dit-elle en regardant par la fenêtre du Café Paradis, espérant qu'il pourrait traverser la place d'un moment à l'autre. Je ne l'aurais pas cru. Il devait donc tenir à son grand-père.

– C'est un grand mystère, dit Sadie. Après tout, il n'était *pas* présent à l'enterrement de Mathilda.

– Il était encore adolescent à l'époque. Peut-être a-t-il compris depuis l'importance de la famille, réfléchit Delores.

– La famille ? demanda Sadie. On peut difficilement qualifier les Highmore ainsi. Ils sont plutôt une bande de solitaires prétentieux qui n'ont que le pouvoir et l'argent en tête, non ?

– Oui, approuva Murielle. Avec Mathilda, c'est aussi le dernier peu de cordialité des Highmore qui est mort.

– J'ai entendu dire qu'au fond, Vincent Highmore n'est pas aussi froid et sans scrupules que tout le monde le pense, raconta Delores.

– Qui te l'a dit ? voulut aussitôt savoir Murielle.

– Vera, la gouvernante. Elle travaille pour lui depuis près de vingt ans. Et elle m'a raconté récemment, autour d'un bon cognac, qu'il était parfois assis tout triste dans son fauteuil de lecture et qu'il ruminait. Comme s'il était plein de regrets.

– Il devrait l'être, pensa Murielle.

– D'ailleurs, le brandy, c'est lui qui l'a offert à Vera pour son anniversaire. Une bouteille coûteuse, venue d'outre-mer.

– Oh, je ne pensais pas qu'il offrirait quoi que ce soit à qui que ce soit, dit Sadie, surprise.

– On dirait qu'il a changé.

Delores haussa les épaules.

– Nous ne devrions pas abandonner les gens prématurément. Tout le monde peut se réveiller un jour et se rendre compte des erreurs qu'il a commises dans le passé.

– Vincent Highmore ne fait certainement pas ça.

Murielle secoua la tête. Elle ne supportait pas cet homme, surtout parce qu'il avait chassé sa sœur Beverly de sa maison pour y construire un immeuble d'appartements coûteux, juste à l'extérieur de la ville. Qu'il ait payé Beverly un bon prix et qu'il ait en outre ajouté une indemnité de vingt-cinq mille dollars, cela ne comptait pas pour elle.

– Vous pensez que son fils est ici pour son héritage ? dit Sadie en ramenant la conversation sur Aaron Highmore. Le vieux lui aura sûrement laissé quelque chose, non ?

– J'ai entendu dire que le garçon avait été déshérité il y a des années, raconta Delores.

Une fois de plus, Murielle avait l'air très envieuse.

– Où as-tu entendu ça ?

– De Vera, bien sûr. Mais elle ne l'a appris que par le majordome.

– Si cette histoire de vol de banque est vraie, Aaron n'a pas besoin d'héritage, dit Sadie.

– Mais il s'est fait prendre, l'argent a disparu, lui rappela Murielle.

– Mais j'ai entendu dire qu'ils n'avaient jamais trouvé l'argent, contesta Sadie.

– Où as-tu trouvé... ?

– Je peux vous resservir du café, mesdames ? demanda à ce moment-là Nolan, qui s'était approché de la table comme si de rien n'était.

En fait, aucune des trois personnes ne l'avait remarqué, car elles regardaient toutes par la fenêtre.

Tous trois lui tendirent leurs tasses et il les remplit.

– Qu'est-ce qu'il y a de si passionnant dehors ? s'enquit-il.

– Nous espérons avoir un aperçu d'Aaron Highmore, lui dit Sadie.

– Aaron Highmore... le fils disparu ?

– Exactement ! dit Murielle.

– Il est beau ? demanda Nolan.

– Oh, mon cher, tu n'as pas besoin d'espérer quoi que ce soit de lui, c'est un méchant. Un coureur de jupons comme on en trouve dans les livres, lui expliqua Delores.

– Ah oui ?

– Oui. Et il est aussi criminel, dit Murielle.

– Et tatoué sur tout le corps, raconta Sadie.

Nolan rit et une mèche de cheveux blond roux lui tomba sur le visage, qu'il écarta.

– Est-ce que tout cela est prouvé ou est-ce que ce sont encore des ragots ?

Les trois tournèrent simultanément leurs visages vers lui et le toisèrent d'un regard mauvais.

– Tu doutes de notre crédibilité ? demanda Murielle, qui portait aujourd'hui une combinaison de jogging violette.

– Je n'oserai jamais, la rassura rapidement Nolan.

– Eh bien, tant mieux.

À ce moment-là, Buddy entra dans le café et passa de table en table pour distribuer son poème du jour. Sadie le prit et le lut à haute voix :

Maïs jaune soleil
Il se balance doucement dans le vent
Comme un fils dans les bras de sa mère
Mon doux petit enfant
C'est avec du beurre qu'il est le meilleur.

Sadie fronça les sourcils, Nolan ne put s'empêcher de sourire, et Murielle dit ce qu'ils pensaient tous :

– Buddy, tu devrais faire attention, parce que ça pourrait être mal interprété.

Buddy la regarda, perplexe.

– Eh bien, on pourrait te prendre pour un cannibale.

Buddy secoua la tête, stupéfait, et sortit par la porte.

Delores le regarda partir.

– Le pauvre ! Il se sent toujours si incompris.

– Eh bien, je pense que c'est le meilleur poème depuis longtemps, déclara Nolan, qui ne se souvenait que trop bien des vers sur la moisissure dans la poubelle derrière le supermarché de Howie, la chaussure gauche de la princesse du maïs ou un pot de yaourt vide.

– Oui, nous devrions vraiment apprécier davantage son art, pensa Delores. Il se donne tellement de mal.

– De l'art ? demanda Murielle. Eh bien, on ne peut pas appeler ça comme ça, n'est-ce pas ?

– Eh bien, c'est le seul art que nous ayons à Lac Paradis, dit Delores en haussant les épaules, et les autres ne pouvaient que lui donner raison.

Chapitre 6

Lexi entra dans le salon des animaux et fut accueillie par Trish, tout excitée.

– Raconte, raconte, je veux tout savoir !

Elle ne put s'empêcher de rire.

– Qu'est-ce que tu veux savoir ? Il ne s'est absolument rien passé.

– Eh bien, tu l'as quand même rencontré, tu as discuté avec lui, non ?

– Oui, c'est vrai, confirma Lexi, qui avait reçu un message de Trish sur son portable tard dans la soirée d'hier.

Son amie avait écrit :

Tu peux le croire ! Aaron Highmore est de retour à Lac Paradis!!!

Oui, je sais.

C'est ce qu'elle avait répondu en se blottissant sous la couette dans son confortable pyjama en forme de lapin.

Je l'ai croisé aujourd'hui et nous avons échangé quelques mots.

Oh mon Dieu, tu es sérieuse ? Je veux des détails !!!!!!!!!!

Et je veux dormir. Il est presque minuit. Demain, tu découvriras tout, d'accord ?

Oui, laisse-moi me débattre. Tu es méchante ! Demain, je te ferai faire un shampoing à tous les chiens pour te punir.

Lexi avait souri, mis son smartphone de côté et finalement éteint la petite veilleuse. Et elle n'avait pas pu s'empêcher de penser à une personne en particulier en s'endormant.

Trish la regardait maintenant avec de grands yeux.

– Alors, raconte ! Je veux tout savoir, et n'oublie rien.

– Il n'y a vraiment pas grand-chose à dire. Je l'ai croisé devant le supermarché et…

– Devant lequel ? Devant celui de Rupert ou celui de Howie ?

– Ça a vraiment de l'importance ?

– *Tout* a de l'importance ! précisa Trish.

Elle tira une mèche de cheveux brun foncé de son chignon lâche et la tripota.

– D'accord, d'accord. Bon, c'était devant le supermarché de Howie. Il a bien cette jolie décoration dans sa vitrine, avec des épis de maïs, des morceaux de courges et tout ça.

– Oui, elle est super. Et il est en avance cette année. Nous ne sommes que fin septembre. Rupert devrait se dépêcher de faire de même.

Lexi mit les mains sur les hanches.

– Tu vas me laisser raconter ou pas ?

– Oui, bien sûr. Continue !

– D'accord. Alors, il était là et...

– Howie ou Aaron Highmore ?

Lexi ne put s'empêcher de rire à nouveau. Trish était tellement excitée par les nouvelles d'Aaron Highmore qu'elle n'osait même pas imaginer ce qu'il adviendrait de Murielle, Sadie et Delores. Oh, si elles découvraient qu'elle avait parlé à Aaron !

– Eh bien, Aaron, bien sûr ! Il regardait la vitrine, et c'est là que je lui ai parlé. Je lui ai dit qu'il ne devait pas être d'ici, puisqu'il était tellement fasciné par les décorations en maïs.

Les yeux de Trish s'écarquillèrent encore plus.

– Tu lui as juste parlé ?

– Oui.

– Et tu ne l'as pas reconnu ?

– Non, en fait, je ne l'ai pas vu. Je veux dire, pense à ce que les gens se disent de lui ! Bien sûr, j'avais une idée complètement différente de lui.

Ce n'est que plus tard qu'elle avait appris que l'étranger était Aaron, car toute la ville parlait de son retour. C'est alors qu'elle avait fait le rapprochement entre un et un.

– Alors, il ne ressemble pas à un taulard ?

Lexi secoua la tête.

– Non, pas du tout.

– Alors à quoi il ressemble ?

Trish tordait et tirait maintenant si fort sur sa mèche de cheveux que Lexi craignait que son amie ne finisse par se l'arracher.

– Arrête ! dit-elle en donnant une tape sur la main de Trish.

Elle dut ensuite réfléchir.

– Alors, il avait l'air tout à fait normal. Cheveux foncés, veste en cuir, yeux chauds... En fait, il avait même l'air vraiment sympa.

– Vraiment sympa, hein ? demanda Trish avec un grand sourire sur le visage.

– Oui, sympa. Et rien de plus.

– Ah bon. Toi, dis-moi, c'était quand ? Quand es-tu tombée sur lui hier ? Après le travail ?

– Non, quand je suis allée au supermarché l'après-midi pour acheter des fruits et des fleurs.

Elle était si reconnaissante à Trish de lui avoir donné ce travail qu'elle lui avait déjà apporté quelque chose trois jours de suite. Aujourd'hui, c'était une boîte de chocolats préférés de Trish que Lexi sortit de son sac à main et offrit à son amie.

Trish l'accepta en souriant.

– J'ai beau me réjouir de tous ces cadeaux, ce n'est vraiment pas nécessaire, ma chérie. J'ai aimé t'engager et je suis heureuse que nous travaillions ensemble maintenant.

– Oui, je suis contente, mais quand même...

– Attends ! Tu as déjà rencontré Aaron dans l'après-midi et tu n'en as pas parlé une seule fois quand tu es revenue au salon ? demanda Trish, soudain indignée.

Lexi soupira.

– Comme je l'ai dit, je ne savais pas que c'était lui à ce moment-là. Et maintenant, assez parlé d'Aaron Highmore. Mettons-nous au travail.

Elle accrocha sa veste au crochet à l'arrière et s'attacha un des tabliers en plastique roses dont on avait vraiment besoin ici, comme Lexi l'avait appris à ses dépens ces deux derniers jours. Trish l'avait formée et chacun des chiens les avait éclaboussées pendant leur bain, sans parler des autres animaux.

– Mais il n'y a pas encore de client, rétorqua Trish quand Lexi revint vers elle. Le premier ne viendra qu'à dix heures moins le quart. Ce sera d'ailleurs Wyatt, qui viendra déposer le cochon d'Inde de sa fille pour qu'on lui coupe les griffes.

Son amie avait l'air un peu inquiète. Et à l'évocation du nom de Wyatt, Lexi eut effectivement un pincement au cœur. Car Wyatt était le shérif de Lac Paradis, et c'était lui qui lui avait annoncé la nouvelle.

– Tout va bien ? demanda Trish avec inquiétude.

– Oui, oui, tout va bien. Parfois, les vieux souvenirs remontent juste à la surface.

– Oui, je m'en doute. Après tout, cela ne fait que deux ans.

Trish posa une main sur son bras et le caressa légèrement.

– Un jour, ça ira mieux, c'est sûr. Un jour, tu tomberas peut-être à nouveau amoureuse. Peut-être même d'un homme *vraiment gentil.*

Trish sourit et Lexi lui lança une balle en caoutchouc qu'elle utilisait pour faire jouer les chiens.

Trish l'évita et se cacha derrière l'arbre à chat pour chats.

– Alors raconte-moi comment ça se passe chez *toi*, dit Lexi, impatiente d'avoir des nouvelles de la vie amoureuse de Trish.

Ce n'était pas parce qu'elle n'en avait pas en ce moment qu'elle ne s'intéressait pas à celles des autres.

Mais Trish secoua la tête.

– Ce n'est pas très excitant en ce moment, si je dois être honnête. Steven s'est coupé les ongles des pieds au lit hier soir.

Involontairement, Lexi ne put s'empêcher de rire.

– Et qu'est-ce que tu veux me dire exactement ?

– Que le soufflé est retombé. Qu'il me dégoûte. Je crois que je vais bientôt rompre.

– Parce qu'il s'est coupé les ongles des pieds au lit ?

Trish la regarda avec une expression qui disait : « Si tu ne comprends pas ça, tu ne comprends pas le monde. »

– D'accord, d'accord, tu dois le savoir.

Cela ne devait pas l'étonner, après tout, Trish s'était déjà séparée d'un homme pour des raisons bien plus futiles. Son amie ne restait jamais très longtemps avec quelqu'un. Pourtant, Lexi souhaitait tellement qu'elle rencontre un jour le bon et qu'elle soit si heureuse qu'elle veuille passer le reste de sa vie avec lui. Entre-temps, elle n'était plus si sûre que les fins heureuses existaient dans la vraie vie. Ils ne vivaient pas dans un conte de fées, ils devaient s'y faire.

Un peu plus tard, la porte s'ouvrit et le shérif entra dans le magasin avec une petite cage dans les mains. Lexi regarda cet homme bien bâti, la trentaine, qui n'était pas seulement séduisant parce qu'il portait l'uniforme du shérif, mais surtout parce qu'il était un père célibataire tout à fait fantastique, qui mettait le monde aux pieds de sa petite fille. Et elle se demandait s'il n'avait rien d'autre à faire un jeudi matin que de conduire le cochon d'Inde d'Abigail pour lui couper les griffes. Bien sûr, à Lac Paradis, il ne se passait presque jamais rien qui nécessite l'intervention d'un représentant de la loi, mais elle trouvait cela un peu étrange. Mais la confusion ne dura pas longtemps, car lorsqu'elle regarda Trish couper ses griffes pendant les vingt minutes suivantes, le regard de Wyatt ne lui échappa pas. Et elle sut alors qu'il n'était pas là exclusivement pour le cochon d'Inde, mais plutôt pour voir sa meilleure amie.

Elle ne put s'empêcher de sourire. Peut-être qu'au moins pour Trish, son conte de fées se réalisait.

Chapitre 7

Aaron frissonna. Il se trouvait devant le bâtiment le plus effrayant qu'il ait connu : la maison de son enfance. Il se décida enfin et se dirigea vers la porte. Elle était en bois d'érable lourd et munie d'un heurtoir en forme de dragon. Un majordome qu'il ne connaissait pas vint ouvrir.

– Bonjour. Je suis Aaron Highmore. Je viens voir mon père. Est-il là ?

Le majordome se tenait debout, raide comme un piquet, sans broncher.

– Je suis désolé, mais M. Highmore est sur le terrain de golf.

– Oh !

Aaron réfléchit un instant à ce qu'il devrait faire maintenant.

– Puis-je entrer et l'attendre ?

Le majordome le dévisagea. Une question stupide, semblait-il trouver. Il ne pouvait tout de même pas laisser entrer un étranger dans la maison, puisque c'était quasiment ce qu'était Aaron.

– Est-ce que je peux aller chez Vera ? demanda-t-il.

Depuis son enfance, la gouvernante n'avait pas seulement veillé à l'éclat de la maison Highmore, mais aussi à son bien-être physique, et elle avait été, avec sa mère, la seule à laquelle il s'était attaché. À chaque visite de sa mère, Vera lui avait donné une grande boîte remplie des biscuits préférés d'Aaron – des cookies aux pépites de chocolat faits maison. Et à Noël, elle lui avait toujours envoyé un petit cadeau. Il ne l'avait jamais oubliée et, en retour, il lui envoyait chaque année une carte de Noël et une attention quelconque, ce qui la rendait toujours très heureuse, comme elle le lui racontait lorsqu'elle l'appelait le jour de Noël. Elle avait particulièrement apprécié les boucles d'oreilles Tiffany argentées de l'année dernière, encore plus que la coupe de fruits en cristal de l'année précédente. Il avait bon goût et savait ce qui plaisait aux femmes, plusieurs de ses conquêtes le lui avaient déjà dit.

Pourtant, il y avait une chose qu'il n'avait jamais donnée : son cœur.

Le majordome étira sa bouche en un petit sourire et le pria d'entrer par l'entrée latérale. Aaron ne lui en tint pas rigueur, l'homme avait ses règles. Après tout, c'est à ce point qu'il connaissait son père sévère.

Il se contenta d'acquiescer, fit le tour de l'immense maison et frappa à la porte qui se trouvait du côté est et menait directement à la cuisine. Elle était destinée aux employés, aux livreurs et au facteur. À tous ceux qui, aux yeux de son père, n'étaient pas dignes d'utiliser l'entrée principale.

Moins de cinq secondes après qu'il eut frappé, Vera se tenait déjà dans l'embrasure de la porte, souriante, et lui tombait dans les bras.

– Oh, Aaron, comme je suis contente de te voir.

– Moi aussi, je suis content.

Il ne put s'empêcher de sourire en retour.

Vera le regarda attentivement.

– Tu as tellement grandi, Aaron. Un si beau jeune homme.

Des larmes lui montèrent aux yeux, elle semblait sincèrement heureuse de le voir. Elle l'invita à entrer, lui fit signe de s'asseoir à la table de la cuisine et commença à lui préparer son plat préféré de l'époque : une poêlée de champignons et de pommes de terre, un plat de l'ancienne Pologne de Vera. Il ne lui dit pas qu'il aimait maintenant manger tout autre chose, comme des sushis ou des soupes thaïlandaises. Une cuisine légère, des ingrédients frais, des protéines, des vitamines. D'un autre côté, il se réjouissait de retrouver son ancien plat préféré, qu'il n'avait plus eu l'occasion de savourer depuis des lustres. Une chose de plus dont son père l'avait privé.

Pendant l'heure qui suivit, il dut tout raconter à Vera sur sa vie à New York. Elle lui parla de sa famille, de son mari Stanislaw qui, jusqu'à il y a quelques jours, était le jardinier du grand-père d'Aaron et ne savait pas s'ils auraient encore besoin de lui et s'il garderait son emploi. Elle lui a également parlé de ses enfants et des trois petits-enfants qu'elle avait eus. Elle était en train de lui montrer quelques photos sur son téléphone portable lorsqu'on sonna. C'était le maître de maison qui s'annonçait. Vincent Highmore arriverait dans trente minutes et voulait son repas sur la table : un rôti qui mijotait depuis des heures dans le four, avec des pommes de terre sautées et des choux de Bruxelles.

Vera s'excusa auprès d'Aaron parce qu'elle devait maintenant se concentrer et qu'elle n'avait plus de temps à lui consacrer, ce à quoi il répondit qu'il voulait se promener un peu dans la maison. C'est ce qu'il fit, toujours sur le qui-vive du majordome qui n'avait pas intérêt à le surprendre.

Il monta silencieusement au deuxième étage, où, outre les chambres des domestiques se trouvait autrefois sa chambre d'enfant. Il poussa prudemment la porte et fut surpris de voir que tout était exactement comme à l'époque. Même ses coupes pour la course à la rame sur le lac et pour tous les concours d'orthographe qu'il avait gagnés étaient toujours là.

Aaron parcourut ensuite le premier étage, où se trouvaient la chambre à coucher des parents, la chambre d'amis, la salle de télévision, l'ancienne salle de couture de sa mère, la galerie des ancêtres et la bibliothèque supérieure – celle des romans policiers et des classiques. En bas, à côté du salon, de la salle à manger et du bureau de son père, se trouvait une autre bibliothèque, remplie d'ouvrages spécialisés, surtout économiques.

Il entra dans la bibliothèque supérieure et se dirigea vers l'une des étagères. Poe et Doyle dominaient ce côté de la pièce, tandis que Dickens, Sartre, Voltaire et Hesse occupaient l'autre côté. Une autre étagère contenait les livres de sa mère : Jane Austen, les sœurs Brontë et deux rangées de romans de Danielle Steel. La vue de ces livres le rendait triste, car Aaron savait par sa mère qu'il s'agissait toujours de grandes histoires d'amour, comme elle en aurait certainement souhaité une pour elle-même.

Dans les deux compartiments inférieurs, il découvrit des albums photos. Un autre était posé sur la petite table ronde entre les deux fauteuils de lecture. Il était ouvert sur une page de photos de son enfance. Le petit Aaron au bord du lac, dans un bateau à rames, avec sa mère…

Il s'étonna sérieusement et se demanda si Vera avait regardé les photos. Cela ne pouvait tout de même pas être son père, n'est-ce pas ? Mais Vera n'aurait certainement pas été aussi inconsciente et aurait remis l'album à sa place.

Soudain, Aaron entendit une voix grave qui semblait venir d'en bas et il se glissa dans l'escalier du fond. Alors que Vera servait le repas à son père, Aaron la rejoignit dans la salle à manger. Son vieux père leva les yeux et ne sembla pas surpris le moins du monde, et Aaron se demanda si le majordome l'avait déjà prévenu ou s'il était simplement lui-même : sans émotion, comme une pierre.

– Bonjour, père, dit Aaron en s'approchant de la table où était assis le grand Vincent Highmore.

Ses cheveux étaient devenus incroyablement gris et il avait l'air maigre et pâle. Malgré sa taille, il semblait soudain tout petit. Aaron espérait que son père l'inviterait à s'asseoir pour qu'il ne soit plus obligé de rester debout comme un idiot.

Il n'avait pas le choix. Mais il n'a rien fait de tel.

– Qu'est-ce que tu fais là ? demanda-t-il en prenant sa fourchette et en la plantant dans un chou de Bruxelles.

– Eh bien… grand-père est mort. Je suis venu pour l'enterrement.

Si Vincent Highmore se demanda comment il avait appris la mort d'Alfred, il n'en laissa rien paraître. Il mâcha ses choux de Bruxelles et dit ensuite :

– Les funérailles ont lieu demain.

– Oui, je sais.

– Où es-tu logé ?

Aaron pouvait entendre l'inquiétude qu'il pourrait avoir de vouloir vivre dans la maison de ses parents.

– Je dors à l'hôtel.

Un certain soulagement se refléta sur le visage de Vincent.

– Bien. Alors on se verra demain au cimetière. À dix heures. Sois à l'heure.

Son père se consacra alors entièrement à son repas, la conversation semblait être terminée pour lui.

Aaron pensa à l'album photo ouvert.

– Je suis encore en ville pour quelques jours. Juste au cas où tu voudrais parler.

Au lieu d'une réponse, il n'obtint qu'un faible hochement de tête, il quitta donc la salle à manger et ferma la porte derrière lui.

Une fois dehors, Aaron a dû prendre une grande inspiration. Cela avait été l'une des marches les plus difficiles de sa vie, et demain, il y en aurait une autre. Il avait désespérément besoin de boire quelque chose. Une bière ou, mieux encore, un whisky.

Il se rendit au centre-ville et chercha un magasin qui vendait de l'alcool. Le seul bar de la ville, la Taverne Paradis, n'était pas encore ouvert. Sur la place de la ville, juste à côté du café, il y avait un restaurant du nom de Paradis de Jamie, devant lequel se trouvaient quelques tables, toutes occupées par des citadins à l'air joyeux. Mais il n'avait vraiment pas envie d'y aller, alors il se dirigea vers le boulevard Paradis et continua à chercher.

Aaron finit par trouver une pizzeria avec une enseigne à l'extérieur : elle avait une licence pour servir de l'alcool. Le magasin n'était pas très fréquenté et n'était pas non plus trop criard. Aaron s'assit au comptoir et se commanda un bourbon et une bière. Il descendit le whisky d'une traite et prit ensuite la bouteille de bière en main.

– Aaron Highmore, c'est ça ? dit une voix à côté de lui.

Il se tourna vers l'homme qui l'avait interpellé et le reconnut immédiatement, car il avait presque la même apparence qu'en septième année : grand, trapu, front haut, nez busqué.

– Hunter Edison ! s'exclama Aaron, ravi.

Heureux tout simplement de voir un visage familier.

– Comment vas-tu ? Commande ce que tu veux, c'est pour moi.

– Oh, merci beaucoup.

Hunter commanda également au passage une bière accompagnée d'une pizza au salami.

Aaron fit signe à la femme derrière le comptoir de lui apporter un autre bourbon.

– Qu'est-ce que tu fais, Hunter ? Qu'est-ce que tu deviens ?

– Je suis agriculteur, dans le maïs, répondit son ancien camarade de classe, et Aaron ne put s'empêcher de rire.

Un fermier dans le maïs, *what else ?*

– Et toi ?

– Architecte, dit-il brièvement.

– Oh, ça tombe bien. Tu pourrais peut-être jeter un coup d'œil à ma grange ? Elle n'est plus très solide, il faudrait sans doute installer de nouvelles poutres.

– Bien sûr, mon pote, répondit Aaron en buvant quelques grandes gorgées de bière.

New York lui manquait déjà.

Chapitre 8

– Alors, ça te plaît de travailler au salon des animaux ? demanda sa mère en prenant un café et un gâteau au Café Paradis.

Lexi avait gardé sa pause d'une heure pour l'après-midi, car elle avait promis à sa mère de goûter avec elle. Aujourd'hui, c'était jeudi, et au Café Paradis, il y avait toujours de la tarte au tiramisu, dans laquelle sa mère aurait bien voulu se vautrer.

– C'est amusant et pas aussi fatigant que je le pensais. La plupart des animaux sont très gentils et se laissent laver et sécher au sèche-cheveux ou couper les poils et les griffes sans grande résistance. Mais nous n'avons pas encore eu à les épouiller, et cela me fait toujours peur.

– Oh, ça a l'air pas mal du tout. Et ce qui est génial, c'est que tu peux travailler avec ta meilleure amie.

– Oui, c'est vraiment génial, approuva Lexi.

– Comment va Trish ?

– Elle va bien. Bon, avec Steven, ça ne va pas très fort. Il s'est coupé les ongles des pieds au lit.

Elle regarda rapidement autour d'elle pour s'assurer qu'aucune des commères ou Buddy n'étaient dans les parages. Sinon, les ongles de Steven feraient parler d'eux dès le lendemain matin ou, pire encore, Buddy en écrirait un poème et le distribuerait à tous les habitants de la ville.

– Oh, ce n'est rien, dit sa mère à la surprise de Lexi. L'autre jour, dans un épisode de *The Middle*, Frankie *a mangé* les ongles de pied de son fils Axl, qui les avait mis dans un paquet de chips vide après les avoir coupés. Frankie a cru qu'il s'agissait de miettes de chips.

Lexi fit une grimace.

– C'est dégoûtant !

Elle regarda sa mère.

– Quand as-tu le temps de regarder la télé ?

– Ah, ton père joue tout le temps au skat ou au poker avec ses amis dernièrement, alors je m'ennuie parfois.

– Oh, eh bien, c'est bien que papa ait trouvé une occupation, non ?

Après avoir travaillé très longtemps comme contremaître dans l'une des usines de maïs de la région, le père de Lexi avait été licencié quelques années auparavant et remplacé par un employé plus jeune. Bien sûr, Vincent Highmore était derrière tout cela, ce type sans scrupules qui n'avait de cœur pour personne et qui avait privé son père de son travail qui comptait et dans lequel il s'épanouissait.

– Oui, c'est vrai, dit Donna.

– Pourquoi n'irais-tu pas voir grand-père si tu t'ennuies ? demanda Lexi. Ou alors tu peux te joindre à nouveau au groupe qui fait des travaux manuels.

– Oh, depuis que Mathilda n'est plus là, ce n'est plus pareil. Maintenant, Lindsay et Ashleigh apportent constamment de nouvelles idées, et je n'ai vraiment pas envie de tricoter des manchettes à rayures rose et jaune ou de coudre une banane.

Lexi ne put s'empêcher de rire.

– Tu veux probablement dire un bandana, non ?

– Peu importe. Ce n'est plus la même chose. Et ton grand-père, je lui rends déjà très souvent visite. Toi aussi, d'après ce que m'apprennent régulièrement les autres pensionnaires de la maison de retraite, hein ?

Elle hocha la tête.

– Je suis en train de lire *L'Île au trésor* à grand-père et je sais qu'il est impatient de connaître la suite, expliqua-t-elle.

C'était du moins ce qu'elle croyait. Son grand-père ne pouvait malheureusement pas le lui dire, car il ne parlait plus depuis une attaque cérébrale survenue huit ans auparavant. Cela attristait Lexi de ne pas pouvoir discuter avec lui comme avec les autres résidents de la maison de retraite, et cela la rendait également triste de voir les personnes âgées faire du yoga, dessiner ou chanter, et de savoir que son grand-père ne pouvait pas y participer. Mais c'était comme ça, sa mère et elle acceptaient la réalité, elles l'aimaient quand même, et alors, dans une conversation, elles jouaient aussi son rôle et racontaient simplement deux fois plus de choses.

Le soir, après avoir lu les dernières phrases de *L'Île au trésor*, Lexi regarda son grand-père Murphy, assis en face d'elle dans son fauteuil roulant, qui lui sourit. Et ce sourire en disait plus long que mille mots. Il avait aimé le livre.

Lexi sourit à son tour, l'embrassa sur la joue et déclara :

– C'est l'heure du dîner. Je te conduis à la salle à manger, d'accord ?

Elle le poussa pour sortir de sa chambre individuelle, où des photos de la famille étaient accrochées et disposées partout pour que ses proches soient toujours avec lui, le long du long couloir jusqu'à sa place dans la salle à manger. Il n'était pas encore tout à fait dix-neuf heures, mais quelques autres pensionnaires étaient déjà assis aux tables et l'accueillirent.

– Bonjour, Lexi. Comment vas-tu ?

– Je vais très bien.

Lexi sourit à l'assemblée.

– Et vous ?

– Bien, bien.

– Nous avons entendu dire que tu ne travaillais plus au musée ? dit Rose, qui participait presque tous les matins au yoga.

Certainement pas seulement pour rester en mouvement, mais surtout pour sortir et découvrir ce qu'il y avait de nouveau en ville.

– Oui, mais ce n'est pas grave, répondit Lexi. Je travaille maintenant au salon des animaux et je donne leur bain aux chiens.

Rose et les autres rirent.

– Ça semble être un très bon travail, dit Mona, une dame de soixante-douze ans qui n'en paraissait pas plus de soixante.

Toutefois, Lexi ne savait pas si elle pensait sérieusement ce qu'elle disait ou si elle était plutôt sarcastique. Mona avait été professeur de mathématiques au collège local, où Lexi avait bien sûr été scolarisée. Mais les maths avaient toujours été une matière que Lexi détestait. Mona se souvenait probablement encore aujourd'hui de ses mauvaises notes et n'attendait pas grand-chose d'elle, si ce n'était de donner un jour des bains à des chiens.

Après tout, Lexi rêvait d'une autre vie. En fait, elle aurait dû maintenant être dans sa jolie petite maison. Dans sa cuisine douillette, elle préparerait un dîner pour sa famille et lirait ensuite une histoire à son premier enfant. Peut-être même serait-elle déjà enceinte du deuxième. Oui, elle savait bien sûr que cela aurait été une vie très simple, pas vraiment exigeante, mais elle n'avait jamais aspiré à mener une carrière ou à quoi que ce soit de ce genre, tout ce qu'elle avait toujours voulu, c'était avoir sa propre petite famille – être heureuse.

Malheureusement, le destin en avait décidé autrement.

La tristesse l'envahit pour de bon, elle passa les bras de son grand-père Murphy autour de ses épaules et le serra légèrement.

– Je t'aime, grand-père. À très bientôt.

Lexi dit ensuite au revoir aux autres pensionnaires et leur promit de venir comme d'habitude au cours de dessin le vendredi après-midi. Elle s'était déjà mise d'accord avec Trish : comme Becky aidait au salon des animaux le vendredi après l'école, Lexi pouvait sans problème partir quelques heures plus tôt.

Elle sortit du bâtiment, devant lequel un joli jardin avait été aménagé avec des parterres de roses foisonnants et des arbres offrant de l'ombre. Le Centre social Paradis se trouvait non loin du lac et Lexi ressentit soudain l'envie de s'y rendre et de se promener un peu. De prendre l'air, de se vider la tête. C'est pourquoi elle ne rentra pas tout de suite chez elle à vélo, mais se dirigea vers le Lac Paradis.

Comme il faisait déjà nuit, il n'y avait plus personne au lac. Les enfants qui aimaient s'y baigner ou y pique-niquer étaient déjà rentrés chez eux, les joggeurs aussi. Même les couples âgés que l'on voyait souvent se promener ici main dans la main étaient certainement assis depuis longtemps devant un jeu télévisé ou un vieil épisode de *Columbo* en buvant un thé. Même les oiseaux s'étaient réfugiés dans leurs nids. Lexi ne put apercevoir que quelques chauves-souris qui volaient d'arbre en arbre dans la lumière du soir et attendaient que l'obscurité enveloppe tout.

Elle marcha le long de la passerelle, s'assit à son extrémité et laissa ses jambes se balancer, en faisant attention à ne pas mouiller ses chaussures. Puis les larmes commencèrent à couler.

La plupart des jours, elle contrôlait la douleur, elle était forte et courageuse et essayait de ne pas trop penser à la vie. À Keith, qui lui manquait encore terriblement. Keith, qui voulait seulement faire de la randonnée et qui l'avait payé de sa vie. C'est comme si c'était hier que le shérif avait frappé à sa porte, l'avait regardée avec compassion et lui avait appris avec autant de délicatesse que possible que Keith avait été retrouvé mort par d'autres randonneurs. On ne pouvait que deviner ce qui s'était passé exactement à l'époque. Il devait s'agir de chasseurs qui voulaient tuer du gibier et qui avaient touché Keith à la place. Apparemment, ils ne l'avaient même pas remarqué, car sinon ils auraient informé la police, n'est-ce pas ? Personne ne pouvait être une si mauvaise personne qu'elle ne signale pas un tel accident et rentre chez elle comme si de rien n'était.

Ou bien ?

– Salut, entendit-elle soudain derrière elle et elle sursauta.

Elle essuya rapidement ses larmes du revers de la main, même si elle ne pensait pas qu'on puisse la reconnaître dans la pénombre.

Elle n'avait pas peur. Ici, à Lac Paradis, il n'y avait pas de criminels qui guettaient les femmes seules la nuit. Pourtant, elle se demandait qui se promenait encore au bord du lac à une heure aussi tardive.

Elle obtint immédiatement la réponse lorsqu'elle se retourna. Aaron Highmore se tenait devant elle. En tenue de jogging.

– Salut, répondit-elle. Tu fais ton jogging à cette heure-ci ?

– Oui, j'avais besoin de me vider la tête, dit-il. Je dors à l'hôtel là-bas, ça s'est imposé.

Il désigna l'Auberge Paradis de l'autre côté du lac, comme s'il y avait plus d'un hôtel ici.

– Oui, c'est un peu ce que j'ai ressenti, approuva-t-elle. Le lac est un bon endroit pour se vider la tête.

– Puis-je m'asseoir avec toi ? demanda-t-il, et elle hocha la tête.

– Oui, bien sûr, Aaron.

Il s'approcha d'elle et prit place à ses côtés. Ses jambes étaient plus longues que les siennes et touchaient l'eau, elle le vit à la lumière de la lanterne qui éclairait le début du ponton. Là où se trouvaient les bancs. Mais on y était bien mieux assis, avait-elle toujours trouvé.

Si Aaron avait remarqué qu'elle avait pleuré, il n'en laissa rien paraître.

– Tu sais donc qui je suis maintenant ? dit-il, et elle crut sentir de l'alcool dans son haleine.

– Oui, tu es le sujet de conversation numéro un en ville.

– En ville ? On peut difficilement appeler Lac Paradis une ville, non ?

Elle haussa les épaules.

– Ce n'est pas New York.

– Non, bien au contraire.

Elle rit.

– Quelques jours dans le Nebraska, et la grande ville te manque déjà, hein ?

– Suis-je si transparent ?

– Oui.

Il la regarda.

– Tu sais donc même où j'habite. Je suis curieux de voir ce que tu as encore en réserve, Lexi Dawson.

– Oh, tu sais donc aussi qui je suis ? demanda-t-elle, sincèrement surprise.

– Je le savais déjà quand nous nous sommes rencontrés l'autre jour.

– Vraiment ?

Stupéfaite, elle le dévisagea.

– Oui. Tu ne t'en souviens peut-être pas, mais il s'était passé un truc à l'école. Un jour, j'ai récupéré ta boîte à goûter auprès d'un garçon qui te l'avait prise.

Elle ne put s'empêcher de sourire.

– Rich Snider. Bien sûr que je m'en souviens. J'étais en quatrième année, toi en sixième, et après ça, tu as été mon grand héros. J'avais eu un coup de cœur pour toi, avoua-t-elle en riant.

– Ah oui, vraiment ?

Il sourit.

– Oui, jusqu'à ce qu'un jour tu disparaisses soudainement.

Il regarda le lac, ne dit rien d'autre.

Elle l'observa du mieux qu'elle put à la lumière des lanternes. Ses cheveux noirs cachaient son visage et il ne portait qu'un T-shirt, malgré le froid du soir.

– Tu n'es pas du tout tatoué de haut en bas, constata-t-elle.

– Pardon ?

Il lui sourit, et ce sourire était tout simplement époustouflant.

Un petit frisson lui parcourut l'échine. Et elle ne savait pas si c'était le froid de la nuit, le sourire d'Aaron ou un peu d'appréhension. La peur de ce qu'elle allait apprendre de lui.

– Eh bien, c'est ce qu'on dit de toi, dit-elle. Que tu es tatoué, criminel et coureur de jupons. Et que tu as fait de la prison pour un braquage de banque.

Maintenant, il riait à gorge déployée, comme ça, avec ses tripes.

– Bon sang, qui a inventé ça ?

– Honnêtement, je n'en ai aucune idée. Mais c'est ce qu'on raconte sur toi. Rien de tout cela n'est vrai ?

Elle le regarda droit dans les yeux.

Il ne répondit pas tout de suite.

– La plupart n'est pas vrai, dit-il ensuite, et elle devinait déjà lequel des points pourrait être vrai.

L'affaire du coureur de jupons. Elle pouvait bien l'imaginer, vu son allure éblouissante. Il avait probablement déjà volé le cœur de plusieurs femmes. Et à cet instant, Lexi savait qu'elle devait faire attention qu'il ne lui vole pas le sien.

Chapitre 9

Aaron fixait le cercueil sombre dans lequel reposait son grand-père décédé, un étranger pour lui, avec lequel il n'avait pas eu de contact ni échangé un seul mot au cours des douze dernières années. Il ne connaissait même pas sa couleur préférée et ne savait pas quelle musique il aimait écouter. Il se souvenait vaguement que son grand-père aimait manger des truffes, celles de la terre, pas celles des boîtes de chocolats.

Sa mère avait raconté à Aaron, il y a de nombreuses années, qu'Alfred avait construit son empire du maïs tout seul. Il avait dû grandir dans une famille assez pauvre et n'avait pas eu grand-chose d'autre à manger que de la semoule de maïs et du pain de maïs quand il était enfant. Ses parents possédaient un petit champ de maïs qui avait été leur seule source de nourriture pendant les périodes difficiles de chômage. Aaron ne savait pas pourquoi son grand-père avait choisi de cultiver cette céréale. Peut-être s'était-il dit que cette céréale insipide, dont il se lassait certainement, lui apporterait au moins ce point positif. En tout cas, dès qu'il avait grandi,

Alfred avait commencé à cultiver le maïs à grande échelle. D'abord du maïs céréalier, puis du maïs doux. Et lorsque, des années plus tard, il avait lui-même eu un fils, il l'avait fait monter sur son trône de maïs, sur lequel il était alors déjà assis et régnait. Bien sûr, il ne mangeait plus de pain de maïs et ne grignotait plus d'épis depuis longtemps. Il profitait de la vie, de l'argent et du pouvoir – et de mets délicats comme les truffes, le caviar, les cailles et tout ce que les gens riches mangeaient.

Aaron savait que son grand-père n'avait jamais eu beaucoup d'affection pour lui. Aux yeux du vieil homme, il n'était bon à rien. Alors qu'Alfred lui-même aidait ses parents dans les champs dès son plus jeune âge et gagnait quelques sous en cirant des chaussures dans le village, le jeune Aaron passait son temps à paresser, à faire des bêtises et à désobéir aux adultes. Il ne se souvenait pas exactement, mais son grand-père avait probablement cessé de lui parler avant son départ pour l'internat. Peut-être même que tout cela était son idée.

Dans le ciel, il y avait maintenant quelques nuages sombres. Aaron regarda son père qui se tenait devant la tombe et qui, bien sûr, ne s'abaisserait jamais à verser une larme – pas devant les gens et certainement pas devant lui. Comme Aaron l'avait imaginé, il n'y avait pas beaucoup de monde. Seuls le personnel de la maison et une poignée d'habitants de Lac Paradis étaient présents, et ils n'étaient probablement là que pour raconter plus tard que personne n'était venu. C'est bien fait pour lui, Alfred Highmore n'avait pas été un bonhomme très agréable.

Lexi n'était pas là.

Lorsque Aaron s'était réveillé le matin et avait enfilé son costume noir Hugo Boss, il avait brièvement souhaité la voir ici aujourd'hui. Mais quelle raison aurait-elle pu avoir d'assister à l'enterrement ?

Alors que le ciel se couvrait de plus en plus, ses pensées dérivaient et il ne pouvait s'empêcher de penser à la soirée d'hier. Au lac et à elle. Lexi Dawson.

Comme elle était devenue belle, la petite rose d'été de l'époque. Il sourit presque en pensant qu'elle aussi se souvenait de l'incident de la boîte à goûter. Elle avait même dit qu'elle était amoureuse de lui. Est-ce qu'elle voulait juste le taquiner ou est-ce que c'était vrai ? Ils étaient si jeunes à l'époque, encore des enfants qui ne connaissaient rien du monde. Il se demanda ce qui se serait passé s'il était resté à Lac Paradis. Est-ce que Lexi et lui se seraient retrouvés un jour ? Quand ils auraient grandi ? Elle aurait probablement trouvé un meilleur parti que lui, l'éternel *bad boy*. Car même si c'est ce qui attirait de nombreuses femmes, Aaron pensait que Lexi cherchait autre chose. Et qu'elle méritait mieux.

Lorsqu'elle lui avait demandé sur le ponton si les rumeurs à son sujet étaient vraies, il n'avait pas pu lui mentir et avait répondu que la plupart d'entre elles ne correspondaient pas à la vérité. Elle l'avait regardé d'un air interrogateur et il avait vu quelque chose dans ses yeux, une sorte de lueur d'espoir, alors il avait ri et déclaré : « En fait, j'ai déjà dévalisé quelques banques au fil des ans. »

Il n'était pas sûr qu'elle sache laquelle de ces rumeurs était vraie. Car c'était sa réputation qui le précédait. À New York, on savait qu'il ne laissait rien au hasard et qu'il ne fréquentait que les plus belles femmes. Ses amis étaient très jaloux, d'autant plus qu'il avait déjà eu des rendez-vous amoureux avec des célébrités. Comme par exemple avec la chanteuse Carrie Carson, qui était venue à New York pour quelques jours et avait fait une apparition sur *Good Morning America*. Ils s'étaient rencontrés à la fête d'un artiste de l'Upper East Side et Carrie l'avait ensuite emmené à son hôtel. Apparemment, sa réputation était parvenue jusqu'ici, dans le désert de Nebraska. Cela ne dérangeait pas Aaron, il aurait de toute façon disparu très vite, car il n'avait guère d'espoir que son père revienne vers lui. Vincent Highmore ne lui avait pas accordé un seul regard aujourd'hui, et encore moins un signe de tête amical ou quelques mots.

La thérapeute qu'Aaron avait consultée à plusieurs reprises peu après son arrivée à New York lui avait conseillé de s'expliquer avec son père. Mais que devait-il faire si celui-ci ne le voulait absolument pas ? Aaron finirait par abandonner, tout comme il avait abandonné la thérapie après seulement quelques séances. Tout cela ne servait à rien.

Lexi se fraya à nouveau un chemin dans ses pensées. Elle l'avait invité à participer à la fête du Maïs et à s'arrêter à son stand. *Pour manger de la soupe de maïs*, pensa Aaron, qui ne put s'empêcher de sourire. Alors, s'il devait vraiment rester un ou deux jours de plus, ce serait uniquement pour la revoir. Et peut-être pour en apprendre un peu plus sur elle.

Hier soir, il l'avait vue pleurer. Elle avait rapidement essuyé ses larmes et il n'avait rien dit, mais il aurait bien voulu lui demander ce qui s'était passé. La prendre dans ses bras. L'emmener dans son lit.

Mais Lexi n'était pas comme ça.

Lexi appartenait à la catégorie « *girlfriend* » et il n'était pas prêt pour une relation sérieuse. Il ne le serait probablement jamais. Sans compter qu'il était impatient de rentrer à New York.

Aaron regarda le petit cercle du cimetière. Face à lui, Vera, vêtue de noir, se tenait à côté de son Stanislaw et lui souriait chaleureusement. Il lui rendit son sourire et fut heureux de la savoir ici. Puis il regarda encore une fois son père, qui avait maintenant fermé les yeux. Il semblait en effet très triste. Il se demanda s'il pouvait quand même ressentir quelque chose comme de l'amour, le vieux glaçon Vincent Highmore.

Aaron sentit un regard sur lui et jeta un coup d'œil sur la droite. Une femme vêtue d'un tailleur bleu foncé et aux cheveux gris courts le regardait avec un mélange de pitié et de surprise. Il crut reconnaître en elle une amie de sa mère, mais il avait oublié son nom, cela faisait trop longtemps. Quand elle lui sourit, il lui rendit son sourire. Mais il commençait à attendre la fin de la cérémonie avec impatience. De quoi le prêtre parlait-il encore ? Qu'y avait-il à dire sur son grand-père ? Aaron se rendit compte qu'il n'avait pas retenu un mot de ce long discours. Le pasteur aurait pu raconter qu'Alfred Highmore avait sauvé un bébé du feu, cela lui aurait échappé.

Il se força à écouter attentivement les dernières phrases, mais il ne fut question que de l'amour de son grand-père pour la chasse, et Aaron secoua la tête de dégoût. Lorsque le pasteur eut terminé, Aaron fut le premier à quitter le cimetière, avant même que le cercueil ne soit descendu. Il n'avait pas envie de s'approcher de la tombe et d'y verser une poignée de terre, ni de serrer la main à qui que ce soit, ni d'écouter des paroles de condoléances qui n'étaient qu'hypocrites.

Pour lui, c'était fini. Son grand-père était mort, l'enterrement était terminé, et il ne s'attendait pas à hériter de quoi que ce soit. Et il n'en avait pas l'intention. Il s'était bien débrouillé seul ces dernières années. Juste après ses études, qu'il avait fait financer par son père, il était devenu un homme indépendant qui, à vingt-deux ans, volait déjà de ses propres ailes et était plus adulte qu'on ne devrait l'être à cet âge. Mais c'était une nécessité.

Après tout, il était seul au monde.

Une heure plus tard, Aaron s'était changé et se rendait au centre-ville, où tout le village semblait occupé par les préparatifs de la fête du Maïs. D'autres guirlandes de maïs avaient été accrochées, et sur la place se trouvaient maintenant les stands qui allaient proposer des spécialités à base de maïs au cours des deux prochains jours. De nombreux habitants s'agitaient et décoraient chaque place encore libre avec des épis de maïs frais ou séchés, avec des panneaux peints et des guirlandes de pop-corn. Il espérait seulement qu'il ne pleuve pas jusqu'au lendemain, sinon cela donnerait une belle boue.

Aaron s'engagea dans le chemin Paradis, passa devant l'imposante maison d'Ava Garland, qu'il ne connaissait pas personnellement, mais dont sa mère lui avait parfois parlé dans ses lettres. Et il lui semblait même entendre son perroquet crier quelque chose à travers la fenêtre ouverte.

Il répandait probablement la nouvelle que le Festival du maïs allait bientôt commencer, au cas où quelqu'un à cent lieues à la ronde ne l'aurait pas encore remarqué, ce qu'Aaron avait du mal à imaginer.

Il s'arrêta devant la maison de Jonah et sonna à la porte. May lui ouvrit. Il la connaissait par des photos et des récits de son ami, qui était très fier de sa jolie jeune femme. Elle tendait vers Aaron un ventre extrêmement rond et il se souvint que Jonah lui avait annoncé avec joie quelques mois plus tôt qu'il allait bientôt devenir papa.

Jonah était son meilleur ami depuis la première année. Il n'était pas seulement le seul de son ancienne vie avec lequel Aaron avait encore des contacts (à l'exception de Vera), il était aussi le seul à lui avoir rendu visite à New York. C'était il y avait à peine trois ans. Jonah avait toujours rêvé de voir l'immense sapin de Noël du Rockefeller Center, et Aaron lui avait proposé de venir le voir pendant la période de Noël. Il pourrait dormir chez lui, ils pourraient faire la fête toute la nuit, et il lui montrerait tous ses endroits préférés. Jonah avait accepté l'offre et ils avaient passé une semaine fantastique ensemble avant que son ami ne retourne à Lac Paradis, où il avait déjà commencé à monter sa propre petite entreprise.

– Aaron ! s'exclama May en le serrant dans ses bras, alors qu'ils ne s'étaient jamais rencontrés auparavant.

Aaron, qui craignait un peu de blesser le bébé, s'éloigna prudemment de May et de son gros ventre.

– Salut, dit-il en souriant. Enchanté de faire ta connaissance.

– Nous avions entendu dire que tu étais à Lac Paradis, mais nous pensions que c'était une rumeur. Jonah a dit que si tu étais vraiment là depuis mercredi, tu l'aurais sûrement déjà contacté, dit May, l'air plein de reproches.

Il la regarda. Elle était vraiment jolie, avec des cheveux bruns à hauteur d'épaules qu'elle portait détachés, des joues roses et des yeux bleu ciel.

– Oui, je suis vraiment désolé. J'avais beaucoup de choses à faire, l'enterrement et tout..., tenta-t-il de s'en sortir.

May hocha la tête en signe de compréhension.

– Tout va bien, personne ne t'en veut. Entre donc !

Elle s'écarta et le laissa entrer dans la petite maison, qui ne devait pas compter plus de trois pièces.

Après quelques pas, Aaron se trouvait déjà dans la cuisine, où il s'assit sur un tabouret de bar. May lui servit un thé glacé et lui offrit un morceau de gâteau aux figues fait maison. Il accepta par politesse, prit une bouchée et fut forcé de constater que le gâteau était vraiment bon. Jonah avait apparemment tout fait correctement. Il n'avait pas seulement trouvé une jolie épouse, mais une femme qui savait aussi faire de la pâtisserie et probablement aussi bien cuisiner. Une femme qui lui donnait un enfant et une famille. Qui ferait en sorte qu'il ne soit plus seul. Il avait quelqu'un pour le reste de sa vie qui se réveillait à côté de lui le matin...

Aaron dut déglutir, mais mit cela sur le compte du gâteau, qui lui parut soudain bien sec. Il vida le verre de thé glacé d'un trait, et May lui en servit un autre.

– Dommage que Jonah ne soit pas encore rentré, dit-elle en mordant dans une carotte qu'elle avait prise dans une boîte dans le réfrigérateur.

– Il doit être encore à l'usine à cette heure-ci ?

– Oh oui, en fait, il y est tout le temps. Je lui ai déjà dit qu'il ne pourrait plus le faire une fois que notre petit Aaron serait né. Mais je pense qu'il comprendra tout seul et qu'il grandira dans son rôle de père.

Aaron fixa May du regard. Qu'est-ce qu'elle venait de dire ?

– Qu'est-ce qu'il y a ?

May le regarda en fronçant les sourcils.

– On dirait que tu as vu un fantôme.

– Je... euh... ne savais juste pas que... euh..., bégaya-t-il sans pouvoir finir sa phrase.

Il avait dû mal entendre, non ?

– Oh. Jonah ne t'avait pas encore dit que nous voulions donner ton nom au bébé ? Oups ! Je suppose que ça doit être une surprise. S'il te plaît, fais comme si tu n'avais rien entendu, d'accord ?

Il hocha la tête, mais n'avait toujours pas compris.

– Mais pourquoi ? demanda-t-il.

– Eh bien, pour ne pas lui gâcher la surprise.

– Non, ce n'est pas ce que je veux dire. Pourquoi voulez-vous appeler votre bébé comme moi ?

May lui lança un regard étonné.

– Eh bien, parce que tu es son meilleur ami au monde.

Elle lui adressa un sourire chaleureux et ajouta :

– Et parce que c'est vraiment un beau prénom.

– Oh, fit-il.

C'est tout ce qui lui venait à l'esprit pour l'instant, il devait d'abord digérer l'information.

– Tu veux un autre morceau de gâteau ? demanda May en prenant une autre carotte.

Elle lui fit un sourire en coin.

– Je ne sais pas pourquoi, mais depuis que le dernier tiers de la grossesse a commencé, je suis complètement folle de ces dînettes.

– C'est pour quand ? s'enquit Aaron.

– Dans vingt et un jours.

– Ouah, c'est bientôt.

– Tu seras encore là à ce moment-là ?

– Non, je dois bientôt retourner à New York.

Il fixa la carotte dans la main de May.

– Tu veux bien me dire comment aller à l'usine ?

– Bien sûr. C'est très simple. Tu prends l'avenue Paradis vers l'est pour sortir de la ville et tu tournes dans Hêtraie Paradis. Oh, désolée, tu sais bien sûr où c'est. C'est là que se trouve la maison de tes parents.

May eut un sourire en coin, et il se demanda si elle était au courant de sa relation désastreuse avec son père. Si c'était le cas, elle ne le mentionna pas, mais continua simplement :

– Donc, tu passes devant le lac et après environ un demi-kilomètre, tu vas voir déjà l'usine. C'est un bâtiment rectangulaire sombre avec une énorme enseigne représentant du pop-corn coloré.

Aaron prit une grande inspiration et la remercia. Puis il prit congé, remonta dans sa voiture et suivit les instructions de May. Elle avait raison, l'usine ne passait pas inaperçue, du pop-corn coloré lui sautait aux yeux de loin.

Du pop-corn coloré. Jonah n'aurait pas pu avoir une idée plus folle.

Il secoua la tête. Il n'arrivait toujours pas à croire que même son meilleur ami était devenu un esclave du maïs. N'y avait-il rien d'autre dans ce fichu endroit ?

Aaron se gara et sortit de la voiture, levant les yeux vers l'immense panneau. L'inscription « POP CORN PARADIS » était encadrée de pop-corn rouge, vert et orange. Il ferma les yeux et dut respirer profondément à plusieurs reprises avant de pouvoir franchir la porte en fer.

Jonah aurait pu devenir n'importe quoi. Contrairement à lui, il avait toujours été un élève de première année, et à l'époque, son ami avait de tout autre projet. Il voulait devenir dentiste. Mais lorsqu'il était venu le voir à New York et qu'il lui avait parlé de son idée d'usine de pop-corn et qu'Aaron lui avait demandé ce qu'il était advenu de son rêve de devenir dentiste, Jonah avait simplement haussé les épaules et répondu : « Il y en a déjà un à Lac Paradis. »

À ce moment-là, Jonah avait déjà commencé l'université d'Omaha et s'était fiancé à May. Et le maïs était maintenant la principale culture de la région et une valeur sûre, Aaron le savait aussi. Il n'en avait pas dit plus, ne voulant pas qu'ils se séparent sur une dispute. Et il savait qu'une fois qu'il aurait commencé, il s'enfoncerait tellement dans son dégoût du maïs que cela dégénérerait. Il avait appris à se taire, même si cela le rongeait parfois.

Jonah l'attendait déjà et s'approcha de lui pour le serrer joyeusement dans ses bras. May avait dû l'appeler pour lui dire qu'Aaron était en route pour le rejoindre.

– C'est bien toi ! dit-il, tout surpris. Aaron Highmore de retour à Lac Paradis, j'ai du mal à le croire.

– Oui.

Aaron haussa les épaules.

– Me voilà !

Jonah lui adressa un sourire radieux. Ses cheveux bruns étaient un peu plus courts, son ventre un peu plus rond.

– Où loges-tu ? À l'Auberge Paradis ?

Aaron hocha la tête.

– Il faut que tu déménages tout de suite. Tu peux habiter chez nous les prochaines nuits.

Dans la petite piaule ? Sur le canapé-lit, par exemple ? pensa Aaron en secouant la tête.

– Non, non, c'est bon. C'est assez confortable à l'Auberge Paradis, et de toute façon, je n'y resterai pas longtemps.

– Combien de temps ?

C'était une très bonne question. Il se souvint à nouveau du Festival du maïs et hasarda :

– Jusqu'à dimanche, sans doute.

– Cool ! Nous pourrons alors aller ensemble à la fête du Maïs. On va bien s'amuser !

Bien qu'il n'en soit pas encore trop convaincu, Aaron acquiesça :

– Oui, c'est amusant.

Mais intérieurement, il se demandait dans quoi il s'était fourré. Des épis de maïs qui dansent, le concours annuel de maïs et la soupe de maïs – ça pouvait être marrant.

Chapitre 10

Samedi matin au Café Paradis. Ava Garland était assise à une table avec Ashleigh Amos, caissière au supermarché de Howie, et lui racontait des histoires d'Hollywood. Ashleigh, dont les yeux bruns étaient presque de la même couleur que son bob stylé, avait posé son visage sur son menton et écoutait Ava avec fascination. Elle avait toujours eu un faible pour la mode, les célébrités et le glamour, et l'ancienne actrice était l'interlocutrice idéale, car elle avait tellement d'histoires passionnantes en réserve qu'elle aurait pu écrire un livre entier.

Il y avait soixante-dix-huit ans, Ava Garland avait vu le jour à Lac Paradis, avant de partir pour Hollywood à l'âge de vingt ans. La rumeur disait qu'elle s'était alors enfuie parce qu'Alfred Highmore lui avait brisé le cœur. Peu de gens l'auraient crue, mais elle avait effectivement décroché quelques grands rôles au cinéma et connu le succès – jusqu'à une nomination aux Oscars pour son second rôle dans *Le Cygne bleu*. Et même si elle n'avait finalement pas remporté le trophée tant convoité, toute la ville était fière de compter dans ses rangs une fille aussi célèbre. Il y avait huit ans, Ava était revenue.

Elle avait décidé qu'elle avait tourné assez de films pour toute une vie et qu'il était temps de prendre sa retraite.

À la table voisine, Murielle regarda Ava et Ashleigh et chuchota à ses deux amies :

– Il n'y avait probablement rien de vrai dans cette prétendue liaison avec Alfred Highmore. Sinon, je pense qu'elle serait venue à l'enterrement hier, non ?

Delores jeta elle aussi un coup d'œil discret et se demanda une fois de plus comment Ava, de six ans son aînée, parvenait à avoir cette allure. Toujours aussi mince et les cheveux bruns comme à l'école. Bien sûr, Delores savait qu'ils devaient être teints, mais ils n'en avaient pas l'air. Elle avait elle-même essayé de teindre ses cheveux, devenus blancs, à plusieurs reprises, mais à chaque fois, les racines avaient repoussé blanches au bout de deux semaines, et c'était encore pire à voir, alors elle avait renoncé. Son mari George lui avait dit que cela ne le dérangeait pas, qu'il l'aimait exactement telle qu'elle était, et elle avait fini par accepter le fait qu'elle vieillissait. Mais Ava…

– Hé ! Tu nous écoutes ? siffla Sadie en chuchotant entre ses dents.

– Pardon ?

Delores se secoua pour se réveiller.

– Je parlais d'Aaron Highmore, qui était à l'enterrement hier.

– Oh, oui, je me doutais bien qu'il y serait. Sinon, pourquoi serait-il revenu à Lac Paradis ?

– Eh bien, pour son héritage ? dit Sadie en se cachant derrière sa main.

– Il n'aura rien du tout. C'est en tout cas ce que Vera a dit, je ne vous l'avais pas dit ?

Delores n'était pas sûre d'elle.

– Bah, le petit peut quand même tenter sa chance, non ? dit Murielle. Si mon grand-père millionnaire avait cassé sa pipe, je me serais aussi signalée pour voir si ça me rapporterait quelque chose.

– Le pauvre homme vient juste d'être mis sous terre, je pense qu'on ne devrait pas parler de lui comme ça, chuchota Delores en regardant autour d'elle, comme si elle craignait que ce bon vieil Alfred Highmore ne soit un fantôme qui se promène pour l'écouter – et la hanter le cas échéant.

– Je n'ai rien dit de mal. Ce sont les faits, n'est-ce pas ?

– Allez, arrêtez, tous les deux, dit Sadie en essayant d'arbitrer. Parlons plutôt de la fête du Maïs. Je suis au salon qui vend des glaces aujourd'hui comme d'habitude et j'ai hâte d'y être.

Pendant le Festival du maïs, les boules de glace étaient toujours proposées dans une gaufrette de maïs.

– Et qu'est-ce que vous allez faire ?

– Je vais probablement me promener avec George et voir ce qu'il y a de beau cette année, confia Delores.

– N'est-ce pas la même chose chaque année ? demanda Murielle.

– Je suis extrêmement curieuse de savoir qui sera la nouvelle princesse du maïs. Pas vous ?

– Oh si, approuva Sadie. Je pense qu'Ashleigh a de bonnes chances.

Elle désigna la table du coin.

– Vous pensez ? Je pense plutôt que Lexi pourrait faire la course en tête.

– Oh, Delores... Lexi ne participe pas du tout. Elle ne participerait jamais à ce genre d'événement, rétorqua Murielle.

– Pourquoi pas ? Elle est si belle.

– Oh oui, je ne peux qu'être d'accord avec toi. À mon avis, c'est même la plus belle habitante de Lac Paradis, révéla Sadie à ses amies. Mais Murielle a raison, les concours de beauté ne sont pas faits pour Lexi.

– Très bien.

Delores s'avoua vaincue.

– De quoi d'autre vous réjouissez-vous ?

– De la délicieuse poêlée de maïs que Liz propose chaque année, répondit Murielle.

– Oh oui ! Et de la soupe de maïs de Donna, dit Sadie.

– Et j'ai hâte de goûter au pop-corn caramélisé d'Edda, avoua Delores.

La directrice du musée proposait depuis quelques années ce délicieux pop-corn sucré en forme de boule, qui collait vraiment aux dents, mais qui était absolument délicieux. Murielle et Sadie hochèrent la tête en signe d'approbation. Puis Murielle rit et dit :

– Je suis aussi très impatiente de participer au concours de maïs. Comment pensez-vous qu'il se terminera cette année ?

Sadie et Delores secouèrent la tête d'un air amusé en pensant aux scénarios des années précédentes. Depuis quelques années, Howie et Rupert se livraient à une véritable bataille pour savoir qui pourrait grignoter le plus d'épis en l'espace de trente minutes. Chaque année, ils finissaient par être si malades qu'ils en vomissaient. Et pourtant, aucun d'entre eux n'avait jamais réussi à gagner. Car la victoire revenait toujours à Buddy, qui avait battu son propre record de trente-sept épis de maïs la dernière fois.

– Alors, Buddy va gagner, et Howie et Rupert diront qu'ils ne participeront plus jamais et qu'ils ne toucheront plus jamais à un épi de maïs – comme chaque année, rit Sadie.

– Quand on parle du diable…

Murielle désigna la fenêtre.

Elles regardèrent toutes les trois dehors, en direction de Buddy qui venait de mettre son poème du jour dans la main d'Aaron Highmore. Delores ne savait pas lequel des deux Murielle désignait par le diable. Mais elle vit Aaron inspecter le papier en fronçant les sourcils tout en continuant à marcher, le froisser et le balancer en direction de la poubelle. Mais il manqua sa cible et le papier tomba par terre. Lorsque Aaron se pencha et vit son regard et celui de ses amies, il eut un sourire gêné et ramassa le poème. Il le glissa dans la poche de sa veste et continua à marcher.

– Quel mauvais garçon, dit Murielle, indignée, comme si Aaron venait de mettre le feu à la mairie.

Delores ignora les paroles de son amie avec désinvolture.

– Dites, vous avez lu le poème de Buddy d'aujourd'hui ? Je ne l'ai pas encore reçu.

– Mais si, répondit Sadie en sortant un papier jaune de son sac à main. Il s'agit aujourd'hui de la fête du Maïs. Bien sûr. Plus précisément de la soupe de maïs. Mais lisez vous-mêmes.

Elle posa le poème sur la table entre Delores et Murielle, qui collèrent aussitôt leurs têtes pour lire.

Joie, joie, délices
Le jour du maïs est arrivé !
Gâteaux de maïs et pain de maïs
Poêles de maïs et pop de maïs
Mais rien ne vaut la soupe de maïs
Délicieuse masse gluante
Jaune comme le canari de ma mère
Comme elle glisse le long de la gorge
Et ne laisse que du bonheur.

Murielle rit aux éclats.

– Mais qu'est-ce que c'est que le pop de maïs ?

– Eh bien, il veut sûrement dire pop-corn. Mais cela n'aurait pas eu l'air aussi poétique, dit Delores.

– Est-ce que je suis la seule à imaginer Buddy en train de tremper le pauvre canari de sa mère dans la soupe ? demanda Sadie en souriant.

– Chut, chut, il entre ! cria Murielle, et elles s'interrompirent toutes pour regarder la porte.

Delores et Sadie avaient supposé qu'il était question de Buddy et qu'il entrerait immédiatement dans le magasin, mais c'était Aaron Highmore qui, sans leur accorder le moindre regard, se dirigea vers le comptoir et commanda un café.

– Qu'est-ce que tu prendras ? demanda Nolan au jeune homme, et tous ceux qui n'étaient pas aveugles dans le magasin purent voir qu'il l'examinait comme s'il s'agissait d'un des épis de maïs empilés devant le supermarché de Rupert.

C'est exactement comme ça que Murielle examinait les épis, pour ne prendre que les plus gros et les plus frais.

Aaron Highmore regarda le tableau qui se trouvait au-dessus du comptoir et dit :

– Juste un expresso, merci.

– D'accord, comme tu veux.

Nolan servit Aaron lui-même, même si Rhonda, avec sa casquette imprimée de cols de maïs pour fêter l'événement, se trouvait juste à côté et n'avait rien à faire.

Je pourrais bien avoir un petit faible pour lui, pensa Sadie. Puis elle se racla la gorge plusieurs fois très fort et attendit qu'Aaron se tourne vers elle.

– Aaron, je ne sais pas si tu te souviens de moi… Je suis Sadie Becker et j'étais une bonne amie de ta mère.

Aaron la regarda sans réagir, c'est pourquoi elle continua :

– Je voulais juste que tu saches à quel point je suis heureuse que tu sois revenu à Lac Paradis.

– Oh. D'accord, fut tout ce qu'Aaron répondit.

– Alors, combien de temps vas-tu rester ? demanda Murielle.

Alors qu'Aaron fronçait les sourcils, Nolan lui disait déjà :

– N'en dis pas trop aux trois commères, sinon ça va se savoir dans toute la ville.

– Allons, allons, allons…, fit Murielle en agitant sa main d'avant en arrière et en lançant un regard mauvais à Nolan.

– Pas très longtemps, répondit simplement Aaron, puis il prit son gobelet de café et se dirigea vers la porte.

– Euh, je voulais aussi te dire à quel point je trouve merveilleux que tu aies assisté à l'enterrement de ton grand-père, dit rapidement Sadie avant qu'il ne disparaisse.

– Oui, au moins ça. Si tu n'étais pas là à celui de Mathilda…

Murielle n'avait pas pu s'empêcher de faire un commentaire.

Aaron se tourna alors une nouvelle fois vers elles et lança :

– On dirait que vous, les commères, vous ne savez pas tout, n'est-ce pas ?

Et sur ce, il quitta le café.

Les trois femmes le regardèrent partir sans rien dire.

Chapitre 11

– … Et je me disais déjà : où vais-je bien pouvoir aller avec huit marmites de soupe ? Je veux dire, ces dernières années, Rupert a toujours mis sa chambre froide à ma disposition, mais maintenant il m'a subitement annulée hier, car il a déjà promis à Ashleigh d'y entreposer ses cupcakes.

Lexi émergea de ses pensées et regarda sa mère, qui secouait la tête avec horreur.

– Oh là là, c'est pas juste. Il fait ça juste pour emmerder Howie, non ?

– Mais bien sûr ! déclara sa mère, du même avis.

– Cet homme a quarante-deux ans, on pourrait penser qu'il arrêterait un peu de jouer aux écoliers.

Oui, on devrait vraiment le penser. Mais Lexi ne pensait pas qu'une fin proche des disputes entre les deux propriétaires de supermarché était en vue.

– Et qu'est-ce que tu vas faire de tes marmites de soupe ? demanda-t-elle en pensant aux énormes marmites dans lesquelles sa mère préparait chaque année la soupe pour la fête du Maïs.

Sa mère avait même pris sa journée hier, pour rester aux fourneaux du matin au soir. Pendant ce temps, son père avait repris le magasin, même si Lexi savait qu'il avait mieux à faire que de rester dans la boutique et de conseiller les femmes de la ville sur un nouveau chemisier ou même sur des collants ou des soutiens-gorge. Mais il le faisait par amour pour sa femme et parce qu'il savait à quel point ces festivités étaient importantes pour elle. Aujourd'hui encore, il serait dans le magasin pendant que Lexi et sa mère vendraient la soupe.

Lexi poussa un soupir. C'était si mignon de voir que ses parents étaient toujours ensemble après toutes ces années. Comme elle aurait voulu un tel mariage, mais elle n'en avait malheureusement pas eu la chance. Eh bien, sa mère – et le reste des habitants de la ville – avait raison de dire qu'elle ne devait pas baisser la tête. Elle n'avait que vingt-trois ans, il était donc possible qu'elle rencontre une deuxième fois quelqu'un qui avait le potentiel de devenir l'homme de ses rêves. Mais il n'était pas si facile de croire qu'elle rencontrerait l'amour une seconde fois.

Elle ne pouvait s'empêcher de penser à Aaron. À cette soirée de l'autre soir, lorsqu'ils étaient assis ensemble sur le ponton. Vu la délicatesse avec laquelle il s'était occupé d'elle, elle était presque sûre qu'il avait remarqué ses larmes. Je me demande s'il savait ce qui lui était arrivé. Si Mathilda était encore en vie, elle le lui aurait certainement dit, car la tragédie de Lexi avait bien sûr été le sujet de conversation numéro un à l'époque. Mais comment aurait-il pu l'apprendre à New York ? Elle ne savait pas s'il était encore en contact avec quelqu'un de Lac Paradis, mais elle ne pouvait guère l'imaginer. Le fait qu'il soit ici, c'était encore une grande surprise. Une joie, elle devait l'avouer. Et elle devait aussi admettre qu'elle espérait qu'il accepterait son offre d'un bol de soupe de maïs et qu'il passerait à la fête plus tard. S'il était encore à Lac Paradis.

– J'espère que ce ne sera pas une nouvelle raison de se disputer entre eux, dit sa mère, et Lexi la regarda d'un air perplexe.

– Pardon ?

– Dis-moi, est-ce que tu m'écoutes ? Où as-tu la tête ?

– Désolée, j'étais juste... distraite pendant un moment. Qu'est-ce qui pourrait être une raison de se disputer ?

– Eh bien, le fait que j'ai mis ma soupe chez Howie. Cela va sûrement mettre Rupert en colère.

– Tu as mis ta soupe chez Howie ?

Sa mère la regarda en fronçant les sourcils. Puis elle secoua la tête, et Lexi sut exactement ce qu'elle pensait. Qu'elle ne s'était toujours pas remise de toute cette histoire et qu'elle n'était tout simplement plus la même.

Que dirait sa mère si elle apprenait que la distraction de sa fille avait quelque chose à voir avec un autre homme que Keith ?

Pendant un instant, Lexi se sentit mal, presque comme si elle le trompait, juste parce qu'elle pensait à un autre homme. Mais ensuite, cette sensation de picotement se répandit à nouveau en elle, et elle décida qu'il n'y avait aucune raison de se sentir mal. Et qu'elle voulait simplement profiter de cette toute nouvelle sensation.

Quelques heures plus tard, le stand était prêt, les deux premières marmites étaient posées sur les plaques de cuisson électriques et dégageaient ce merveilleux parfum que Lexi aimait tant et qui lui rappelait toujours sa jeunesse. Donna Dawson avait en effet proposé sa soupe de maïs pour la première fois il y a dix ans déjà. La fête du Maïs en tant que telle existait déjà depuis 1958, bien qu'à l'époque, elle ne se fut composée que d'un stand d'épis de maïs beurrés, d'un stand de pop-corn et de l'élection de la princesse du maïs. Au cours des dernières décennies, plusieurs autres stands s'étaient ajoutés. En regardant autour d'elle, Lexi découvrait maintenant, en plus des épis et du pop-corn – d'ailleurs, Jonah Truman proposait du pop-corn fantastique et coloré –, plusieurs sortes de poêles à maïs, des burritos, des tacos et des nachos, plusieurs sortes de pâtisseries au maïs et les meilleurs *hush puppies* que l'on pouvait trouver dans tout le Nebraska. Edda proposait également ses fameuses boules de pop-corn, Lydia Doyle de délicieux beignets de maïs, Savannah une délicieuse quiche au maïs et Evelyn, la mère de Buddy, des pommes de terre au four fourrées au maïs et à la viande. Quant à l'église, elle vendait toutes sortes de gâteaux à son stand, dans lesquels la farine de maïs était bien sûr toujours présente. C'était étonnant de voir à quel point le maïs et le chocolat se mariaient bien. Mais Lexi avait entendu dire que dans la grande ville, on proposait même des gâteaux au chocolat et à l'avocat, il ne fallait donc plus s'étonner de rien.

Son regard fut alors attiré par un blouson de cuir noir dans la foule.

Mais l'instant d'après, il avait déjà disparu.

– Qu'est-ce que tu cherches ? entendit-elle sa mère lui demander.

– Oh, je pensais juste avoir vu quelqu'un.

– Qui ? lui demanda sa mère, curieuse, en regardant autour d'elle.

Murielle traversait justement la fête avec sa petite-fille Abigail et leur faisait signe. Elles lui répondirent toutes deux par un signe de la main.

– Trish, finit par dire Lexi.

– Mais elle n'est pas dans son magasin ?

Donna indiqua en diagonale à gauche Le Paradis des animaux et se tourna ensuite vers deux dames qui commandaient de la soupe de maïs.

– Oui, bien sûr, répondit Lexi. C'est pour ça que j'étais... j'ai...

Et soudain, il se tenait devant elle.

Aaron Highmore en pleine forme. Ses cheveux coiffés, presque comme un toupet à la Elvis. Vêtu d'une veste en cuir qui lui donnait ce petit charme de *bad boy*, avec un jean bleu, un T-shirt noir et des chaussures noires à lacets. Et avec un sourire sur le visage qui ne semblait s'adresser qu'à elle.

– Oh, salut !

C'est tout ce que Lexi put dire, mais elle fit de son mieux pour lui rendre son sourire. Elle n'appréciait toujours pas l'état dans lequel il l'avait trouvée lors de leur dernière rencontre. Mais il ne laissa rien paraître, se contentant de sourire encore et encore.

– Salut. Joli tablier.

Elle baissa les yeux sur elle-même, sur son tablier imprimé d'épis de maïs tièdes.

– Merci !

Elle le regarda en face.

– Alors, tu es vraiment venu.

– J'ai du mal à y croire moi-même, j'ai toujours détesté cette fête, révéla-t-il.

– Chut ! fit-elle, et elle aurait volontiers posé son doigt sur sa bouche.

Au lieu de cela, elle le posa sur ses propres lèvres.

– Tu ne peux pas dire ça à voix haute ici ! Tu pourrais te faire lyncher ou pire.

Il rit.

– Ou pire ?

– Oui.

– Comme quoi, par exemple ?

– Ils pourraient te mettre dans un des costumes d'épis de maïs et t'obliger à danser avec les petites filles.

Il regarda par-dessus son épaule jusqu'au centre de la place, où une scène ouverte avait été installée, sur laquelle huit petits épis de maïs étaient en train de faire une danse étudiée sur *Don't Stop Believin'* de Journey.

Aaron secoua violemment la tête.

– Non, s'il te plaît, pas ça !

Elle ne put s'empêcher de rire.

– Alors, tu devrais au moins essayer de faire preuve d'un peu d'enthousiasme.

– D'accord, je vais essayer.

Il en eut d'ailleurs immédiatement l'occasion, lorsque sa mère eut en effet fini de servir les deux clientes et s'approcha d'eux. Elle regarda d'abord Lexi avec curiosité, puis elle examina Aaron.

– Tu ne me présentes pas ton ami ? demanda-t-elle.

– Maman, voici Aaron Highmore, le fils de Mathilda, tu le connais sûrement depuis longtemps. Aaron, voici ma mère Donna.

Sa mère ouvrit de grands yeux.

– C'est donc *toi* Aaron. Enfin, je te vois, toute la ville parle de toi.

– Oh, vraiment ? demanda Aaron, l'air un peu gêné.

– Mais bien sûr ! C'est merveilleux que tu viennes à la fête du Maïs. N'est-elle pas particulièrement réussie cette année ? Nous n'avons jamais eu autant de stands jusqu'à présent ! raconta fièrement sa mère.

Lexi était maintenant impatiente de connaître la réponse d'Aaron. Réussirait-il à convaincre sa mère ?

– Oui, c'est génial, dit-il avec un large sourire. Le merveilleux Festival du maïs m'a incroyablement manqué toutes ces années.

Lexi dut se retenir de rire. Il ne l'avait pas convaincue, mais lorsqu'elle regarda sa mère, celle-ci avait l'air ravie.

– Oui, je peux l'imaginer. Tu veux goûter notre soupe de maïs ? Elle est délicieuse et a déjà gagné deux fois la Coupe du maïs.

– Il y a une Coupe du maïs ? demanda Aaron, incrédule.

– Mais oui ! Chaque année, un comité se déplace pour élire les meilleures spécialités. C'est toujours le dimanche après-midi qu'a lieu la remise des prix, juste avant la soirée dansante.

– Cela semble formidable ! Je vous félicite chaleureusement et croise les doigts pour cette année.

– Merci beaucoup.

– Et bien sûr, j'aimerais goûter la soupe. Un poème lui a même été dédié aujourd'hui, je suis déjà très impatient.

Le sourire d'Aaron s'étira à nouveau jusqu'aux oreilles, et Lexi se surprit à sourire avec lui. Elle devait avouer qu'elle n'avait pas été de si bonne humeur depuis longtemps, elle ne pouvait plus s'arrêter de rayonner.

Sa mère remplit un gobelet de soupe et le tendit à Aaron.

– C'est la maison qui offre, dit-elle.

Puis Lexi et sa mère regardèrent Aaron avec curiosité.

Chapitre 12

Il regarda avec scepticisme le gobelet marron clair contenant la soupe de maïs. La seule bonne chose qu'il pouvait y voir, c'est que Lexi et Donna n'utilisaient pas ces bols en plastique qui détruisent la planète, mais des bols en bambou. Il s'était engagé depuis des années dans la protection de l'environnement et avait toujours veillé à ce que les matières premières utilisées pour la construction des bâtiments qu'il a conçus soient également durables.

Mais tout cela n'était qu'accessoire. L'odeur de la soupe lui arrivait au nez, et Lexi et sa mère le regardaient avec impatience. Il pouvait voir un sourire sur le visage de Lexi, sa mère semblait prendre toute cette histoire de fête du Maïs et surtout de soupe très au sérieux. Il allait donc s'attaquer à la purée épaisse et jaune dans laquelle nageaient quelques grains de maïs et qui était décorée de croûtons et de poireaux frais.

Il prit une cuillère, goûta et fit :

– Mhmmm. C'est la meilleure soupe de maïs que j'ai jamais mangée.

– Oh, ça me fait plaisir ! répondit Donna, heureuse, mais elle dut aussitôt s'occuper de clients.

Des gens bizarres qui s'étaient portés volontaires pour manger cette soupe et qui l'avaient payée.

Lexi ricana et se pencha vers lui.

– Je vois bien à quel point tu la trouves horrible, murmura-t-elle.

– J'ai rarement mangé quelque chose de plus dégoûtant, murmura-t-il en retour.

Et c'était vrai. La soupe était si grasse qu'elle devait contenir dix litres de crème et quelques kilos de beurre par pot. Il ne pouvait vraiment pas se le permettre.

– Ne laisse pas ma mère le savoir, elle le prendrait très personnellement.

– Pas de problème. Je la ferai disparaître discrètement.

Il lui fit un clin d'œil et la regarda à nouveau.

Elle était si incroyablement belle. Même dans son stupide tablier de maïs, elle lui paraissait toujours aussi séduisante. Son sourire, ses yeux bleus brillants et cette mèche de cheveux qui s'était détachée de sa boucle et tombait sur son visage étaient tout simplement charmants.

Bon sang ! Comment pouvait-il trouver une fille de village aussi attirante ? D'habitude, il aimait un tout autre genre de femme : grande, extrêmement mince, en talons hauts, élégante, maquillée de manière classique, genre mannequin. Lexi était tout sauf cela. Bien sûr, elle avait une belle silhouette, mais elle pesait certainement quelques kilos de plus que les femmes avec lesquelles il sortait habituellement. Au lieu de porter des Jimmy Choo, elle portait de vieilles bottes de cow-boy, ses cheveux bouclés étaient un peu ébouriffés et simplement attachés de manière lâche, et le seul maquillage qu'il avait remarqué sur son visage était un peu de mascara. Le rouge sur ses joues n'était pas du blush, il pouvait l'affirmer. Au contraire, elles semblaient simplement briller comme le reste de son corps.

Ciel ! Maintenant, il pensait déjà à sortir avec elle ! Lexi avait probablement déjà un petit ami, un fiancé ou même un mari – les villageois ne se mariaient-ils pas tout juste après le lycée ? Du moins, ceux qui restaient à Lac Paradis. Ceux qui n'avaient pas l'intention de faire quoi que ce soit de leur vie.

Son regard passa d'une main à l'autre. Pas de bague. Il respira avec soulagement.

Au moment où il allait lui demander ce qu'elle faisait dans la vie, si elle ne vendait pas de soupe de maïs, sa mère se tenait à nouveau à côté d'elle et le regardait. D'une certaine manière, elle était triste. Elle pencha la tête.

– Je suis d'ailleurs désolée que tu aies perdu ta mère si tôt, dit-elle. Nous aimions tous beaucoup Mathilda, c'était une bonne amie. Nous chantions ensemble dans la chorale de l'église.

– Oh, je ne savais pas qu'elle était dans la chorale de l'église.

En tout cas, elle ne l'avait pas été dans son enfance, et elle n'en avait jamais parlé devant lui.

– Oui, oui, elle l'était. Mais seulement pendant deux ou trois ans avant sa…

Donna soupira. Et Lexi soupira aussi.

Aaron se contenta d'acquiescer, ne sachant pas quoi répondre d'autre. Soupirer en même temps qu'elles lui semblait un peu banal.

– Son enterrement était vraiment beau, lui dit Donna.

Oui, il le savait. Il y avait assisté, ce qu'elle ne savait pas, bien sûr.

Il hocha à nouveau la tête.

– Lexi peut t'emmener au cimetière et te montrer où se trouve sa tombe. Je suis sûre que tu aimerais aller la voir.

– Bien sûr, je le ferai avec plaisir, dit Lexi.

– Je sais déjà où elle se trouve. Merci quand même, dit-il, heureux de voir Jonah se tenir à côté de lui.

– Hé, mon pote !

Son ami lui passa un bras autour de l'épaule.

– On y va ?

– Oui, bien sûr !

Et se tournant vers les deux femmes qui le regardaient toujours avec cette expression de tristesse, il dit :

– Je dois malheureusement prendre congé.

Comme il était soulagé de s'en aller.

– Hé, vous deux, comment ça se passe ? entendit-il Jonah demander.

Lexi et Donna sourirent et répondirent que tout se passait très bien.

– Comment va May ? s'enquit Lexi.

– Très bien. Elle a l'air d'être sur le point d'accoucher, mais sinon, tout va bien. Elle se réjouit de l'arrivée du bébé et aménage la chambre.

Aaron perçut le regard de Lexi, qui avait l'air un peu triste, et celui de sa mère, qui ne l'était pas moins. Mais avant qu'il n'ait eu le temps de réfléchir davantage, Donna dit :

– Tu peux dire à May qu'elle peut venir chercher un bol de soupe de maïs gratuit quand elle veut ?

Jonah sourit à Donna, Donna sourit à son tour, Lexi rayonna à nouveau – et Aaron se demanda s'il n'avait pas imaginé tout cela.

– C'est ce que je vais faire, dit Jonah. Je crois qu'elle a l'intention de venir à la fête demain. Peut-être que nous arriverons même à la soirée dansante, si May tient aussi longtemps. La plupart des jours, à huit heures du soir, ses yeux se ferment déjà.

Il riait, et Aaron trouvait cette histoire de grossesse de plus en plus inquiétante.

Finalement, ils se quittèrent, Aaron prit sa soupe de maïs et suivit Jonah à travers la foule. Sur la scène décorée d'épis de maïs séchés et de fleurs automnales se tenait maintenant un quatuor de barbershop vêtu de gilets dorés scintillants, chantant des chansons joyeuses aux sonorités anciennes qu'il ne connaissait pas.

– Je te remercie de m'avoir sorti de là. Elles viennent de faire une tournée de compassion pour ma mère, dit-il à Jonah en cherchant une poubelle.

– Ce n'est pas grave, mon cher. Tu avais l'air assez tourmenté, alors j'ai pensé que je pouvais te libérer. Jessica vient de prendre mon stand, je suis libre pour le reste de la journée.

Aaron se souvint de la jeune sœur de Noah, qui avait été une vraie petite emmerdeuse.

– Je te revaudrai ça.

– Oui ? Eh bien, passe la journée avec moi. Nous allons nous amuser à la fête du Maïs.

– Honnêtement, j'en ai assez de la fête du Maïs.

Jonah rit.

– Bon, alternative : viens chez moi, je te montrerai ma salle de loisirs. Et bien sûr, tu dois rester pour le dîner. May a préparé du curry thaï, spécialement pour toi. Et elle a dit que je ne devais pas rentrer à la maison sans toi pour le dîner.

– Quelque chose sans maïs ? Je suis impatient.

Puis il trouva enfin une corbeille, jeta un bref coup d'œil en arrière vers le stand de soupe de maïs pour s'assurer que Donna ne le regardait pas.

Mais celle-ci était de nouveau occupée avec des clients, tandis que Lexi remuait l'une des énormes marmites. Il jeta le gobelet de soupe et s'en tira.

Après avoir passé quelques heures à jouer au billard, au baby-foot et à parler de choses et d'autres avec Jonah dans sa petite cave de loisirs, il s'assit le soir avec May et lui à la table basse et mangea du riz sauvage avec un délicieux curry de légumes juste assez épicé. Il en reprit un peu et regarda May qui était assise dans un fauteuil bruyant et avait posé ses pieds enflés (comme elle le lui avait dit en gémissant) sur un tabouret. Elle regardait en streaming un vieil épisode de *Modern Family* et avait déposé son assiette de dessert sur son ventre géant. Il y avait de nouveau du gâteau, cette fois-ci aux abricots – elle semblait vraiment aimer cuisiner. Ou était-ce juste un truc de femme enceinte ? Aaron se demanda si elle connaissait Lexi. Peut-être même étaient-elles amies.

Jonah parlait à nouveau de son pop-corn. Il semblait totalement absorbé par son activité et Aaron pouvait maintenant comprendre May, qui avait laissé entendre que son mari passait chaque minute de son temps libre dans son usine.

Aaron aussi commençait à avoir l'impression de ne plus pouvoir éviter le maïs. La nuit dernière, il avait même rêvé de pop-corn multicolore qui tournait dans toutes les couleurs possibles et imaginables dans son tambour respectif. Le tambour s'était mis à tourner de plus en plus vite jusqu'à ce qu'il explose et que du pop-corn vert, orange et rose tombe sur lui et l'ensevelisse.

Prisonnier d'une montagne de pop-corn, il s'était réveillé en sursaut et avait tenté, le souffle coupé, de savoir où il se trouvait. Pas dans son monde, New York City, où personne ne connaissait son voisin et où l'on pouvait simplement être soi-même, mais dans un voyage insensé dans le passé.

Bien sûr, il ne pouvait pas parler de son rêve à Jonah. Son ancienne thérapeute aurait peut-être pu en déduire quelque chose. Mais quoi ?

Qu'il était secrètement un grand fan de pop-corn ? Qu'il se sentait pris au piège ?

Ou qu'il avait besoin de travailler sur quelque chose et de se sortir de ce fichu tas de pop-corn, qui représentait éventuellement le maïs et tout ce qu'il détestait à son sujet ?

– Est-ce que tu as parlé à ton père depuis que tu es revenu ? demanda Jonah tandis que May riait de quelque chose que Phil faisait à la télévision.

Apparemment, il s'agissait d'un Alpacca. Aaron n'avait pas prêté attention à l'épisode.

Il hocha la tête.

– Oui, j'étais chez lui jeudi.

– Et alors ?

– Rien. Il était refroidi comme toujours, et il était plus qu'évident qu'il voulait se débarrasser de moi. Hier, à l'enterrement, il m'a ignoré – comme toujours.

Il haussa les épaules. Il ne voulait pas admettre que cela le blessait plus qu'il ne l'avait supposé. Et qu'il avait effectivement nourri le léger espoir que son père avait changé, qu'il s'était transformé en un véritable être humain.

– Tu aurais certainement eu besoin de quelqu'un à tes côtés. Si tu m'avais prévenu que tu serais en ville pour l'enterrement, j'aurais pris congé.

– Ce n'était pas nécessaire, vraiment. Je n'ai pas parlé à mon grand-père depuis de nombreuses années. Il ne se souvenait probablement même plus de moi.

– Ne dis pas de telles choses. Je suis sûr qu'au fond de lui, il t'aimait, tout comme ton père. Ces deux-là n'ont juste jamais réussi à surmonter leur orgueil.

– C'est leur problème. Je peux très bien vivre sans eux. J'ai pu le faire ces douze dernières années.

Jonah le regardait avec un peu de pitié. Aaron savait que son ami avait toujours eu une très bonne relation avec son propre père, raison pour laquelle il avait souvent été jaloux de lui lorsqu'il était enfant. Ils l'avaient parfois emmené pêcher sur le lac, et c'est le père de Jonah qui lui avait appris à nager, à ramer et à faire du canoë. Dans ces moments-là, il avait toujours souhaité que son propre père fasse la même chose avec lui, mais il était heureux d'avoir trouvé une sorte de papa de substitution.

– Comment va ton père ? demanda-t-il.

– Il va bien. Il est souvent à Lac Paradis le matin, il est assis dans sa chaise pliante sur la rive est et il lance sa canne à pêche. Tu le croiseras peut-être un jour en faisant ton jogging.

– Comment sais-tu que je fais du jogging autour du lac ?

Il pensa à nouveau à Lexi, qu'il avait rencontrée l'autre soir en faisant son jogging.

Jonah rit.

– Qu'est-ce que tu crois ? Tu es mon meilleur ami, je devrais te connaître un peu, non ?

– Bien sûr.

Aaron sourit.

– Et toi ? Est-ce que tu aimes toujours la musique de Beyoncé ?

Il se souvenait bien qu'à douze ans, Jonah avait eu le béguin pour la belle chanteuse et qu'il avait écouté ses chansons en boucle.

Jonah rougit un peu et s'apprêtait à faire signe que non lorsque May se tourna vers eux et se mit à rire.

– Et comment ! L'autre jour, à la Taverne Paradis, il a chanté *Halo* au concours de karaoké et il est même arrivé troisième !

– Tu n'es pas sérieux !

Aaron fixa son ami avec étonnement.

– Eh bien… c'était juste pour le plaisir. Je n'ai pas l'intention de participer à *The Voice* ou quoi que ce soit.

Jonah se gratta l'arrière de la tête.

May lui tendit alors une main en souriant affectueusement, et lorsque Jonah la saisit et la serra, une grosse boule se forma dans la gorge d'Aaron.

– Je peux vous poser une question ?

Il voulait oser, même s'il savait que Jonah se moquerait sûrement de lui plus tard.

– Bien sûr. De quoi s'agit-il ? lui demanda son ami.

– Vous connaissez Lexi Dawson, non ?

Tous deux hochèrent la tête, l'air soudain très sérieux.

– Oui, bien sûr, dit Jonah. Nous les avons vues ensemble tout à l'heure, tu te souviens ? À leur stand de maïs.

– Oui, bien sûr. Mais je voulais plutôt dire si vous la connaissiez personnellement. Alors, êtes-vous amis avec elle ?

Les yeux de May prirent une expression triste. Puis elle dit :

– Bien qu'elle fût une année en dessous de moi, nous traînions souvent ensemble, c'était avant que j'aille à l'école de coiffure à Chicago. Mais aujourd'hui encore, nous nous entendons bien.

– Et est-ce que tu sais alors… si elle est prise ?

May retint son souffle.

– Tu ne sais pas ce qui lui est arrivé ?

Comme Aaron secouait la tête, elle laissa à Jonah le soin de lui raconter l'histoire.

– C'était il y a un peu plus de deux ans. Lexi était fiancée à Keith Reynolds, tu te souviens peut-être de lui.

Il réfléchit un instant.

– Non, je ne crois pas.

– Il était à l'époque un de ces supersports, mais c'était probablement après ton départ. Quoi qu'il en soit, ils étaient tous les deux des amoureux de lycée et étaient sur le point de se marier. Tout était prévu. May devait même être l'une des demoiselles d'honneur. Mais deux semaines avant le mariage, Keith est parti en randonnée et a été retrouvé mort.

Il semblerait qu'un chasseur l'ait attrapé par erreur. Mais on ne sait toujours pas exactement ce qui s'est passé. Tout ce que l'on sait, c'est que la vie de Lexi, telle qu'elle la connaissait, s'est arrêtée du jour au lendemain.

– Putain, c'est intense !

Il n'aurait jamais pensé à une telle chose en rêve.

– Oui, c'était le cas. Et ça l'est toujours, dit maintenant May.

– Lexi ne s'en est jamais vraiment remise. Mais qui le pourrait ? Elle aimait Keith de tout son cœur.

Ils restèrent tous silencieux un moment. Puis Jonah demanda :

– Pourquoi est-ce que tu te renseignes sur elle ?

– Oh, juste comme ça. Je l'ai rencontrée l'autre jour au lac et… elle avait l'air un peu triste.

Il ne dit pas qu'elle avait pleuré, Lexi n'aurait certainement pas voulu qu'il en parle.

– Tu lui as parlé ? demanda Jonah.

– Oui, je lui ai parlé. Et je me suis assis avec elle. Elle s'est même souvenue de moi. Une fois, en sixième année, j'ai récupéré sa boîte à goûter après qu'un autre garçon la lui avait prise.

May sourit, mais Jonah le regarda avec sérieux.

– Aaron, je ne veux vraiment pas t'offenser et encore moins te dire ce que tu dois faire ou ne pas faire, mais je voudrais vraiment te conseiller de ne pas toucher à Lexi. Je te le conseille en tant qu'ami.

Il fixa Jonah, puis détourna le regard. Il fixa une aquarelle sur le mur qui montrait une main sur laquelle était posé un cœur.

– Qu'est-ce que tu veux dire exactement ? demanda-t-il. Tu penses que je ne suis pas assez bien pour elle ?

– Oh, allez, Aaron. Nous savons tous les deux comment tu te comportes avec les femmes. Et puis, tu seras bientôt de retour à New York.

May hocha la tête.

– Nous ne voulons tout simplement pas que Lexi connaisse à nouveau une telle douleur, dit-elle.

Aaron se leva brusquement.

– D'accord, d'accord. Je ne m'approcherai plus d'elle si vous pensez que je suis si dangereux.

– Ne te vexe pas, dit Jonah en essayant de le ramener sur le canapé.

Mais Aaron s'était déjà dirigé vers le couloir, où il prit sa veste au crochet. Il jeta un coup d'œil dans le salon et dit :

– Merci pour ce délicieux repas, May. Je m'en vais.

– Oui, tu es doué pour ça, rétorqua Jonah.

– Chérie, laisse-le faire, chuchota May en appelant Aaron : Est-ce qu'on va te revoir avant de repartir ?

– Probablement pas, répondit-il, après quoi May se leva de son fauteuil et s'approcha de lui.

Elle le serra dans ses bras et lui souhaita un bon vol de retour.

Il était déjà sorti de la maison lorsque Jonah le rejoignit en courant.

– Hé, désolé, mec. Je ne pensais pas ce que j'ai dit.

– Ce n'est pas grave, dit-il.

Jonah avait raison. Il ne s'entendait pas très bien avec les femmes avec lesquelles il sortait, du moins pas sur le plan émotionnel. Elles étaient simplement de bonnes compagnes, pour une nuit ou plus, mais aucune d'entre elles n'avait jamais compté plus pour lui. Il n'avait jamais éprouvé de véritable affection pour aucune d'entre elles. Et il n'était toujours pas sûr de pouvoir le faire – quels que soient les sentiments qui avaient pris possession de son corps.

Il regarda vers la place où la fête continuait à battre son plein, chercha Lexi du regard, crut un instant apercevoir ses boucles blondes dans la foule, mais elle disparut à nouveau.

– Tu sais où on peut boire un verre ici ? demanda-t-il à son ami, car il avait vraiment besoin d'un verre.

Jonah lui passa un bras autour de l'épaule.

– Nous y allons tout droit.

Et Aaron ne pouvait rien imaginer de mieux à ce moment-là que deux doigts de bourbon sur de la glace. Pour faire comprendre qu'il était un solitaire et qu'il le resterait probablement toujours. Et qu'il mourrait seul. Comme son grand-père. Comme son père, très probablement. Comme tous les mâles Highmore de la planète.

Une fois de plus, il laissa son regard errer sur la place, vers la scène où la nouvelle princesse du maïs venait d'être élue : une jeune jolie brune aux jambes super longues et fines, qu'il ne pousserait certainement pas hors de son lit. Peut-être la rencontrerait-il personnellement au cours de la soirée et ferait-il ce qu'il sait faire de mieux : l'attirer par son charme dans sa chambre d'hôtel et lui offrir une nuit qu'elle n'oublierait jamais.

Chapitre 13

– Princesse, princesse ! s'exclama la petite Abigail avec enthousiasme, tandis que Sadie et Delores regardaient la petite fille de quatre ans taper dans ses mains et sauter de haut en bas, enchantée.

– Oui, c'est vraiment une belle princesse, n'est-ce pas ? dit Murielle à sa petite-fille.

– Je vous avais dit qu'elle gagnerait, dit Sadie, devant le glacier où elles se tenaient pendant qu'elles regardaient la remise des prix.

De là, on avait une vue magnifique sur la scène et Murielle n'avait pas à craindre qu'Abigail se perde une fois de plus, car la petite était agile comme pas deux. Mais comme Sadie lui avait promis une glace, il n'y avait de toute façon pas trop de danger pour le moment.

– Je pense toujours que Lexi aurait mieux mérité l'écharpe, fit savoir Delores à ses amies.

Son mari George avait déjà pris congé et était allé boire une bière avec quelques-uns des autres hommes. Il avait dit qu'il n'avait pas envie de ces fioritures de Miss Maïs, mais Delores ne voulait pas s'en priver.

En regardant à nouveau Abigail, elle ne put s'empêcher d'envier Murielle pour sa mignonne petite-fille. Et comme souvent, elle regrettait de ne pas avoir elle-même d'enfants ou de petits-enfants. Ils avaient essayé, pendant tant d'années, jusqu'à ce que le médecin lui découvre une malformation des ovaires. George lui avait dit que cela ne le dérangeait pas, tant qu'elle pouvait vivre avec l'idée qu'ils passeraient le reste de leur vie à deux. Et même si elle était triste, elle était soulagée et reconnaissante que George soit resté avec elle, bien qu'il ait tout autant souhaité avoir une famille.

– Regardez le maire qui se promène avec son chapeau haut de forme, dit Murielle en riant.

– Il doit faire au moins un demi-mètre de haut, estima Sadie.

– Il a sûrement pris le plus grand qu'il a pu trouver pour être sûr que personne ne le rate.

Ils fixaient tous l'énorme chapeau aux couleurs du drapeau américain.

– Son fils sera à nouveau le DJ demain, pour la soirée dansante, je l'ai appris par Teresa, raconta Sadie.

Teresa Jones, la sœur cadette de Sadie, était la femme du pasteur et était toujours au courant de ce qui se passait en ville. Elle n'était pas une commère, mais elle aimait bien laisser échapper quelque chose dans une conversation, sans se faire remarquer.

– Oh non ! Shane Doyle ne vient-il pas de rompre avec Liz ? demanda Delores.

Liz était propriétaire du salon de coiffure de la ville.

– Non, elle avec lui !

– Oh là là ! De toute façon, il a déjà des goûts musicaux atroces. Demain, il ne jouera certainement que des crooners déchirants, craignit Murielle.

– Oh, le pauvre garçon, soupira Delores.

Puis elles regardèrent à nouveau la place, dans l'espoir de découvrir quelque chose de nouveau et d'excitant, et de le faire en premier.

Le regard de Sadie passa de Liz, qui n'avait pas l'air si déprimée que ça et qui souriait gentiment en servant sa poêlée de maïs, à Lindsay, qui acclamait sa meilleure amie Ashleigh et ne semblait pas ressentir de dépit à l'idée de devoir lui céder sa place. Puis le stand de beignets de Lydia Doyle, devant lequel la file d'attente s'allongeait, Ethan Schulz, le journaliste de la *Gazette Paradis*, qui prenait quelques photos ici et là, Savannah, qui fermait son stand pour la journée parce qu'elle n'avait déjà plus de quiches, et enfin Donna et Ian, qui riaient joyeusement ensemble au stand de soupe de maïs.

– Uh-uh ! s'exclama-t-elle. J'ai failli oublier. J'ai une super nouvelle à vous annoncer. J'ai vu quelque chose par hasard cet après-midi au stand de Donna.

– Eh bien, quoi ? Ne fais pas durer le suspense ! dit Murielle.

Sadie sourit, car elle savait à quel point ses amies étaient avides de nouvelles.

– Comme toujours, Lexi était présente au stand… et devinez avec qui elle a flirté !

Murielle la dévisagea.

– Ne me dis pas ça !

– Oui, avec qui ? demanda Delores, qui était encore une fois un peu tombée sur la tête.

– Eh bien, avec lui, je suppose ! Aaron Highmore ! J'ai raison ? demanda Murielle, juste pour être sûre.

Mais Sadie hocha la tête, tout excitée.

– Oh oui !

– Ha, comme c'est beau, dit Delores. Lexi et Aaron, quel joli couple.

Les deux autres la regardèrent, choquées.

– Oui, tu as déjà oublié ce qu'on raconte sur Aaron ? Que c'est un coureur de jupons et qu'il change de femmes comme d'autres hommes changent de chaussettes ! objecta Murielle.

– Et as-tu oublié ce qui est arrivé à la pauvre Lexi ? rappela-t-elle à Sadie.

Delores était un peu mal à l'aise, car elle avait effectivement oublié pendant un moment.

– Non, bien sûr que je ne l'ai pas oublié. J'ai juste pensé que Lexi méritait un nouvel amour, n'est-ce pas ? Donc, si quelqu'un l'a, c'est elle.

– Oui, mais pas ce type !

C'est à ce moment-là qu'il apparut au coin de la rue, Aaron Highmore, accompagné de Jonah Truman, qui avait passé son bras autour de ses épaules. Les trois femmes se turent immédiatement et observèrent les deux hommes sans se faire remarquer. Aucune ne put entendre ce dont ils parlaient dans le brouhaha de la fête, mais Delores crut comprendre qu'il s'agissait de Lexi. Elle aurait aimé en savoir plus pour pouvoir en parler à ses amies, mais la journée n'était pas encore terminée.

– Oh, regardez, ils vont à la taverne. Ton George n'est pas là-bas ? demanda Sadie à Delores.

Celle-ci acquiesça.

– Il l'est. Et je vais lui demander tout de suite s'il a entendu quelque chose.

– Oh oui, fais-le. Et note bien tout, je veux avoir des détails demain matin, dit Murielle, car, bien sûr, les trois femmes se rencontraient également le dimanche matin au Café Paradis, d'où elles se rendaient directement à l'église.

– Grand-mère, je peux avoir une glace ? demanda Abigail, qui avait assisté avec fascination à la mise en place de l'écharpe, de la couronne et du sceptre en forme d'épi de maïs dans la main d'Ashleigh au cours des dernières minutes.

Mais maintenant, la princesse du maïs se lançait dans un discours sans fin, ce qui ennuyait la petite fille, et c'était compréhensible.

– Mais bien sûr, ma chérie. Une promesse est une promesse, répondit Murielle, et Sadie s'avança derrière le comptoir pour demander à Abigail ce qu'elle pouvait bien choisir.

– Framboise ! répondit la petite fille qui reçut aussitôt une grosse boule dans un cornet de maïs.

Elle la prit avec joie et la lécha.

– Ne laisse pas ton papa savoir que je ne te laisse manger que des sucreries au lieu du dîner de ce soir, dit Murielle, car Abigail avait déjà mangé une gaufre au maïs et des boules de pop-corn.

D'habitude, Murielle n'autorisait pas sa petite-fille à manger des choses aussi peu saines, mais lors de ces fêtes, elle ne pouvait tout simplement pas lui refuser, puisqu'elle ne pouvait elle-même pas résister.

– Nous aussi, nous allons vous dire au revoir, dit-elle alors à ses amies. On se verra demain.

– Au revoir, mes chéries, dit Sadie.

– Rentrez bien à la maison ! les appela Delores en faisant signe à Abigail.

Murielle ne put s'empêcher de sourire. Car heureusement, elles n'étaient pas loin de chez eux : Wyatt et Abigail vivaient depuis quelque temps dans la maison juste à côté de la sienne. Après que sa femme Hannah les avait abandonnés alors qu'Abigail n'avait pas encore six mois. Wyatt, qui avait auparavant fait sa formation à Lincoln et y avait été patrouilleur, était retourné à Lac Paradis avec Abigail. Cela tombait bien, le vieux shérif Morgan allait justement prendre sa retraite et on cherchait un remplaçant. Et cela tombait encore mieux que la maison à côté de celle de Murielle sur le chemin Paradis soit à vendre. Entre-temps, elle s'occupait de sa petite-fille pendant la journée, tandis que Wyatt faisait régner la loi et l'ordre. Et depuis qu'Abigail allait à la maternelle, Murielle avait même commencé à aider quelques jours par semaine à la bibliothèque locale. Elle aimait sa vie de grand-mère et ne pouvait pas imaginer une petite-fille plus douce qu'Abigail.

Alors que la petite fille continuait à lécher sa glace, ils passèrent devant la maison d'Ava Garland, dont le perroquet Sinatra cria très fort : « Bonne nuit ! Bonne nuit ! » Et même s'il n'était que sept heures et demie, Murielle devait admettre qu'elle aussi était déjà fatiguée. La journée avait été longue et riche en événements, et elle se réjouissait déjà du lendemain, lorsque la fête du Maïs reprendrait.

Chapitre 14

Ashleigh était encore en train de prononcer son discours de remerciement quand Lexi prit un bol de nachos chargé de fromage, de jalapeños et de salsa au stand d'Elliot Monroe, un cultivateur de maïs de la région. Elle essaya prudemment de ramener le tout vers le stand de soupe sans en faire tomber la moitié. Dans l'autre main, elle tenait déjà l'assiette en carton avec le morceau de quiche que sa mère avait demandé. Lorsqu'un des enfants la bouscula en passant, elle ne put malheureusement pas sauver quelques chips de maïs et jura un peu.

– Lexi ! Attends, je vais t'aider, entendit-elle à côté d'elle, et l'instant d'après, Trish lui avait pris sa quiche.

Son amie rit.

– On aurait dit un parcours du combattant.

– Ouf, je te remercie. Parce que maman a eu envie d'un morceau toute la journée, et elle me tuerait si je ne lui apportais que de la quiche à la boue avec de l'herbe et de la terre à la place, parce que je l'ai fait tomber.

– Eh bien, en cas de besoin, tu pourrais lui en fournir une autre.

Lexi secoua la tête.

– Non, toutes les quiches sont parties aujourd'hui, j'ai réussi à obtenir l'une des deux dernières parts.

– Eh bien, je ferais mieux d'en prendre le plus grand soin.

Trish, dans son pantalon moulant en imitation cuir noir et son T-shirt rose fluo, lui sourit.

– Je veux survivre à cette soirée.

Lexi rit et prit un nacho recouvert de fromage râpé et de deux tranches de jalapeño, qu'elle enfonça aussitôt dans sa bouche avec délectation.

– Tu en veux aussi ?

– Non, merci. J'ai déjà passé la journée à me régaler ici et là, mon estomac est sur le point d'exploser.

– Le Paradis des animaux était-il vide aujourd'hui ?

– Oui, un vide béant.

– Alors, tu aurais pu passer nous voir au stand.

– Je ne voulais pas laisser le magasin seul trop longtemps. D'autant plus que j'ai donné congé à Becky aujourd'hui. En plus, ta mère m'aurait encore imposé sa soupe de maïs, et je pouvais m'en passer.

– Qu'est-ce que vous avez tous ? Je trouve notre soupe de maïs délicieuse.

– Pourquoi ? Qui d'autre a une aversion pour elle ?

Lexi eut un petit sourire en coin. Elle se servit un autre nacho.

– Allez, dis-moi !

Lexi désigna sa bouche pleine et laissa son amie s'agiter encore un peu.

– Ne me dis pas que tu parles d'Aaron Highmore ?

Elle déglutit.

– Tu as deviné !

– Je ne pensais pas que j'avais quelque chose en commun avec lui.

– Si, si. En plus de votre aversion pour la soupe de maïs, vous avez tous les deux beaucoup d'humour. Et vous aimez porter du cuir, dit-elle.

– Hmm. Alors nous allons super bien ensemble. On devrait peut-être aller à un rendez-vous un jour.

Lexi s'étrangla et chercha quelque chose à boire. Trish rit, attrapa un billet d'un dollar dans son sac à main, le jeta sur la table de vente de limonade fraîche à côté d'elles et lui tendit rapidement un gobelet.

Lexi but avidement.

– Merci à toi.

– Au fait, c'était juste pour rire. Je n'ai pas l'intention de sortir avec Aaron.

– Ahaaa ! Parce qu'en réalité, tu aimes Wyatt ? dit-elle enfin en toussant une nouvelle fois.

Trish ouvrit de grands yeux.

– Notre shérif ? Qu'est-ce qui te fait dire ça ? Je suis avec Steven !

– Eh bien, je pensais que c'était parce que tu lui plaisais aussi.

– N'importe quoi ! Il amène de temps en temps le cochon d'Inde de sa fille ou l'un des chats de sa mère ou la perruche de sa tante... C'est tout ce qu'il y a.

Lexi sourit à son amie.

– Eh bien, ça dit tout, non ?

– Quoi donc ? demanda encore Trish.

Mais Lexi ne répondit plus, car son regard était maintenant dirigé vers deux hommes de l'autre côté de la rue, qui passaient devant le café de Nolan et se dirigeaient directement vers la Taverne Paradis.

Les yeux de Trish suivirent les siens.

– C'est Jonah et... Aaron ?

– Oui, ils sont toujours amis, apparemment.

– Oh, je ne savais pas.

– Moi non plus, dit Lexi. May n'a jamais mentionné quoi que ce soit de ce genre.

– Eh bien, May n'est pas non plus une commère, dit Trish.

– Oui, et ça fait d'elle une rareté dans cette ville.

– En effet.

Elles regardèrent les deux hommes partir jusqu'à ce qu'ils disparaissent dans le bar.

– Viens, allons porter sa quiche à ma mère, elle doit déjà être impatiente. Il y avait tellement de monde sur notre stand que nous n'avons pas pu partir de toute la journée.

– Oh. Alors vous avez raté beaucoup de choses.

– Oh, notre stand est assez central, je pense que nous avons suivi l'essentiel.

– Oui ? Même que Howie et Rupert ont eu une énorme dispute ?

– Ouaip. C'est la faute de la soupe de ma mère.

– Oh, vraiment ? Il faudra que tu me racontes ça plus tard. Mais as-tu remarqué que Buddy et sa mère étaient habillés en couple à leur stand de pommes de terre ? J'avais une vue imprenable sur eux depuis la porte du magasin.

Trish lui fit un clin d'œil et Lexi rit. Son amie était probablement restée debout toute la journée devant la porte ouverte du magasin, sinon comment aurait-elle pu remarquer tous ces événements passionnants ?

– Non, vraiment ?

– Oh, oui. Ils portaient des pantalons jaune vif et des pull-overs assortis, avec un épi de maïs géant qui riait dessus.

– C'est fou. Alors, j'ai vraiment raté ça. Ils sont encore là ?

– Il ne reste qu'Evelyn. Buddy a dû rentrer chez lui, faire de la poésie. Mais peut-être que demain ils porteront encore la même tenue.

Trish haussa les épaules.

– Oui, peut-être. D'ailleurs, demain, je n'aurai pas à tenir le stand. Comme la boutique est fermée le dimanche, mon père me remplacera et j'irai chercher mon grand-père pour l'accompagner à la fête.

– Oh, c'est bien. Je suis sûre qu'il sera content.

– Je le pense aussi. Il ne va presque plus nulle part.

– Vous pourrez alors regarder ces idiots parier sur des épis de maïs, dit Trish en riant.

– Bonne idée.

– Au fait, as-tu remarqué qu'Ashleigh est devenue la nouvelle princesse du maïs ?

Elles regardèrent la scène. Ashleigh n'y était plus, remplacée par le quartet du barbershop qui jouait d'autres chansons démodées.

– Bien sûr. Son discours n'a pas manqué d'être entendu. Elle a remercié presque tous les habitants de la ville en pleurant et en sanglotant tout le temps. Je n'ai jamais pu comprendre comment on peut se mettre à pleurer pour une écharpe.

Et c'est ce qu'avaient fait jusqu'à présent toutes les princesses du maïs nouvellement élues, sans exception.

– Oui, chérie, parce que nous avons toujours été différentes. Et parce que pour nous, il y avait des choses plus importantes à pleurer.

Oui, Trish avait malheureusement raison. Elles n'avaient pas eu la vie facile toutes les deux. Trish avait perdu ses parents très tôt dans un accident d'avion et avait dû assumer le rôle de mère pour ses deux jeunes sœurs juste après avoir obtenu son diplôme de fin d'études secondaires. Et Lexi elle-même... tout le monde connaissait son histoire.

Elles se frayèrent un chemin jusqu'au stand de maïs.

– Joli tablier, au fait. Bien plus cool que celui du salon des animaux, dit Trish.

– C'est ce qu'Aaron a dit aussi.

Trish fronça les sourcils.

– Comment sait-il à quoi ressemblent les tabliers du salon des animaux ?

– Non ! *Joli tablier*, c'est ce qu'il a dit.

– Oh, vraiment ? Alors vous avez encore discuté ?

Lexi avait bien sûr parlé à son amie de la rencontre au lac, mais n'en avait pas fait toute une histoire.

– Juste de la soupe de maïs, dit-elle maintenant.

– Quel dommage ! Je pensais que tu avais quelque chose de plus excitant à raconter.

Elle l'aurait fait si elle l'avait voulu. Par exemple que son cœur ne voulait plus s'arrêter de battre frénétiquement depuis qu'Aaron l'avait regardée droit dans les yeux et lui avait souri tout à l'heure. Avec ce sourire éblouissant, d'une blancheur éclatante, qui semblait tout droit sorti d'une publicité pour le dentifrice. Mais elle ne voulait pas que sa meilleure amie le sache, ni personne d'autre. Il y avait moins de deux ans et demi, elle avait perdu son fiancé de la manière la plus tragique qui soit, elle ne pouvait quand même pas se mettre à la recherche d'un nouvel homme, n'est-ce pas ?

Non ?

Mais quel était le moment approprié pour pouvoir regarder à nouveau autour de soi ? Y avait-il des règles spécifiques ? Serait-elle regardée de travers jusqu'à la fin de sa vie si elle flirtait avec un autre ? Se sentirait-elle à nouveau à l'aise ?

Et parviendrait-elle un jour à surmonter la douleur ?

– Ah, vous voilà enfin ! s'exclama Donna en leur tendant une main ouverte.

Trish posa son assiette dessus et Lexi s'excusa :

– Désolé, c'était vraiment difficile de traverser la foule.

Puis elle se tourna vers son père, qui était également présent sur le stand.

– Salut, papa !

Elle regarda l'horloge de la mairie, il était sept heures vingt, la boutique avait déjà fermé ses portes.

– Bonjour, ma chérie. Ta mère m'a déjà dit que c'était l'enfer ici aujourd'hui.

– Total. Nous avons vendu entièrement quatre des huit marmites de soupe.

Entre-temps, elle avait dû aller chez Howie au marché de la soupe pour aller chercher du ravitaillement dans la chambre froide. Maintenant, elle jetait un coup d'œil dans la cinquième marmite qui était encore sur sa plaque de cuisson. La fête du Maïs durait jusqu'à dix heures, mais sa mère avait déjà décidé que dès que cette marmite serait également vidée, elles fermeraient pour la journée. Il fallait bien qu'il reste de la soupe pour demain.

– Tu peux partir maintenant si tu veux, dit son père. Je vais prendre la relève.

Elle regarda Trish, qui lui adressa un large sourire et hocha la tête.

– D'accord. Merci, papa.

Lexi embrassa son père sur la joue.

– Tu veux aussi que je te prépare quelque chose à manger ?

– Non, non, ce n'est pas nécessaire. Je viens de me servir une poêlée de maïs, elle était délicieuse.

– Très bien, à demain matin, alors.

Elle retira son tablier, le rangea dans le casier sous la table et attrapa son sac à main. Puis elle entraîna Trish avec elle et fit un dernier signe à ses parents en partant.

– Alors, qu'est-ce qu'on fait de la soirée qu'on a commencée ? D'une certaine manière, tu as l'air d'avoir un plan.

– Exactement ! répondit Trish. Que dirais-tu d'aller à la taverne ? Nous pourrions nous asseoir près de Jonah et Aaron et éventuellement entamer une conversation avec eux. Discrètement, bien sûr.

Lexi hésita.

– Non, allons plutôt nous promener dans la fête du Maïs. Je voudrais un autre dessert. Quelque chose de sucré, peut-être des boules de pop-corn, au cas où il en resterait à Edda. Et je n'ai pas encore fait tourner la roue de la fortune non plus.

Ce n'est pas qu'elle en ait vraiment envie, mais une visite au bistrot ne lui semblait pas être une bonne idée.

– Bon, comme tu veux. J'ai juste pensé que cela pourrait te rapprocher un peu plus d'Aaron.

Elle s'arrêta alors et lança un regard indigné à Trish.

– Qu'est-ce qui te fait penser que c'est ce que je veux ?

Son amie avait l'air confuse.

– Désolée, je pensais juste que…

– Mauvaise idée, dit Lexi en se dirigeant tout droit vers la roue de la fortune.

Elle gagna une bouteille de sirop de maïs sponsorisée par le groupe Highmore – justement !

Chapitre 15

Il se réveilla dans son lit confortable de l'Auberge Paradis et sourit, les yeux toujours fermés. Il avait rêvé de quelque chose de merveilleux, dont il ne se souvenait malheureusement pas. Mais tout à coup, il se réveilla en sursaut, osa ouvrir les yeux et regarda à côté de lui.

– Ouf, Dieu merci ! s'exclama-t-il, soulagé.

Ce n'était sans doute qu'un rêve, lui aussi, d'avoir emmené la nouvelle Miss Maïs à l'hôtel la nuit dernière. Aaron était vraiment content qu'elle ne se trouve pas à côté de lui dans son lit. Il ne pouvait pas vraiment dire pourquoi, il avait juste l'impression que cela ne lui donnerait pas vraiment de points bonus auprès de Lexi si elle l'apprenait. Et ici, dans cette maudite petite ville, tout le monde était au courant de tout.

Il s'étonnait de lui-même parce qu'il venait de qualifier Lac Paradis de ville. Mais même s'il n'avait jamais voulu se l'avouer, elle l'était tout de même d'une certaine manière. Sa ville natale, l'endroit où tout avait commencé : sa vie, son amitié avec Jonah, qui avait été tout simplement génial hier soir et qui l'avait réveillé.

Il faut dire qu'Aaron avait fini par être passablement ivre et qu'il ne se rendait même plus compte des conneries qu'il proférait. Oui, et c'est aussi ici, à Lac Paradis, qu'avait eu lieu la douce rencontre avec Lexi. Il sourit à nouveau en pensant à ce qu'elle lui avait dit. À savoir qu'elle avait été amoureuse de lui à l'époque.

Est-ce qu'elle l'était encore aujourd'hui, au moins un petit peu ?

Il se leva du lit et s'approcha de la fenêtre, vêtu d'un boxer. Une douleur lui traversa la tête, Aaron avait une sacrée gueule de bois. En gémissant, il laissa son regard errer sur le lac Paradis, sur lequel un pêcheur était assis dans son bateau, espérant une bonne prise. Sur lequel deux cygnes nageaient tranquillement côte à côte. Sur lequel le soleil du matin scintillait et…

Bon sang ! Qu'est-ce que c'était ?

Effrayé, il se tourna vers la salle de bains. La douche venait de se déclencher !

Les bruits venaient-ils vraiment de sa salle de bains ? Il s'approcha de la porte et y prêta même une oreille. Oui, il y avait clairement quelqu'un dans sa douche.

Quelle merde ! Dans quoi s'était-il fourré ?

Ce que Lexi et lui auraient pu devenir s'était déjà envolé, tout comme le rêve insondable qui avait fait naître un sourire sur ses lèvres quelques instants auparavant.

Furieux contre lui-même, Aaron s'assit sur le lit et se mit à pleurer. Il était aussi un peu nerveux, car il ne savait pas avec certitude s'il avait vraiment emmené Ashleigh chez lui.

Dans son état d'hier, cela aurait pu être n'importe qui. Bon sang, j'espère que ce n'était pas une femme de quarante ans qu'il avait draguée sous l'emprise de l'alcool, comme cela lui était déjà arrivé une fois à New York. Ivre, il avait pris cette femme pour vingt ans de moins et s'était fait une belle frayeur le lendemain matin. Il devrait vraiment boire moins. Oui, il devrait peut-être arrêter directement, puisqu'il était déjà rentré dans son pays et qu'il voulait changer de vie.

La porte s'ouvrit et Ashleigh entra dans la pièce. Elle lui sourit.

– Bonjour, petite tête.

– Hé, dit-il, presque soulagé que ce ne soit qu'Ashleigh, même s'il continuait à se maudire en même temps.

Il regarda Ashleigh, qui se tenait devant lui pieds nus, en jean et débardeur, une serviette enroulée autour de la tête. Elle était vraiment sexy. Dans d'autres circonstances, il l'aurait attirée vers lui et aurait commencé la journée en s'amusant un peu. Mais, outre le fait que sa tête bourdonnait, il savait que cela n'aurait pas été correct. Il ne dit donc rien et se contenta de fixer ses pieds.

– Tu n'aurais pas vu mon écharpe ? demanda la nouvelle Miss Maïs.

Il regarda autour de lui.

– Elle est là, au-dessus de la chaise.

– Ah, cool, répondit Ashleigh en la mettant autour d'elle. Elle posa ensuite devant lui et demanda :

– Alors, comment me va-t-elle ?

– Sacrément bien, devait-il avouer.

La jeune fille n'avait pas gagné le concours pour rien – même si Lexi aurait au moins autant mérité l'écharpe.

– Toi, Ash, j'ai une chose à te demander. Tu pourrais garder cette histoire pour toi ? Je sais comment ça se passe dans les petites villes. Tu le dis à un humain et tout le monde le sait.

– Oh, je ne le dirai à personne, ne t'inquiète pas. Je veux dire, en fait, il n'y a rien à dire, n'est-ce pas ?

Il la regarda, perplexe.

– Comment... euh, tu veux dire ?

– Eh bien, il ne s'est rien passé entre nous. D'accord, on s'est un peu embrassés, mais tu t'es endormi avant qu'on ne passe aux choses sérieuses, Aaron.

Il sentit son visage rougir. Et son cœur se calmer en même temps.

Cela ne lui était encore jamais arrivé. Il s'était endormi ?

– Je suis vraiment désolé, je ne m'en suis pas rendu compte.

– Ce n'est pas grave. Il m'est arrivé bien pire. Bon, ce n'était pas très flatteur quand tu n'arrêtais pas de marmonner le nom d'une autre personne pendant ton sommeil. Mais j'étais aussi trop ivre pour me lever et rentrer à la maison.

– Je suis *vraiment* désolé, répéta-t-il avant de se risquer à demander : Quel nom ai-je donc marmonné ?

Ashleigh le regarda. Comme si c'était une question vraiment stupide.

– Tu devrais aller la voir et lui dire ce que tu ressens, se contenta-t-elle de répondre en enfilant son chemisier et sa veste et en s'approchant de lui une nouvelle fois.

Elle l'embrassa doucement sur la joue.

– Ne laisse pas passer ta chance.

Puis elle partit. Et Aaron resta perplexe.

Plus tard, il appela Jonah et lui demanda qui avait entendu dire qu'il était parti avec Ashleigh hier.

– Oh, tu as eu une histoire avec Ashleigh ? lui demanda son ami, surpris.

– Non, pas du tout. Mais ça pourrait ressembler à ça...

– Alors, je n'en avais aucune idée. C'était quand ? Après que nous avons tous les deux quitté le bar ?

– Si je le savais si bien...

La nuit dernière n'était plus que des bribes de souvenirs. Aaron pensait avoir rencontré Ashleigh sur la place de la ville, où elle était assise avec quelqu'un et buvait du champagne. Oui, c'est vrai ! Elle avait vidé la bouteille qu'on lui avait remise, entre autres, comme prix, alors qu'elle n'avait certainement pas encore vingt et un ans et qu'elle n'avait officiellement pas encore le droit de boire de l'alcool. Mais qui était avec elle ? Aaron ne pouvait pas le dire, même avec la meilleure volonté du monde.

Il ne pouvait rien faire d'autre qu'espérer que Lexi n'apprenne rien de cette histoire et n'en tire des conclusions erronées.

Il venait de raccrocher lorsque son iPhone sonna. C'était Simon. L'entrepreneur avait permis à Aaron de faire un stage dans son entreprise pendant ses études. Comme il avait été immédiatement séduit par ses idées et ses projets et qu'il le considérait comme un « talent naturel », Simon l'avait engagé comme architecte indépendant directement après ses études. Depuis lors, ils avaient travaillé ensemble et avaient déjà réalisé de magnifiques projets.

– Aaron, où est le projet final de la maison de ville de Greenwich Village ? Tu voulais qu'on te l'envoie hier soir !

Bon sang ! Comment avait-il pu l'oublier ? Il s'était pourtant réjoui à l'idée de commencer à travailler sur l'ancienne carcasse. La maison du XIXe siècle avait récemment accueilli de nouveaux propriétaires, qui l'avaient presque entièrement démolie et attendaient de lui un projet de maison de ville moderne, fonctionnant à l'énergie solaire, avec des fenêtres allant du sol au plafond, une terrasse sur le toit et un jacuzzi géant.

– Désolé, j'ai complètement oublié. J'ai eu un décès dans ma famille.

– Je suis désolé, Aaron. Pourquoi ne m'as-tu pas informé ?

– Je ne sais pas. Tout s'est passé si vite, alors comme je l'ai dit, j'ai tout simplement oublié.

– Où es-tu maintenant ?

– À Lac Paradis, Nebraska.

– Le Nebraska ? Nom d'un chien !

Il ne put s'empêcher de sourire. Simon Baldwin ne mâchait pas ses mots. Et bien sûr, en tant qu'entrepreneur, il pensait toujours aux affaires, même dans des situations comme celle-ci.

– Quand est-ce que tu reviens ?

– Je ne peux pas encore le dire avec certitude.

– Bon sang, Aaron, les Hemingway attendent le projet ! Qu'est-ce que je vais leur dire ?

– Ce que je viens de te dire ! Que j'ai eu un cas de décès dans la famille.

Simon resta silencieux. Et Aaron sut ce que cela signifiait. Le monde dans lequel il vivait habituellement était bien différent de ce monde calme et confortable où les gens ne semblaient pas connaître le stress, l'agitation et la pression.

– OK, OK, dit Aaron. J'ai mon ordinateur portable avec moi. Je vais m'y mettre aujourd'hui et terminer le projet. Dis aux Hemingway qu'ils l'auront au plus tard demain.

– Merci, mon pote. Tu me sauves la mise en ce moment – et toi aussi, je n'ai pas besoin de te le dire. Tu ne peux pas te permettre de ne pas être fiable, ça se sait plus vite que tu ne le voudrais.

Une fois la conversation terminée, Aaron resta assis en silence, se demandant dans quel genre de monde il vivait si on n'avait même pas droit à quelques jours de deuil.

Comme il avait besoin de se vider la tête, il enfila ses vêtements de jogging, prit son iPod et se mit à courir. Alors qu'il courait autour du lac au son de *30 Seconds to Mars*, une véritable colère s'empara de lui. Une colère qu'il essaya de chasser en courant de plus en plus vite. Mais aux paroles « *Try to let go of the truth, the battles of your youth* » de la chanson *A Beautiful Lie*, il ressentit soudain une telle oppression dans sa poitrine qu'il dut s'arrêter et reprendre son souffle. Il s'assit sur un banc et fixa le lac, se voyant jeune homme de dix ans ramer dans un bateau vers le soleil. Plein d'élan, plein de force, plein d'espoir de victoire. Mais lorsqu'il l'avait obtenue et qu'il était rentré fièrement à la maison avec sa coupe, son père ne l'avait même pas félicité.

« Ne t'en fais pas, mon chéri, avait dit sa mère en le serrant affectueusement dans ses bras. Je suis plus fière de toi que tu ne peux l'imaginer. »

À cet instant, sa mère lui manquait plus que jamais. C'est pourquoi, tout en continuant à marcher, il prit une autre direction.

Une demi-heure plus tard, il se tenait devant sa tombe et pleurait. Il pleura sa chère mère qu'il avait perdue si tôt. Il pleura pour le dernier moment avec elle, l'adieu qu'il n'avait jamais pu avoir. Il pleura sur la seule personne qui l'avait aimé inconditionnellement.

Il pleura jusqu'à ce qu'il ne reste plus de larmes.

Aaron n'avait pas pleuré depuis des années, il ne s'était pas laissé faire, et c'était comme si tout ce qui s'était accumulé avait enfin quitté son corps. Il se sentit tout de suite plus léger, mais aussi un peu plus vide – dans son cœur.

Comment pouvait-il le remplir à nouveau d'amour ? Comment faisait-on ça ? Comment les autres y parvenaient-ils ?

Et qui pourrait lui apprendre à le faire ?

Il n'était pas aussi satisfait qu'il l'aurait voulu, mais d'une certaine manière, tout cela ne lui semblait pas important.

Vers huit heures du soir, il envoya le fichier à Simon, qui le remercia par un émoji de baiser. Puis il s'assit à nouveau, ne sachant que faire de lui-même.

Devrait-il retourner voir son père ? Tenter une nouvelle approche ? Non, pas aujourd'hui, il avait assez souffert pour la journée.

Devrait-il demander à Jonah de l'accompagner à nouveau à la Taverne Paradis ? Mais il s'était promis de boire moins. De plus, il ne voulait pas priver May, enceinte, de son mari, alors il laissa tomber.

Puis il se souvint qu'hier, il avait été question d'une soirée dansante qui devait avoir lieu ce soir. Il se demanda s'il y retrouverait Lexi.

Il décida de le découvrir, enfila un jean et un T-shirt noir à boutons, ainsi que les chaussures noires vernies qu'il avait portées à l'enterrement. Puis il se mit en route.

De loin, il s'aperçut que les stands avaient tous été démontés. À la place, la place était décorée de guirlandes lumineuses colorées et remplie de gens qui dansaient. Un DJ se tenait à un pupitre sur la scène et mettait de la musique. Une chanson du groupe Chicago passait en ce moment, s'il l'avait bien reconnue. Une chanson d'amour mièvre sur laquelle plusieurs couples dansaient, serrés les uns contre les autres.

Tout à coup, Aaron se sentit assez stupide et pas à sa place. Mais il découvrit ensuite Lexi qui dansait avec son amie. Et soudain, une chanson qu'il connaissait retentit. Très bien connue. Sa gorge se serra à nouveau, mais il se força à être courageux. Il rassembla tout son courage et s'approcha de Lexi.

Chapitre 16

– Je n'arrive toujours pas à croire que tu as vraiment rompu avec Steven parce qu'il s'est coupé les ongles des pieds au lit, dit Lexi en secouant la tête et en s'empêchant de sourire.

– Ce n'étaient pas seulement les ongles des pieds, précisa Trish. C'étaient plusieurs choses. Je veux dire, combien de fois nous sommes-nous vus ? Combien de fois m'as-tu vue avec Steven ? Et pourtant, il ne vit qu'à Hamilton, pas à New York.

Lexi perçut un certain regard de son amie, auquel elle ne répondit pas davantage.

– Tu as raison, Hamilton n'est qu'à une demi-heure de route, vous auriez certainement pu vous voir plus souvent si vous l'aviez voulu.

– Nous avons simplement mené deux vies différentes, et je n'ai jamais vraiment été amoureuse de lui non plus. Alors, on laisse tomber et on oublie.

Trish haussa les épaules.

– Dis-moi, la musique peut-elle devenir encore plus ringarde ?

Les deux amies se tenaient sur la pelouse de la place principale transformée en piste de danse et bougeaient depuis une bonne heure maintenant au son de la musique que Shane Doyle avait mise. Shane était le fils du maire, âgé de quarante ans.

Aujourd'hui, il semble avoir été séduit par des chansons à l'eau de rose et aux paroles déchirantes du siècle dernier. Lexi se demanda s'il avait un chagrin d'amour.

– J'aime bien cette musique, dit-elle, parce que depuis la mort de Keith, elle n'écoutait pas grand-chose d'autre.

Les chansons tristes permettaient de se laisser aller. Parfois, elle chantait même à tue-tête en sanglotant, en espérant à chaque fois qu'aucun de ses voisins ne l'entendrait.

Après la mort de Keith, Lexi avait emménagé dans la petite maison de ses grands-parents, qu'ils avaient prévu d'habiter ensemble après leur mariage. Elle se trouvait dans la rue Paradis, une petite voie qui quittait l'avenue Paradis non loin de la mairie. Tout était facilement accessible à vélo ou même à pied, les supermarchés, la maison de ses parents, la maison de retraite et le lac. Lexi adorait la petite maison qui comportait quatre pièces : un salon, une chambre à coucher et deux pièces plus petites qu'elle avait toujours imaginées comme des chambres d'enfants. Jusqu'à aujourd'hui, elle n'avait tout simplement pas pu se résoudre à les transformer en quelque chose d'autre, comme une salle de dessin ou une bibliothèque. Elle pouvait tout aussi bien dessiner sur le canapé du salon ou dans son lit, qui était désormais bien trop grand pour elle seule. Ou encore à la table de la cuisine, son endroit préféré pour s'adonner à l'art. Enfant, elle aimait déjà peindre des tableaux et plus tard, à l'adolescence, elle avait découvert le portrait. Il y avait quelques années, Ava Garland lui avait demandé de faire un portrait d'elle, qui est toujours au-dessus de la cheminée de l'ancienne diva hollywoodienne. Depuis, Lexi recevait de temps en temps une commande pour un tableau que quelqu'un voulait offrir à quelqu'un pour son anniversaire, pour Noël ou pour son mariage. Le site était un bon petit revenu d'appoint, mais il ne la rendrait pas riche.

– Oui, au fond, j'aime bien cette musique triste, dit Trish en prenant Lexi dans ses bras, et elles continuèrent à danser enlacées.

Et Lexi se souvint des vingt-quatre dernières heures...

Après qu'elle et Trish eurent quitté la fête vers onze heures, elle était rentrée chez elle et s'était à nouveau sentie agitée. Depuis la mort de Keith, elle avait souvent du mal à s'endormir, mais elle ne savait pas si c'étaient les souvenirs ou simplement le sentiment de solitude. Elle s'y était habituée depuis longtemps et regardait parfois encore tard la télévision ou lisait un livre. Hier, elle avait finalement pris son bloc à dessin et s'était mise à dessiner. Le crayon dans sa main avait pris son autonomie : les traits fins s'étaient transformés en un visage, jusqu'à ce qu'elle se retrouve face à Aaron Highmore et plonge son regard dans ses yeux perçants. Lexi était elle-même surprise de voir à quel point elle avait réussi à le reproduire de mémoire. Elle contempla longtemps l'image avant de la poser à côté d'elle sur l'oreiller vide et de s'assoupir. Et comme par miracle, elle dormit toute la nuit et ne se réveilla qu'à neuf heures et quart le matin.

Cela faisait longtemps qu'elle n'avait pas mis de réveil.

Elle était très étonnée et un peu pressée, car elle avait promis de préparer le stand pendant que ses parents assistaient à la messe. Lexi elle-même n'était pas retournée à l'église depuis la mort de Keith, elle ne pouvait tout simplement pas supporter d'être assise sur l'un des bancs où ses invités devaient être assis pendant qu'elle disait « oui » à l'homme de ses rêves. Elle savait qu'elle aurait eu l'impression d'être hypocrite si elle avait écouté le révérend Jones prononcer son sermon et avait ensuite chanté joyeusement avec les autres. Ce monde n'était plus le sien, même si personne ne voulait vraiment le comprendre. Mais les gens l'acceptaient, espérant qu'un jour Lexi mettrait la douleur de côté et redeviendrait la jeune fille toujours de bonne humeur et insouciante qu'elle avait été. C'est peut-être pour cela qu'elle se sentait si attirée par Aaron. Parce qu'il n'était pas comme les autres. Parce qu'*il n'*attendait pas d'elle qu'elle sourie toujours.

Parce qu'il n'était pas lui-même une personne joyeuse.

Elle jeta un coup d'œil au portrait qu'elle avait fait de lui et qui était toujours sur son lit. En soupirant, elle le ramassa et le rangea dans un tiroir, puis elle fit en sorte de prendre une douche et d'enfiler des vêtements propres pour arriver au plus vite au stand, préparer les gobelets, les couverts et les serviettes et sortir les pots de soupe de la chambre froide de Howie. Et pour réchauffer le contenu afin que les gens puissent manger directement un bol de soupe de maïs en sortant de l'église.

La messe se déroulait toujours de dix à onze heures, c'est pourquoi le maire Doyle n'ouvrait le Festival du maïs qu'à onze heures et demie le dimanche. Ce jour-là, alors que tout le monde sortait de l'église remplie, Lexi avait tout préparé pour pouvoir remettre le stand à ses parents. Elle s'était ensuite rendue à la maison de retraite, où quelques participants de son cours de dessin du vendredi l'avaient accueillie avec joie.

– J'ai fait encadrer mon dessin du rossignol et je l'ai accroché dans ma chambre, raconta Rose, assise à côté de ses amies sur l'un des canapés bleus qui se trouvaient dans une niche de l'entrée.

D'ici, on avait une vue imprenable sur les arrivées et les départs.

Lexi sourit à la vieille dame.

– Comme c'est beau ! Alors tu pourras montrer à tes petits-enfants ce que tu as fait de bien lors de leur prochaine visite.

– Je le ferai. Ils viennent prendre le thé aujourd'hui.

– Je suis contente pour toi. Je te souhaite un après-midi fantastique.

– Merci beaucoup, Lexi. Et je me réjouis déjà de vendredi prochain. Qu'est-ce qu'on dessine ?

Mona, l'ancienne enseignante de mathématiques de Lexi, s'exprima à son tour :

– Est-ce qu'on pourrait dessiner d'après un modèle ? Peut-être que nous trouverons quelqu'un qui se proposera.

– Tu veux dire un modèle nu ? demanda Rose, amusée, et les autres dames se joignirent à son rire.

Mona secoua la tête, indignée.

– Et si vous écriviez toutes quelques propositions et que nous réfléchissions ensemble vendredi à ce que nous dessinerons les prochaines fois ? proposa Lexi, qui rencontra l'approbation de tous.

Une fois cela réglé, elle alla chercher grand-père Murphy, le poussa hors du bâtiment dans son fauteuil roulant et l'installa dans la voiture de son père, qu'elle avait empruntée puisqu'elle n'avait pas la sienne. Elle avait laissé la voiture de Keith à sa sœur, qui en avait plus besoin avec trois enfants en bas âge, et elle préférait de toute façon faire du vélo. À Lac Paradis, on n'avait jamais de longs trajets à faire, une voiture n'était donc pas nécessaire.

Grand-père Murphy s'était bien amusé à la fête, même s'il ne pouvait pas l'exprimer avec des mots. Mais son sourire en disait plus que mille mots, et il se régala également du repas. Ils partagèrent d'abord une portion de beignets de maïs, car Lexi savait que son grand-père en avait toujours raffolé. Ensuite, ils mangèrent bien sûr la soupe de maïs de sa mère, et pour finir, ils dégustèrent une glace des Crèmes glacées Paradis dans un cornet de maïs.

– Oh, comme c'est gentil d'avoir amené ton grand-père à la fête, dit Sadie, la vendeuse de glaces.

– Oui, nous ne voulions pas manquer ça, n'est-ce pas, Papy ?

– Comment ça va, Murphy ?

Sadie s'adressa directement au vieil homme, comme s'il pouvait répondre.

Lexi appréciait cela, car elle n'aimait pas du tout quand les gens parlaient de son grand-père à la troisième personne, comme s'il n'était pas là. Ce n'était pas parce qu'il ne parlait plus qu'il n'était plus là mentalement.

– Il va bien, merci de demander, répondit-elle. Nous allons maintenant continuer à regarder le concours de nourriture.

– Oh ! Qui va gagner cette fois, à ton avis ?

– Eh bien, qui ? Comme toujours, Buddy.

– Peut-être que nous serons surpris aujourd'hui, dit Sadie.

Lexi n'y croyait pas et elle avait raison. Malgré tous les efforts de Howie, de Rupert et des douze autres participants, personne ne réussit à faire aussi bien que Buddy. Cette année, il mangea quarante et un épis de maïs, battant ainsi son propre record. Pendant qu'il recevait son onzième trophée, Rupert et Howie se tenaient un peu à l'écart, le visage si vert que Lexi savait déjà ce qui allait se passer. Elle eut vite fait de s'éloigner avec grand-père Murphy.

Le reste de l'après-midi fut merveilleux. Grand-père Murphy était de très bonne humeur et, pendant les deux heures qui suivirent, avant que Lexi ne le ramène à la maison de retraite, ils prirent encore une part de gâteau, regardèrent Edda remporter la première place du Corn Award pour ses boules de pop-corn au caramel et rirent des tenues de Buddy et de sa mère. Elle se demandait s'il était encore à Lac Paradis ou s'il était déjà parti.

Et maintenant, alors qu'elle dansait avec Trish et qu'une nouvelle chanson venait de retentir, elle allait avoir sa réponse. En effet, Aaron se tint soudain devant elle et lui demanda de danser.

Elle regarda brièvement son amie, mais Trish lui adressa un sourire d'encouragement, et Aaron eut déjà son bras autour de ses hanches et elle sentit un parfum citronné qui devait provenir de son eau de toilette.

Lexi sentait son cœur battre de plus en plus fort et ne savait pas quoi dire à Aaron, qui était apparu de manière si inattendue. Elle venait de parler avec Trish de sa rupture amoureuse, et maintenant, elle évoluait avec Aaron au doux son d'une chanson qui avait une telle importance.

– *Nights in White Satin* était la chanson préférée de ma mère, dit-il, et d'une certaine manière, sa voix n'était plus si cool, mais plutôt brisée, triste.

Infiniment triste.

– Oui, je sais, répondit-elle avec autant de sensibilité qu'elle le pouvait. C'est pour ça qu'elle est jouée chaque année lors de la soirée dansante. Shane Doyle a pour mission spéciale de la mettre en scène avant la fin de la fête.

Aaron sembla surpris.

– Qui lui a donné cette mission ?

– Oh, je pense que c'est plutôt une chose qui n'a pas été dite. Tout le monde ici connaissait et appréciait Mathilda, et c'est simplement devenu une tradition de jouer la chanson pour lui rendre hommage.

Aaron hocha la tête et dut, semble-t-il, déglutir difficilement.

– Mais la chanson est vraiment belle, poursuivit-elle pour éviter un silence gênant. Tout comme l'était l'enterrement de ta mère.

– Je sais, répondit Aaron à sa grande surprise. J'y étais.

Elle pencha un peu son torse en arrière et le regarda.

– Tu étais là ?

– J'y étais.

– Mais je ne t'ai pas vu du tout.

– Je ne voulais pas que quelqu'un me voie.

– Mais… Oh.

Elle était confuse, ne comprenait pas vraiment, mais peut-être n'avait-elle pas besoin de le faire.

– Eh bien, je suis sûre que ta mère t'a vu.

Aaron fronça les sourcils.

– Tu crois en quelque chose comme ça ? À une vie après la mort ? Que les esprits des défunts nous rendent visite ?

Il avait presque l'air un peu amusé. Mais Lexi ne se laissa pas démonter.

– Oui, parce que c'est cette idée qui m'a tenue en haleine ces deux dernières années.

Elle regarda Aaron dans les yeux et essaya de savoir s'il était au courant de son histoire. De la mort de Keith et du mariage annulé, de l'immense perte qu'elle avait dû supporter. Mais il ne laissa rien paraître, se contentant de la regarder fixement.

Puis il la serra contre lui pour qu'elle ne puisse plus voir son visage. Son corps se blottit contre le sien, leurs cœurs battirent au même rythme, et ils dansèrent. Ils dansèrent comme si cette chanson était la dernière au monde. Dansant comme s'il n'y avait pas de lendemain.

Et Lexi sut que ce moment allait tout changer.

Chapitre 17

Une soirée de danse, de musique et de convivialité
Des gens réunis
Corps à corps
Joue contre joue
Cœur à cœur
Étrangers comme des amis
Amis comme la famille
Le bonheur dans les yeux de tous

– Écoutez ça, dit Murielle lorsque Delores eut lu le poème du jour.

Alors que celui d'hier parlait presque exclusivement des friandises de la fête du Maïs, celui-ci était en effet vraiment sympa à ses oreilles.

– J'ai du mal à croire que quelque chose d'aussi beau soit sorti de la plume de Buddy, dit Sadie, étonnée.

– Oui, c'est vraiment très beau, approuva Delores en posant le papier jaune sur la table.

– Je me demande si Buddy écrit ici de la part de quelqu'un en particulier, demanda Sadie en souriant.

Car elle avait, comme tous les habitants de Lac Paradis qui avaient assisté à la soirée dansante d'hier, bien sûr vu Lexi et Aaron fusionner. Comme s'ils étaient du caramel et du pop-corn. Et à cette vue, tous les doutes que les trois commères avaient nourris auparavant s'étaient soudain envolés.

– Oh, j'imagine bien qu'on parle ici de nos tourtereaux Lexi et Aaron, dit Murielle, qui portait aujourd'hui un jogging vert en velours. Et je ne veux pas savoir *à quel point* ils ont été *amicaux* l'un envers l'autre après ça.

Elle fit un clin d'œil à ses amies.

– Murielle ! s'exclama Delores, gênée.

– Oh, Murielle, je pense que tu aimerais le savoir.

C'est Nolan qui leur apporta un plateau avec trois tasses de café au lait. Dans celui de Delores, il avait mis un peu de cannelle, car il savait à quel point elle appréciait une note de cannelle.

Murielle versa du sucre dans son café et le remua.

– Eh bien, qui ne le ferait pas ?

Elle se sentit prise au piège.

– Eh bien, je pense que ce qu'ils ont entre eux ne nous regarde absolument pas, dit Delores en souriant à Nolan avec reconnaissance lorsqu'elle sentit l'odeur de la cannelle.

– Rabat-joie ! dit Murielle.

– Non, franchement, qu'est-ce qui se passe entre eux ? demanda Nolan en coinçant le plateau vide sous son bras. Ça a grésillé sans fin.

– Oui, j'ai remarqué ça aussi, confirma Sadie, et les soucis revinrent tout de même un peu. Bon, je ne peux qu'espérer qu'il ne lui brisera pas le cœur.

– Dommage qu'il soit hétéro, dit Nolan, et Delores en profita aussitôt pour parler de son neveu Paul et de ses amis gays à Lincoln.

Nolan rit.

– Delores, ma chérie, tu peux me présenter Paul quand il viendra te rendre visite.

Delores rayonna et prit une petite gorgée prudente de son café chaud.

– Est-ce que l'un d'entre vous sait combien de temps Aaron est encore en ville, d'ailleurs ? s'enquit Sadie.

Tout le monde secoua la tête.

– Est-ce qu'il a enfin parlé à son père ? demanda Murielle en lançant un regard curieux à Delores.

– Alors, a dit Vera, quand ils se sont rencontrés l'autre jour, Vincent était aussi froid qu'un glaçon.

– Pauvre garçon, pas étonnant qu'il soit si dérangé, marmonna Murielle.

– Il est dérangé ? demanda Nolan en souriant. De quelle manière ?

– Oh, à bien des égards, répondit Murielle, bien qu'elle ne puisse bien sûr pas donner d'exemple concret, car aucune des nombreuses rumeurs ne s'était encore avérée vraie.

C'est à ce moment-là que le maire Doyle entra dans le café, l'air tout excité. Euphorique, il se présenta devant le groupe de visiteurs et annonça la bonne nouvelle :

– J'ai une excellente nouvelle. Le conseil municipal vient de donner son accord ! Bientôt, il y aura chez nous un tramway qui conduira les touristes à travers tout Lac Paradis et vers toutes les attractions touristiques importantes.

– Un petit train ? demanda Murielle en fronçant les sourcils.

Elle se dit qu'il s'agirait d'une courte visite touristique. Musée du Maïs, Lac Paradis et retour ?

– Quels touristes ? chuchota Sadie si doucement qu'on l'entendit à peine.

– Ça a l'air vraiment merveilleux ! dit Nolan avec une joie exagérée et un peu de sarcasme, ce que le maire n'entendit pas dans son enthousiasme.

– Oui, je trouve aussi.

Doyle rayonnait.

– Bon, je dois continuer à répandre la bonne nouvelle. Passez une journée fantastique ! s'exclama-t-il encore, et déjà il avait franchi la porte.

– Ça devient de plus en plus fou, dit Murielle.

– Je trouve que c'est une bonne idée, dit Delores. Paul sera très content de faire du petit train avec moi la prochaine fois qu'il viendra me voir.

Elle aussi rayonnait maintenant de joie.

Cette ville est vraiment folle, pensa Nolan en retournant derrière le comptoir.

Chapitre 18

– Ça devrait s'arranger avec quelques poutres supplémentaires, dit Aaron après avoir inspecté la grange de Hunter.

– Tu crois vraiment ? Vu l'état de pourriture du bois, je craignais que tu ne me conseilles de tout démolir et de reconstruire.

Son ami de l'école primaire le regardait avec espoir.

Hier, ils s'étaient rencontrés au supermarché, où Aaron s'était approvisionné en fruits. Après avoir dansé avec Lexi, il avait décidé de rester quelques jours de plus. D'abord parce qu'il voulait absolument la revoir, et ensuite parce qu'il voulait se donner une autre chance, à lui et à son père. Il ne voulait pas partir sans avoir essayé au moins une fois de plus.

– Non, je ne pense pas que ce soit nécessaire. Regarde, les deux côtés sont encore tout à fait corrects. Ici, nous pouvons remplacer quelques vieilles lattes et mettre deux ou trois traverses, cela devrait suffire à mon avis.

Hunter poussa un soupir de soulagement, puis lui donna une tape dans le dos.

– Merci, mon pote. Et aussi d'avoir pris le temps de venir à la ferme aujourd'hui.

Aaron fut un peu gêné par ce geste. Il ne se souvenait pas de la dernière fois où quelqu'un lui avait donné une tape dans le dos en signe de reconnaissance.

– Ce n'est vraiment pas un problème, je l'ai fait avec plaisir.

Bien qu'il ait préféré une ferme de blé, de millet, de betteraves sucrières, voire de soja – car tout cela était également cultivé dans le Nebraska. Mais la famille de Hunter avait – bien sûr – dû opter pour le maïs.

Hunter lui adressa un large sourire.

– Si tu m'aides maintenant à mettre ta proposition en pratique, je t'inviterai plus tard à un repas fait maison. Je pourrais tuer un poulet.

Sans le vouloir, Aaron fit une grimace. Bien sûr, il mangeait de temps en temps un peu de volaille maigre, mais l'idée que ce pauvre poulet perde la tête spécialement pour lui le mit mal à l'aise.

– Nous pouvons bien sûr aller au centre-ville et manger une pizza, suggéra heureusement Hunter.

Non seulement il préférait une pizza aux légumes à un poulet fraîchement abattu, mais il espérait aussi tomber sur Lexi dans le centre du village. Où il pourrait jeter un coup d'œil au salon de toilettage où elle travaillait, comme il le savait désormais. Il l'avait en effet vue hier par la fenêtre en train de faire un shampoing à un chien et de rire si fort qu'il l'avait entendue jusqu'à l'extérieur. Mais il n'était pas entré. Qu'aurait-il dû dire ? Merci pour la danse ? On peut le refaire quand tu veux ?

La danse… Ciel, il ne pouvait pas s'empêcher d'y penser. De penser à ces étincelles qui avaient jailli entre eux. Il ne connaissait pas ça. Bien sûr, ça arrivait souvent dans les films, mais le vivre soi-même était une toute nouvelle expérience, et ça faisait juste du bien. Après trois danses, un type avait demandé à prendre la relève et, à son grand regret, Lexi avait dit oui. Mais il avait cru voir des regrets dans ses yeux aussi.

Il était resté là un moment, bien décidé à lui demander de danser à nouveau. Mais les types venaient et se succédaient comme si Lexi était la célibataire la plus convoitée de la ville – et c'était peut-être le cas. Elle était extrêmement séduisante, vive d'esprit, drôle et tout simplement… magique.

Il n'avait jamais pensé cela d'une femme. Il aurait plutôt qualifié ses précédentes conquêtes de chaudes, sexy ou autre, et quelque part, ce nouveau développement lui faisait peur. Aaron s'était rendu compte qu'il avait vraiment peur d'être déçu. C'est pourquoi, à un moment donné, il était parti sans dire au revoir. Il avait dû réfléchir à ses sentiments. S'était assis dans sa chambre d'hôtel et avait envisagé de réserver enfin un billet d'avion, mais avait décidé d'attendre encore. Car même s'il ne savait pas ce qu'était ce sentiment, il savait qu'il devait aller au fond des choses – parce qu'il était trop bon pour l'ignorer.

Après avoir passé la journée d'hier à ne penser qu'à Lexi, c'était encore pire aujourd'hui. C'est pourquoi il était maintenant heureux d'avoir une distraction, même si ce n'étaient qu'une grange usée et un vieux camarade de classe babillant qui l'y aidaient.

– Est-ce que tu les aimes autant ? entendit-il Hunter demander.

Ils étaient au travail depuis un moment.

– Désolé, quoi ?

Il n'avait pas vraiment écouté, parce que son esprit était ailleurs et parce que Hunter parlait du maïs depuis une heure.

Hunter se mit à rire.

– Le maïs n'a pas l'air de t'intéresser tant que ça, hein ?

– Pas vraiment.

Son vieil ami rit à nouveau.

– J'aime ta franchise.

Aaron secoua la tête.

– Désolé, Hunter. Qu'est-ce que tu m'as demandé ?

– Si tu aimes autant ces petits épis de maïs. Tu sais, ceux qui sont marinés dans les bocaux.

– Ceux que tu cultives ? dit-il, espérant au moins avoir entendu inconsciemment cela correctement.

– Exactement.

– Oui, c'est bon si tu les mets dans une salade ou une soupe thaïlandaise.

Hunter fronça les sourcils.

– Thaï ? Je n'ai jamais mangé ça.

– Pas étonnant, vous n'avez pas de restaurants asiatiques ici.

– Vous en avez beaucoup à New York ?

– Bien sûr.

– Peut-être que je viendrai te voir là-bas, tu pourras m'emmener dans un de ces restaurants thaïlandais.

– Bien sûr, je le ferai, dit Aaron, même s'il savait pertinemment que cela n'arriverait jamais.

Quelqu'un comme Hunter ne quitterait pas sa ferme pour aller en vacances dans la Big Apple, comme les villageois appelaient la ville. Personne ne disait cela à New York.

Hunter enfonça quelques clous dans le bois pendant qu'Aaron tenait la latte. L'ensemble prenait lentement forme.

Il regarda Hunter qui, à vingt-six ans, vivait tout seul dans cette grande ferme. C'est alors qu'il se souvint du père de Hunter, lui aussi cultivateur de maïs, bien sûr, et qu'il se renseigna à son sujet.

– Mon vieux père a eu une crise cardiaque à quarante-huit ans. Il est mort sur le coup. C'était il y a trois ans, raconta Hunter.

– Je suis vraiment désolé.

– Ce n'est pas grave.

– Est-ce qu'il te manque ? demanda Aaron sans même savoir pourquoi.

Peut-être parce qu'il voulait savoir si d'autres fils pouvaient éprouver des sentiments différents pour leur père.

– Tous les jours, répondit Hunter.

Cela lui pesa, qu'il le veuille ou non. Et pour changer rapidement de sujet, il demanda ensuite :

– Ces petits épis de maïs que tu cultives, s'agit-il d'un élevage particulier ?

– Non, c'est du maïs doux tout à fait normal, on récolte juste les épis bien avant qu'ils ne soient mûrs. C'est pour ça qu'ils sont si tendres et qu'on peut les manger entiers.

En voyant à quel point Hunter était heureux de pouvoir à nouveau parler de son maïs, Aaron décida de lui poser quelques questions supplémentaires. Peut-être pouvait-il encore tirer quelque chose de bon des céréales.

– Mais tu ne les récoltes pas tous tôt, n'est-ce pas ?

Il regarda le champ de maïs tout proche, où l'on pouvait encore découvrir de nombreux épis. Il savait que la période de récolte se situait entre septembre et novembre.

– Non, non, seulement un tiers environ. Le reste est transformé en maïs pour semis. Dans l'usine de ton père…

Aaron déglutit, ils étaient donc revenus sur le sujet.

– Je vois.

– Comment va ton père, au fait ? Il doit être très perturbé par la mort de ton grand-père, non ?

– Honnêtement, je ne sais pas. Je ne lui ai pas encore parlé depuis que je suis ici.

– Tu devrais, dit Hunter. On n'a qu'un seul papa.

– Oui, je sais, répondit Aaron.

Puis il désigna le bois.

– Continue à marteler, Hunter. J'ai une faim de loup pour la pizza.

– Ce sera fait, dit Hunter en martelant tout ce qu'il pouvait.

Chapitre 19

– Tu l'as revu depuis ? demanda Trish en coupant les griffes de Sinatra.

Ava Garland avait pris place sur le fauteuil rose dans le coin et observait les deux femmes du salon de toilettage à la lettre. Car le perroquet était tout pour elle.

Lexi secoua la tête.

– Non, pas encore.

Elle regardait Trish travailler de très près, car elle devrait bien finir par maîtriser la coupe des griffes.

– C'est vraiment bizarre entre vous deux, dit Trish en exprimant son opinion. La danse entre vous a fait des étincelles comme je n'en ai jamais vu auparavant, et aucun de vous deux n'a fait un pas de plus.

– Trish ! gronda Lexi en jetant un coup d'œil furtif à Ava, qui avait bien sûr écouté et la regardait maintenant avec intérêt.

Elle était probablement aussi impatiente de connaître sa réponse que sa curieuse meilleure amie.

– Faut-il que ce soit ici, au travail ?

– Peu importe quand et où. Allez, dis-le-moi ! Ava s'y intéressera sûrement aussi, n'est-ce pas, Ava ?

Elle sourit à la dame âgée.

– Vous avez vu les étincelles, n'est-ce pas ?

– Des étincelles ? demanda Ava en laissant échapper un petit rire, auquel Sinatra répondit :

– *Des étincelles ! Étincelles !*

Trish éclata de rire.

– Ce n'étaient pas des étincelles, mais des éclairs ! précisa Ava. Je pensais qu'ils allaient frapper quelque part à tout moment et mettre le feu à la mairie ou à quelque chose d'autre.

– Vous êtes drôle !

Lexi fronça les sourcils et se concentra sur Sinatra, qui ne voulait pas rester immobile.

– *Des étincelles ! Étincelles !* répétait l'oiseau stupide.

Bon sang, qui allait encore l'embêter avec ça ?

Depuis la danse, ils avaient déjà fait parler sa mère – bien sûr ! –, sa voisine Liz, Nolan, Murielle, Sadie et Delores en trio et même Rupert du supermarché en avait parlé. Et elle se demandait ce qu'ils avaient tous à faire de sa vie amoureuse.

Oui, c'était vrai. Il y avait eu une étincelle entre Aaron et elle, une étincelle énorme, mais elle devait d'abord découvrir elle-même ce que cela signifiait. Et puis, il ne s'était rien passé, à part qu'ils avaient dansé – même si ça avait été malheureusement trop court. Il y avait toujours quelqu'un pour l'inviter à danser et, polie comme elle l'était, elle n'avait pu refuser aucun d'entre eux. Elle aurait toutefois aimé qu'Aaron revienne et l'invite à danser une fois de plus. Ou même deux ou trois. Ou une centaine. Mais il ne l'avait pas fait, et à un moment donné, il était parti. Aaron était parti sans dire au revoir, c'est pourquoi elle s'était demandé à plusieurs reprises depuis si tout ça n'était peut-être que le fruit de son imagination. Mais apparemment, la moitié de la ville l'avait également remarqué.

Même avec la meilleure volonté du monde, Lexi ne savait pas ce que tout cela signifiait ni où cela allait la mener. Mais il n'était pas très utile que tout le monde l'interroge constamment à ce sujet – elle ne connaissait pas elle-même les réponses !

– Alors, petite ? Tu vas aller le voir ou tu vas attendre qu'il vienne à toi ? lui demanda Ava.

– N'oublie pas qu'il peut rentrer à New York à tout moment, ajouta Trish.

– Eh bien, ça n'a pas dû être le cas, n'est-ce pas ? dit Lexi, mais elle espérait secrètement qu'Aaron ne repartirait pas tout de suite.

Aaron… Comme il avait eu l'air vulnérable au bal, quand on avait joué la chanson préférée de sa mère. Soudain, sa carapace dure s'était adoucie et elle avait pu voir au cœur de son cœur. Cet Aaron lui plaisait presque plus que l'homme cool et mystérieux qu'il était habituellement.

– C'est vraiment dommage, Lexi, poursuivit Ava. Vous iriez tellement bien ensemble tous les deux.

– *Honte ! Honte !* répéta Sinatra, et Lexi lui aurait volontiers cloué le bec.

Trish hocha la tête.

– Eh bien, nous sommes tous d'accord, dit-elle, puis plus personne ne dit rien.

Dès qu'elles en eurent fini avec le perroquet et qu'Ava et lui furent sortis du magasin, Lexi lança un regard noir à son amie.

– C'était quoi, ça ?

Trish haussa les épaules.

– Quoi donc ?

– Eh bien, que tu abordes ce sujet – devant Ava !

– Désolée, je pense juste que l'un d'entre vous devrait faire un effort maintenant.

Lexi la regarda pendant quelques secondes, mais ne sut rien répondre, puis dit :

– Bref, je vais faire une pause déjeuner. Manger un sandwich. Ça ne te dérange pas ou tu veux encore m'imposer ton opinion ?

– Non, non, c'est bon. Mange juste ton sandwich.

– Merci, c'est très gentil de ta part.

Lexi passa la porte et s'engagea sur le Boulevard Paradis. À sa gauche, devant le kiosque à journaux, le maire Doyle parlait à quelques personnes de l'arrivée prochaine du tramway. À droite, Rupert se tenait devant son magasin et regardait, de mauvaise humeur, de l'autre côté de la place, où se trouvait le supermarché de Howie.

– Salut, Lexi, dit-il alors qu'elle s'approchait de l'entrée.

– Salut, Rupert. Tout va bien ?

Au moment même où elle prononçait ces mots, elle les regretta déjà.

Rupert ne quitta pas des yeux le magasin de son ennemi juré, se contentant de hocher la tête dans sa direction et de lui faire savoir :

– Ce fils de pute propose maintenant des sushis.

– Quel culot, dit Lexi, même si elle s'en réjouit intérieurement.

Elle avait goûté quelques fois des sushis lors d'excursions à Omaha et les avait beaucoup appréciés.

– Tu peux le dire. Comme si quelqu'un à Lac Paradis aimait les sushis.

Elle préféra ne pas dire ce qu'elle en pensait.

– Ne le prends pas si à cœur, c'est pour ça que tu as des hot dogs et ces délicieux sandwichs que je m'apprête à acheter.

Rupert la regarda brièvement, sourit légèrement et envoya à nouveau des étincelles de colère sur la place.

Des étincelles…

Lexi soupira, entra dans le magasin et se composa elle-même un sandwich avec un pain à l'origan, quelques tranches de cheddar, de la tomate, un peu de salade, des épinards frais et la délicieuse vinaigrette Southern. Elle aurait encore préféré utiliser la sauce à l'ail, mais elle ne voulait pas imposer cela à ses clients. Et puis, d'une certaine manière, elle espérait encore croiser Aaron – s'il n'était pas déjà rentré à New York.

Elle pourrait bien sûr se renseigner auprès de Savannah, la meilleure amie de sa sœur Helena. Mais ce serait un peu puéril, comme si, en cinquième, on envoyait sa copine demander un rendez-vous à son amoureux au lieu d'aller le voir soi-même. Oui, peut-être qu'aujourd'hui, après le travail, elle irait tout simplement au lac, et peut-être qu'elle passerait par hasard devant l'Auberge Paradis…

– Six dollars soixante-dix, entendit-elle une voix dire et elle se réveilla en sursaut.

Maggie, la caissière, la regarda en fronçant les sourcils.

– C'est la troisième fois que je le dis. Tu dors, Lexi ?

Elle essaya de sourire.

– Non, désolée, j'étais juste en train de penser à autre chose.

– Eh bien, je peux deviner quoi.

La quinquagénaire à la coiffure bien crêpée lui adressa un sourire.

Ce n'était pas possible, n'est-ce pas ?

Lexi prit une grande inspiration, paya et sortit vers les bancs. Elle mangea son sandwich en essayant de ne pas penser à Aaron, mais elle n'y parvint pas.

La femme du maire, Lydia Doyle, passa devant elle avec son teckel Sherman.

– Comment vas-tu, Lexi ? s'enquit-elle.

Elle avait la soixantaine, portait un carré blond et un tailleur bleu foncé chic.

– Tout va bien. Et comment vas-tu, Lydia ?

– Ça a déjà été mieux. Ma sciatique me fait souffrir.

– Oh, je suis désolée. Je te souhaite un bon rétablissement.

– Merci, Lexi.

Elle regarda le ciel.

– On dirait qu'il va pleuvoir, je vais faire en sorte de retourner à la mairie.

Lydia y travaillait comme secrétaire et trésorière et assistait son mari de ses conseils et de son aide. Lexi lui souhaita une bonne journée et leva les yeux. Le ciel commençait effectivement à se couvrir et il commençait à faire frais. Mais comme sa pause n'était pas encore terminée, elle décida de faire un tour au musée, après tout, elle avait promis à Edda, de le faire de temps en temps.

– Lexi ! Quelle surprise ! s'exclama la responsable du musée en franchissant la porte.

– Salut, Edda ! Je me suis dit que j'allais passer te voir.

Elle s'approcha du comptoir d'accueil, s'y appuya avec les coudes et sourit à son amie plus âgée.

– C'est très gentil de ta part. Surtout, avec les nuages sombres, tu apportes tout de suite un peu de soleil.

Edda s'appuya à son tour sur le comptoir.

– Comment vas-tu, ma chérie ?

– Très bien, merci. Et toi ? J'espère que ton arthrite ne te donne pas trop de fil à retordre ?

– Oh, je vis avec depuis plus de dix ans maintenant et je m'y suis habituée. Mais assez parlé de moi. Dis-moi, qu'est-ce que j'entends à propos de toi et Aaron Highmore ? Vous êtes amoureux ?

Lexi ferma les yeux.

– On peut changer de sujet, s'il te plaît ?

– Mais bien sûr, si tu le veux. De quoi veux-tu parler ?

Elle haussa les épaules.

– Du Festival du maïs ?

– Oh, c'était bien cette année, non ? Comme c'est dommage que ça se termine toujours si vite.

– Oui, je trouve aussi.

– Votre soupe était à nouveau excellente, tu peux le dire à ta mère.

– Je le ferai, merci.

– Et se pourrait-il que je t'aie vu avec ton grand-père ?

– Oui, je l'ai poussé dans son fauteuil roulant de stand en stand, ce qui n'était pas si facile sur la pelouse.

– Oui, je peux l'imaginer. C'est super que tu l'aies fait quand même. Je suis sûre qu'il s'est bien amusé.

– Oh, je le pense aussi. S'il reçoit ses beignets de maïs adorés, il est heureux de toute façon.

Edda sourit, l'air un peu nostalgique. Elle repensait peut-être au bon vieux temps où elle organisait encore des fêtes avec les grands-parents de Lexi.

– Sinon, comment va Murphy ?

– Inchangé. Eh bien, sa motricité s'est un peu améliorée. Parfois, il attrape même la photo de ma grand-mère qui se trouve sur sa table de nuit.

– Oh, ma chère Ursula. C'est si triste qu'elle soit partie si tôt de ce monde.

– Oui, je trouve aussi.

Lexi se redressa.

– Toi, Edda, tu ne veux pas venir lui rendre visite avec moi ? Il serait sûrement content de te voir.

– Tu sais quoi ? On devrait absolument le faire un jour, comme ça, je pourrais aussi rendre visite à ma cousine Mona.

– Mona est ta cousine ? Je ne le savais pas du tout.

– Oh oui ! Elle a deux ans de moins que moi, et nous étions inséparables quand nous étions petites.

C'est incroyable, pensa Lexi, *qu'Edda soit plus âgée que Mona et qu'elle paraisse encore si en forme.* Elle ne pouvait pas du tout s'imaginer Edda dans une maison de retraite, la vieille dame faisait encore du vélo, faisait toutes ses courses elle-même et se tenait jour après jour au musée pour parler aux visiteurs de sa belle petite ville et bien sûr du maïs.

– Est-ce qu'il y a eu plus de visiteurs entre-temps ? demanda Lexi avec espoir.

– Non, malheureusement, ils sont encore moins nombreux. Pendant le Festival du maïs, nous avons bien sûr eu quelques visiteurs de plus, mais hier et aujourd'hui, il n'y a eu encore personne… Oh là là !

Elle se redressa brusquement à son tour.

– Attends, Lexi, je dois aller chercher l'épi de maïs.

En quelques pas, Edda fut à la porte et se précipita dehors sous la pluie qui s'abattait soudain sur Lac Paradis et, bien sûr, sur l'immense présentoir en carton en forme d'épi de maïs.

– Attends, je vais t'aider ! s'exclama Lexi en courant derrière elle.

Ensemble, elles réussirent à faire entrer l'épi à l'intérieur.

Elles essuyèrent ensuite les gouttes de pluie de leur visage et de leurs cheveux. En moins de trente secondes, elles avaient été complètement trempées, c'est pourquoi Lexi était allée chercher des serviettes en papier dans le distributeur des toilettes pour s'essuyer. Lorsqu'elle revint, la main tendue, pour en donner à Edda, elle s'arrêta, surprise. Aaron se tenait dans la zone de réception, et il était encore plus mouillé qu'elle.

Chapitre 20

Il avait mangé une pizza avec Hunter et s'était ensuite arrêté à la banque, qui faisait également office de bureau de poste et de notaire, parce qu'il avait besoin de toute urgence de retirer un peu d'argent liquide, car dans ce bled, on ne pouvait pratiquement pas payer par carte. Aaron n'avait pas fait deux mètres à l'extérieur qu'il s'était mis à pleuvoir à verse. Et c'est là qu'il l'a découverte : Lexi qui sortait en courant de la maison qui avait appartenu à Miss Eliza et qui, accompagnée d'une femme plus âgée, transportait cet énorme épi de maïs. La chose était presque deux fois plus grande qu'elle, et il avait souri parce que ça avait l'air si drôle. Le fait d'être trempé ne l'avait pas dérangé.

Bien sûr, il aurait pu faire demi-tour et retourner à la banque, mais tout à coup, il n'avait plus rien voulu d'autre que de se retrouver enfin face à Lexi. Il avait donc couru jusqu'à la maison qui abritait maintenant un musée du maïs et avait franchi la porte, trempé.

La vieille femme l'avait regardé d'un air amusé, puis Lexi était arrivée de quelque part avec une poignée d'essuie-tout et s'était arrêtée aussi brusquement que si elle avait été frappée par la foudre.

– Salut ! dit-elle maintenant. Qu'est-ce que tu fais là ?

– J'étais dehors, et... la pluie a commencé... et... euh... je voulais juste me réfugier quelque part.

– Oh, c'est tout ce qu'elle répondit.

Puis elle lui tendit des serviettes, ainsi qu'à la vieille dame.

– J'espère que je ne dérange pas, dit-il comme un idiot en s'essuyant le visage.

– Bien sûr que non, c'est un musée, tout le monde est le bienvenu ici, répondit Lexi en épongeant la pluie de son visage. Si tu veux une visite guidée, tu devras payer les quatre dollars, ajouta-t-elle.

Il se mit à rire.

Comme si le maïs l'intéressait ! Non, il pouvait bien se passer d'une visite du musée du maïs. À moins que...

– *Tu* veux bien me faire visiter ?

Il jeta un coup d'œil à l'employée du musée, plus âgée, en espérant qu'elle ne se proposerait pas. Mais elle était assise tranquillement derrière le comptoir et les écoutait avec curiosité.

– Oh, désolée, je ne travaille plus ici, dit Lexi.

– Tu as travaillé ici autrefois ?

Surpris, il la regarda. Lexi hocha la tête.

– Pendant deux ans. C'était avant que je ne m'occupe des chiens et que je fasse des shampoings.

Il ne put s'empêcher de rire à nouveau. Quelle femme ! Il pouvait difficilement s'imaginer de pires emplois, mais elle ne sembla pas s'en soucier. Elle ne semblait pas en avoir honte le moins du monde.

– Ça veut dire que tu connais très bien cet endroit non ? Tu ne peux pas faire une exception pour moi ?

Elle jeta ses chiffons froissés d'un geste habile dans la corbeille à papier derrière le comptoir, puis mit les mains sur les hanches.

– Je croyais que tu ne supportais pas le maïs ?

Il haussa les épaules.

– Je l'ai toujours pensé aussi. Mais peut-être que tu peux me prouver que j'ai tort.

Lexi regarda la dame âgée qui lui fit un signe d'encouragement, puis elle sortit son téléphone portable pour vérifier l'heure.

– Eh bien, j'ai encore un quart d'heure avant de devoir retourner au salon des animaux. Bon, d'accord, dit-elle en remettant le téléphone dans la poche arrière de son pantalon.

Il se mit involontairement à rayonner et tenta aussitôt de le réprimer et d'avoir à nouveau l'air cool, mais il n'y parvint pas. Il se dirigea donc vers le comptoir, tendit un billet de dix dollars à la vieille dame dont le badge portait le nom « Edda » et dit :

– C'est bon.

Puis il prit son billet et le tendit à Lexi.

– Je suis prêt.

Il était heureux de voir qu'elle le regardait aussi. Elle prit le billet, déchira le coin supérieur gauche et le lui rendit. Pendant qu'il le mettait dans la poche de sa veste, elle se retourna et partit en avant.

Alors qu'Aaron la suivait, il remarqua une fois de plus sa démarche sautillante et ses jolies fesses. Si Edda n'avait pas été là et s'ils n'avaient pas été entourés de maïs, il se serait fait des idées, mais il se contenta de la suivre au trot en se demandant où cette visite allait le mener.

– Voici les différentes phases de croissance de l'épi de maïs, raconta Lexi lorsqu'ils arrivèrent à une vitrine en verre dans laquelle étaient exposés des épis de maïs séchés de différentes tailles.

– Aha, dit-il en faisant mine de s'y intéresser.

– Et voici les différents insectes qui peuvent s'attaquer à un épi de maïs, dit-elle ensuite en lui montrant quelques photos agrandies d'animaux dégoûtants portant des noms tels que la chrysomèle des racines du maïs, la mouche frite ou la pyrale du maïs.

– La pyrale du maïs, par exemple, s'enfonce à l'intérieur des tiges ou des épis et détruit souvent une grande partie de la récolte, lui expliqua Lexi.

– Très instructif, merci, répondit-il en se secouant.

Elle rit et le conduisit plus loin dans une autre pièce où étaient exposés des aliments du monde entier contenant du maïs.

– Et ici, nous avons notre fameuse vitrine de flips au maïs des quatre coins du monde, dit-elle, ne pouvant elle-même réprimer un sourire.

– *Wow !* je suis impressionné, s'exclama-t-il, étonné, et il l'était vraiment, car c'était effectivement très impressionnant de voir les choses ridicules que le maire Doyle avait imaginées ici.

Aaron regarda les différents sacs de flips en provenance des États-Unis, du Mexique, du Canada… oui, même de Corée, de Suède et d'Allemagne.

– Oh, j'ai aussi une information cool, dit-il, car il se souvint soudain de quelque chose que Hunter lui avait dit aujourd'hui.

– Eh bien, écoutons ça.

– Près de quarante pour cent de tous les habitants du Nebraska ont des ancêtres allemands.

– Oui, je sais. Ma grand-mère Ursula a immigré d'Allemagne, le père de Sadie est allemand, et les ancêtres de Gene, le mari de Savannah, l'étaient aussi.

Oui, il aurait pu s'en douter avec le nom de famille Keller.

– Hmm. Dommage que tu le saches déjà. Je n'ai malheureusement rien d'autre de passionnant à te raconter.

– Tu pourrais me parler un peu de toi, dit Lexi. Qu'est-ce que tu fais à New York ?

– Je suis architecte, répondit-il.

– Oui, la nouvelle s'est répandue. Je voulais plutôt dire : que fais-tu de ton temps libre ? Est-ce que tu aimes aussi aller au musée dans la Grosse Pomme ?

– Eh bien, tout d'abord – et là, je peux peut-être t'apprendre quelque chose après tout –, nous, les New-Yorkais, ne disons pas la Grosse Pomme.

– Oh, d'accord.

– Et pour répondre à ta question : j'aime certes beaucoup aller dans les musées, mais à New York, je les ai déjà tous visités depuis longtemps.

– Honnêtement ? Lequel est ton préféré ?

– L'American Museum of Natural History.

– C'est celui de *La Nuit au musée* ? Celui avec les squelettes de dinosaures ?

– C'est exactement ça.

– Oui, oui... malheureusement, nous ne pouvons pas faire ça ici. Mais si tu veux voir quelque chose d'historique, je te montrerai volontiers quelque chose.

Elle s'avança à nouveau, lui fit monter les escaliers, puis un autre jusqu'au dernier étage. Elle s'arrêta devant l'encadrement d'une porte, fit un geste d'invitation et dit :

– Tadaaa !

Intrigué, il fixa le bois sculpté. Le panneau correspondant, à côté, annonçait qu'il s'agissait d'anciens codes secrets datant de la guerre civile.

Il éclata de rire.

Lexi le regarda en fronçant les sourcils.

– Qu'est-ce qui est si drôle ?

– Qui a bien pu penser que ces coupures avaient cent soixante ans ?

– Eh bien, le maire Doyle a dit...

Aaron se mit à rire encore plus fort.

– Mais... c'était moi ! dit-il en ayant du mal à reprendre ses esprits.

– Comment ça, c'était toi ?

– Eh bien, ça, les sculptures ! C'était moi quand j'avais moins de dix ans.

– Tu te fous de moi ? demanda Lexi, qui n'avait pas l'air si amusée que ça.

– Non, je suis très sérieux. À l'époque, je faisais parfois des courses et d'autres petites choses pour Miss Eliza, et je séjournais souvent dans cette maison. Un jour, j'ai amené quelques amis ici et ils ont parié avec moi que je n'oserais pas graver quelque chose dans le bois. Jeff avait son couteau de poche avec lui, et c'est ainsi que les choses ont commencé.

– Alors, tu étais vraiment l'un des plus méchants, hein ? demanda Lexi.

En secouant la tête, elle se rapprocha du bois.

– Et qu'est-ce que ça dit exactement, si ce ne sont pas des codes confédérés ?

– *I want cake*, répondit-il.

– *I want cake ?* Je veux du gâteau ? Tu es sérieux ?

– À l'époque, l'ancienne Boulangerie Paradis, qui n'existe malheureusement plus aujourd'hui, vendait des gâteaux au citron incroyablement bons, avec un glaçage épais et tout. Jeff a dit que si j'osais en sculpter une, il m'en achèterait un.

Lexi s'accroupit et suivit avec ses doigts les traces dans le bois.

– Je ne te crois pas. Même avec la meilleure volonté du monde, je ne vois pas ce qui est écrit ici *I want cake*.

Il haussa les épaules.

– Le couteau de Jeff n'était pas le plus aiguisé. Crois-moi ou non.

Elle leva les yeux vers lui.

– Et tu es sûr que tu ne te moques pas de moi ?

– Non, vraiment pas.

– Miss Eliza ne t'a pas surpris à l'époque ? Elle a bien dû découvrir à un moment donné que quelqu'un avait gravé quelque chose sur son cadre de porte.

– Elle était déjà très âgée à l'époque et ne montait presque plus au premier étage. Ici, au deuxième, je crois qu'elle ne s'attardait plus du tout.

Lexi secoua à nouveau la tête. Elle ne trouvait manifestement rien d'autre à dire, mais Aaron voyait bien qu'elle trouvait la chose drôle au fond.

– Dis-moi, pourquoi devais-tu faire des courses pour Miss Eliza ? Vous étiez riches comme des rats, demanda-t-elle ensuite.

– Oui, c'est vrai, nous l'étions. Mais mon père a toujours pensé qu'il fallait gagner son argent soi-même. Cela renforce le caractère.

– À dix ans ?

Il haussa les épaules.

– Alors il doit être très fier de toi, tu as maintenant un bon travail reconnu, dit Lexi.

Ah, si seulement il l'était...

– Non, je ne pense pas, répondit-il froidement.

Puis il s'éloigna du cadre de la porte et redescendit l'escalier.

Chapitre 21

Lexi regarda Aaron et se demanda ce qui venait de se passer. Avait-elle dit quelque chose de mal ? Au moins, ses paroles avaient apparemment déclenché quelque chose chez Aaron, car son visage amusé s'était complètement transformé d'une seconde à l'autre, il avait l'air amer et blessé et s'était simplement retourné. Et il était parti.

Elle lui courut après.

– Aaron, attends donc !

Il l'ignora. Et une fois qu'ils eurent descendu les escaliers et qu'ils se trouvèrent de nouveau dans la zone de réception, elle n'eut pas le temps de chercher plus loin ce qui se passait. En effet, Edda s'approcha d'elle, tout excitée.

– Lexi, je dois me rendre à la droguerie, c'est une sorte d'urgence. Tu pourrais me remplacer ?

Lexi regarda Edda et Aaron et vérifia finalement l'écran de son téléphone portable. Sa pause-déjeuner était terminée depuis quatre minutes et Trish l'attendait certainement déjà. Cet après-midi, il y avait quelques rendez-vous, entre autres Wyatt s'était à nouveau annoncé, il voulait amener l'un des chats de sa mère Murielle, qui s'était fait mal. Il avait marché quelque part dans de la peinture fraîche. Trish voulait essayer de la faire disparaître de sa fourrure.

Mais Edda avait l'air si désespérée qu'elle dit :

– Oui, bien sûr, Edda. J'envoie juste un message à Trish pour lui dire que je serai en retard.

– Tu es un amour, répondit la dame âgée en attrapant sa veste, son sac à main et son parapluie, et elle partit avant que Lexi ne s'en rende compte.

Quelle urgence pouvait-elle avoir ? Les problèmes menstruels étaient derrière elle depuis longtemps. Sûrement des brûlures d'estomac, de la diarrhée ou quelque chose qui devait être traité immédiatement. Lexi espérait juste que ce n'était pas trop grave.

– Je suis désolé, entendit-elle maintenant de la part d'Aaron, qui se tenait près de la porte et ne semblait pas savoir s'il devait rester ou partir.

– Tu n'as pas à être désolé, c'est bon.

– Pour tout à l'heure… Quand il s'agit de mon père, ou plutôt de ma relation avec lui, je réagis parfois un peu… de manière irascible. Je ne le veux pas, mais… eh bien.

Il haussa les épaules.

– Tu n'as vraiment rien à m'expliquer, répondit-elle, mais elle était contente qu'il le fasse.

Ainsi, elle savait au moins que ce n'était pas à cause d'elle. Elle écrivit rapidement un message à Trish, puis regarda à nouveau Aaron.

– Je ne peux pas te faire visiter plus loin, car je dois rester à la réception. Mais si tu en as envie, n'hésite pas à jeter un coup d'œil par toi-même.

– Non, merci, je crois que j'en ai assez du maïs pour aujourd'hui.

– D'accord.

Ils se regardèrent l'un l'autre. Personne ne disait plus rien. Il semblait aussi nerveux qu'elle.

– Tu as envie de jouer ? demanda-t-elle donc, se souvenant soudain de ce qu'elle avait l'habitude de faire avec ses amies quand elles ne savaient pas quoi faire.

– Un jeu ?

Aaron passa la main dans ses cheveux encore humides.

– Oui. Ça s'appelle Qu'est-ce que tu préférerais faire ?

Il sourit.

– Je connais. Ça doit faire dix ans que je n'y ai pas joué.

Elle ne put s'empêcher de rire.

– Moi non plus.

Aaron s'approcha et s'appuya sur le comptoir comme elle l'avait fait une demi-heure auparavant. Et maintenant, elle prenait la position d'Edda du côté de la réception. Leurs regards étaient maintenant très proches. Trop proches, selon Lexi. Aujourd'hui, elle ne pouvait pas sentir l'eau de toilette citronnée d'Aaron, qui sentait plutôt comme s'il avait fait de l'exercice. Mais ce n'était pas désagréable, au contraire.

– D'accord. Jouons, dit-il.

– Bien, je commence.

Il eut un sourire.

– Vas-y.

Lexi se demanda brièvement ce qu'elle voulait lui demander, ce qu'elle voulait savoir de lui. Il y avait tant de choses, mais elle ne voulait pas avoir l'air de s'imposer ou de contrarier à nouveau Aaron. Elle choisit donc quelque chose de neutre pour commencer.

– Que préférerais-tu faire : manger un bol de soupe de maïs ou ces beignets de maïs vert de Corée qui se trouvent dans la vitrine ?

Une grenouille était représentée sur l'emballage, et d'une certaine manière, Lexi craignait que ces choses n'aient le même goût.

– Depuis combien de temps sont-ils dans la vitrine ? demanda Aaron, amusé.

– Depuis l'ouverture du musée, donc depuis deux ans.

– Eh bien, ça va encore. Alors je me décide pour les flips.

– Tu as vraiment trouvé notre soupe si mauvaise, hein ?

– J'ai mangé pire, mais pas beaucoup.

Elle secoua la tête.

– Eh bien, je la trouve vraiment meilleure.

– Oui, parce que tu t'es probablement déjà cassé les papilles gustatives avec ça.

– Crétin !

Il lui sourit.

– Bon, c'est mon tour maintenant, non ?

– Exactement.

– Que préférerais-tu faire : ne plus jamais manger de maïs ou ne plus jamais boire de café ?

– Uuuh, c'est difficile, parce que j'adore le café. Mais j'aime aussi le maïs. Mais si je devais choisir… je renoncerais au maïs.

– Ooooh, si le maire entendait ça. Ou ta mère !

– Tu vas me dénoncer ? demanda-t-elle.

– Peut-être.

Il lui fit un clin d'œil malicieux.

Lexi lui adressa alors un sourire et fut d'un seul coup plus joyeuse qu'elle ne l'avait été depuis longtemps. Elle ne pensait même plus à Trish, qui devait se passer d'elle en ce moment. Ni à son maquillage pour les yeux, qui la faisait souffrir en se regardant dans le miroir de la vitrine et qui l'avait inquiétée pendant le dernier quart d'heure. Elle avait essayé d'essuyer discrètement le mascara qui avait coulé avec un pan de son pull, mais elle ne savait pas si elle y était parvenue. Mais pour l'instant, tout cela n'avait pas d'importance. Seul comptait ce moment où Aaron et elle étaient si proches. Aussi proches que Lexi ne l'avait été de personne depuis la mort de Keith. Et ce picotement dans le ventre pouvait bien y rester encore un peu.

– C'est encore à toi, dit Aaron.

Elle hocha la tête, mais n'arrivait plus à penser clairement.

– Que préférerais-tu faire… hmmm… Préférerais-tu rester encore un peu à Lac Paradis ou rentrer à New York dès aujourd'hui ? demanda-t-elle finalement, pour enfin savoir quels étaient ses projets.

– Je préférerais rester encore un peu ici, répondit-il, et elle en fut si heureuse qu'elle ne put empêcher ou atténuer le large sourire qui s'afficha sur son visage.

Oh, à quoi bon, se dit-elle. *Qu'il voie que je suis contente.*

– Et que préférerais-tu faire ? demanda ensuite Aaron. Sortir avec moi ou pas ?

Maintenant, son cœur s'était presque arrêté. Car trouver ce beau quasi-étranger sympathique était une chose, mais un vrai rendez-vous avec lui en était une autre. Un rendez-vous signifierait vraiment laisser Keith derrière elle, et elle ne savait pas si elle était prête à le faire.

– Peux-tu me reposer la question dans une semaine ? dit-elle donc, même si elle savait que cela paraissait stupide.

– D'accord, répondit Aaron, et cela signifiait bien qu'il serait encore là dans une semaine, non ?

Non ?

Lexi vit une goutte de pluie tomber de sa frange et atterrir sur sa joue. Sans réfléchir, elle approcha sa main de son visage et essuya la goutte avec douceur. Et ce geste fut si intime qu'elle eut du mal à supporter la sensation douloureuse dans sa poitrine. Cela faisait mal, mais en même temps, c'était tellement bon.

Le visage d'Aaron s'approcha du sien, il la regarda profondément dans les yeux, ce qui libéra une avalanche de feu en elle. Elle pouvait presque sentir ses lèvres sur les siennes, mais elle ne savait pas si elle devait rester immobile ou se détourner. Mais elle ferma les yeux et décida de se laisser faire…

– Me revoilà ! entendit-elle Edda l'appeler et elle sursauta.

Lexi ouvrit les yeux et se redressa. Surprise, elle passa du regard d'Edda à Aaron, qui semblait tout aussi perplexe.

– Oh, je ne vous dérange pas ? demanda la vieille femme, surprise.

– Non, Edda, bien sûr que non. Nous étions justement en train de… faire…

– J'allais partir, dit Aaron en regardant Lexi d'une manière qui exprimait à la fois du regret et du soulagement.

Exactement ce qu'elle ressentait aussi.

– Merci encore pour la visite.

– De rien.

Aaron se précipita hors du musée et Edda le suivit du regard. Puis elle la regarda avec curiosité.

– Qu'est-ce que c'était que ça ?

– Rien du tout, répondit Lexi. Qu'est-ce qui te fait croire qu'il s'est passé quelque chose ?

– Eh bien, je ne suis pas aveugle, ma chère !

– Apparemment, tu l'es. Il n'y avait rien du tout.

Sur ces mots, elle attrapa sa veste encore humide qu'elle avait suspendue sur le dossier de la chaise pour la faire sécher, sortit de derrière le comptoir et dit :

– Je dois me dépêcher.

Elle se dirigea vers la porte quand elle se souvint d'une autre chose.

– Toi, Edda, c'était quoi l'urgence de tout à l'heure ?

Edda eut un large sourire.

– Eh bien, c'est évident, non ? Il fallait bien vous donner un petit coup de pouce à tous les deux.

Lexi fixa son interlocutrice avec incrédulité, secoua la tête, puis sortit du musée et traversa la place pour retourner au salon des animaux. Aussi folle qu'avait été l'action d'Edda, elle lui en était reconnaissante.

Chapitre 22

Ce soir-là, il y avait une réunion municipale à laquelle Lexi avait l'habitude d'aller avec ses parents. Pendant que son père s'asseyait à côté du révérend Jones et parlait avec lui d'un projet de sortie de pêche, Donna donnait à sa fille des nouvelles de son frère Tommy, qui sortait depuis un an avec sa petite amie Julie. Ils s'étaient rencontrés à Omaha, où il allait à l'université, et c'était sa plus longue relation jusqu'à présent, ce dont la mère de Lexi semblait très fière.

– Il a prévu une grande surprise, il veut emmener Julie en finesse dans un de ces restaurants qui ont une liste d'attente de six mois.

– Oh, wow. Ça va coûter cher.

– Mais il peut se le permettre maintenant. Il a un nouveau travail qui lui rapporte pas mal d'argent.

– Ah oui ? Je ne le savais pas encore, dit Lexi, mais ses pensées n'étaient pas du tout tournées vers Tommy, mais plutôt vers Aaron et ce moment magique de l'après-midi.

– Oui, il travaille dans une sorte de laboratoire de tests et…

Sa mère n'eut pas le temps de continuer, car Citoyen-ne…

Le maître Doyle entra en scène et s'installa à son pupitre.

– Bonsoir, chers habitants de la ville, je suis heureux que vous soyez venus si nombreux. Tout d'abord, je peux vous annoncer que la planification du train miniature est en bonne voie. Si tout se déroule comme prévu, il pourra être mis en service pour Thanksgiving.

Des applaudissements et des cris de joie fusèrent de toutes parts. Lexi ne put s'empêcher de sourire. Mais ensuite, les choses devinrent plus sérieuses, du moins le visage du maire Doyle le fut.

– Chers amis, j'ai convoqué cette assemblée pour une affaire très urgente, commença-t-il, et Lexi se demanda de quoi il pouvait bien s'agir.

De là où elle était, elle perçut Edda et Sadie qui la regardaient en chuchotant. Super, pensa-t-elle, sa rencontre avec Aaron au musée avait déjà fait le tour de la ville.

Pendant ce temps, le maire continuait à parler, le ventre presque à l'air. Il avait probablement trop mangé au Festival du maïs. Et c'est justement de ce festival qu'il semblait s'agir ce soir-là.

– Vous avez certainement remarqué à quel point la surface de gazon de notre place municipale, d'habitude si jolie, est abîmée. La fête d'été et maintenant la fête du Maïs l'ont tout simplement trop abîmée, c'est pourquoi je suis favorable à l'installation d'un nouveau gazon en rouleau sur toute la surface.

– Un nouveau gazon en rouleau est-il financièrement possible ? entendit Lexi appeler quelqu'un et elle se retourna.

La question venait de Jamie, le propriétaire du *Paradis de Jamie*.

– C'est exactement ça, répondit le maire Doyle en regardant sa femme, assise au premier rang.

– Car Lydia a fait le calcul, et en fait, c'est hors de notre budget. L'année touche à sa fin et il y a encore le spectacle d'Halloween, la parade de Thanksgiving et le marché de Noël. Mais j'ai une idée.

– Eh bien, on vous écoute ! s'exclama le père de Lexi, qui était ami avec Bertram Doyle depuis de nombreuses années.

– Dimanche prochain, nous organisons à nouveau notre marché aux puces. J'ai pensé que nous pourrions monter un stand spécialement pour l'occasion. Chacun d'entre vous donnera ce qu'il peut et les bénéfices iront à la nouvelle pelouse. Qu'est-ce que vous en pensez ?

Approbations, cris de joie et applaudissements de partout.

– Bonne idée ! s'exclama Sadie, et Lexi se demanda où se trouvaient les deux autres commères.

Murielle gardait probablement sa petite-fille, qu'il était difficile d'emmener à la réunion à cette heure-ci. Et Delores n'assistait de toute façon que rarement aux réunions de la ville, qui avaient généralement lieu le mardi soir et où passait toujours à la télévision un vieil épisode de *La croisière s'amuse*, que Delores regardait avec son mari.

– Bon, alors nous allons voter. Quelqu'un est-il contre ma proposition ? demanda le maire.

Personne ne leva la main.

– Bien, alors c'est décidé. Il ne nous reste plus qu'à trouver quelques volontaires qui se chargeront de la collecte de dons et qui auront envie de tenir le stand.

Plusieurs volontaires se présentèrent immédiatement. Lexi ne se manifesta pas. Même si elle aimait aider la ville, elle avait autre chose en tête.

– Tout va bien, ma chérie ? entendit-elle aussitôt sa mère lui demander.

Lexi la regarda, sourit légèrement et hocha la tête.

– Bien sûr, tout va bien.

Elle voyait bien que sa mère ne la croyait pas, mais elle n'était pas encore prête à lui parler d'Aaron et de ses sentiments pour lui. Elle devait d'abord s'en rendre compte elle-même.

Quelques heures plus tard, Lexi était assise en pyjama mouton sur son confortable canapé beige, enveloppée dans une douillette couverture bleue, l'esprit toujours tourné vers Aaron et ce presque baiser. Ses lèvres avaient été si près de toucher les siennes que Lexi les avait déjà senties. Ce moment avait été magique et elle se demandait ce qui se serait passé si Edda n'était pas entrée et n'avait pas tout gâché. Elle se demanda si c'était mieux ainsi. Un vrai baiser aurait tout compliqué, elle en était sûre. Et peut-être aurait-elle dû se confier à quelqu'un, peut-être que ses pensées n'auraient pas été aussi confuses. Mais elle n'avait rien dit à Trish ni à sa mère, qui lui avait redemandé après la réunion municipale si tout allait bien parce qu'elle avait l'air épuisée, mais Lexi avait simplement hoché la tête et dit que tout allait bien.

Tout va bien. Est-ce que tout irait à nouveau bien un jour ?

Lexi se leva et s'approcha de la commode sur laquelle se trouvait, à côté de quelques cadres, une boîte à bijoux en bois sombre et décorée que grand-mère Ursula lui avait léguée. Elle l'ouvrit, en sortit sa bague de fiançailles et la regarda. Puis elle la passa à son doigt et prit la petite boîte blanche dans laquelle se trouvaient les alliances qui n'avaient jamais servi. Keith et elle les avaient choisies ensemble quelques semaines avant le mariage prévu, elles étaient argentées, simples, la sienne avec un petit diamant incrusté. Jusqu'à présent, elle n'avait pas eu le cœur de les rendre au bijoutier et de se faire rembourser, mais les bagues étaient maintenant dans la boîte, comme un rappel, et lui rappelaient tout ce qu'elle avait perdu.

En sanglotant, Lexi rangea la boîte, mais garda la bague de fiançailles. Elle l'avait encore portée un peu plus d'un an après la mort de Keith, mais avait décidé à un moment donné qu'elle devait l'enlever, car elle l'empêchait d'avancer dans sa vie. De regarder vers l'avant. De croire en l'avenir. Mais à ce moment-là, il lui semblait juste de la porter.

Elle retourna vers le canapé, se blottit encore plus profondément dans la couverture et en ajouta une deuxième, car elle avait soudain terriblement froid. Elle tremblait et pleurait, et au bout d'une demi-heure, elle prit le téléphone.

– Lexi, quel plaisir de t'entendre.

– Salut, Helena. Comment vas-tu avec Parker et les enfants ?

– Nous allons très bien, répondit sa sœur. Et toi, comment vas-tu ?

– Bien aussi, dit-elle, mais elle se corrigea l'instant d'après. Enfin, pas si bien que ça aujourd'hui, pour être honnête. Ça a été une dure journée.

– Oh, chérie, je suis désolée, dit Helena, et Lexi pouvait pratiquement voir son visage compatissant à travers le téléphone.

– Est-ce que je peux faire quelque chose pour t'aider ?

– Parler avec toi m'aide déjà.

– Je déteste que nous vivions si loin l'une de l'autre, j'aimerais tellement te prendre dans mes bras en ce moment, dit sa grande sœur, et elle ne pouvait qu'être d'accord avec elle.

Après le lycée, Helena était allée à l'université à St. Louis où elle avait rencontré Parker et en était tombée amoureuse. Juste après avoir obtenu leur diplôme, ils s'étaient mariés et avaient déménagé à Kansas City, la ville natale de Parker. Ils avaient eu deux enfants adorables, une fille nommée Leslie et un garçon nommé Matthew. Et même si Lexi félicitait sa sœur pour son bonheur, elle trouvait incroyablement dommage qu'Helena vive dans un autre État. Certes, Kansas City n'était qu'à quatre heures de route, mais avec deux enfants, un travail à temps partiel et un ménage à gérer presque entièrement seule, Helena ne pouvait pas revenir à Lac Paradis plus de quelques fois par an.

– Tu nous as manqué ici à la fête du Maïs, dit Lexi.

– Oui, je sais, maman a aussi appelé. Tu sais que chaque année, elle essaie à nouveau de me convaincre de venir. Et cette année, je voulais vraiment le faire, mais Parker était en voyage d'affaires et Leslie avait une réunion de scouts le samedi, où elle a obtenu un badge très convoité. C'était tout simplement impossible pour moi.

– Eh bien, tu n'as pas manqué tant de choses que ça.

– Oh, ce n'est pas ce que j'entends, dit Helena avec un certain sous-entendu.

Le cœur de Lexi se mit à battre plus vite, car elle devinait où sa sœur voulait en venir.

– La soupe de maman avait le même goût que chaque année, dit-elle en plaisantant, mais le rire resta coincé dans sa gorge.

– Je ne parle pas de la soupe de maman, mais d'Aaron Highmore, qui est apparemment retourné à Lac Paradis.

– Ah oui, c'est vrai, il est de retour.

Court silence. Lexi était presque sûre qu'Helena avait un petit sourire en coin.

– C'est donc vrai ce que j'entends ? demanda-t-elle à son tour.

– Qu'est-ce que tu entends ?

Lexi commença à se mordiller l'ongle. Puis elle y renonça rapidement, car elle avait en fait perdu cette habitude stupide.

– Eh bien… il paraît qu'Aaron et toi… enfin, que vous vous entendez bien.

Elle dut déglutir.

– Vraiment ? Où as-tu entendu ça ?

– Eh bien, d'abord de maman…

– Ah, maman aime bien raconter des contes de fées.

– … et puis, lors de notre dernière conversation, Savannah a aussi dit qu'elle vous avait vus tous les deux. En dansant à la fête du Maïs.

Lexi ferma les yeux.

– Oui, c'est vrai.

– C'est génial ! jubila Helena. Oh, Lexi, je suis contente pour toi.

– Pour quelle raison, s'il te plaît ? Parce que j'ai dansé avec quelqu'un et qu'il va bientôt repartir à New York, où il habite ? Ou parce que pour la première fois depuis la mort de Keith, j'aime vraiment quelqu'un, ce qui me donne tout le temps l'impression de le tromper ?

Les mots s'échappaient d'elle.

– *Hey, hey, hey...* Lexi, tu ne dois pas penser à ce genre de choses. Tout d'abord, il ne s'est encore rien passé entre vous, n'est-ce pas ? Et deuxièmement, c'était il y a presque deux ans et demi avec Keith. Tu ne peux pas rester seule pour toujours, Keith n'aurait pas voulu ça, et tu le sais.

– Oui, peut-être.

– Oh, Lexi, j'aimerais vraiment être avec toi et pouvoir te parler en personne. Te faire comprendre que tu ne fais rien de mal.

Oui, elle le souhaitait aussi.

– Helena ?

– Oui ?

– Il y avait pourtant plus entre nous.

– Oh, vraiment ?

Elle hocha la tête, même si elle savait que sa sœur ne pouvait pas le voir.

– Oui, on a failli s'embrasser aujourd'hui.

– Mais seulement failli ?

– Oui, au musée. Il pleuvait et il s'était abrité. Je venais de rendre visite à Edda. Je lui ai fait faire le tour et... et nous avons failli nous embrasser.

– Mais tu as fait marche arrière ?

– Non. Edda est arrivée tout à coup.

– Oh. Mais si ce n'était pas elle, vous vous seriez embrassés ?

Lexi se mordilla nerveusement la lèvre inférieure. Encore un de ses tics stupides.

– Je pense que oui.

– Tu voulais donc l'embrasser ?

Elle prit une profonde inspiration et expira à nouveau.

– Oui, et c'est pour ça que je me sens si mal.

– Oh, Lexi, ma pauvre. Je compatis avec toi. D'un autre côté, je trouve aussi que ce qui t'arrive est tout à fait merveilleux. Après tout ce temps, tu es enfin à nouveau attirée par un homme, tu ne devrais pas lutter contre cela. Laisse faire les choses.

– Je ne sais pas si je peux le faire, dit-elle honnêtement.

– Je pense que je devrais venir à Lac Paradis le plus vite possible après tout. Tu as plus besoin de moi que Leslie des scouts.

Lexi a aussitôt souri.

– J'aimerais bien que tu reviennes bientôt. Parce que tu me manques beaucoup.

– Tu me manques aussi, petite sœur. Je vais régler ça et je t'appellerai, d'accord ?

– D'accord. Et Helena ? S'il te plaît, pas un mot à maman à ce sujet.

– Mais bien sûr que non.

– Merci.

Si sa mère apprenait qu'elle avait failli l'embrasser, il y avait de fortes chances pour que toute la ville le sache. Donna n'était pas beaucoup mieux que Murielle, Sadie ou

Delores – et depuis peu Nolan. Si tout le monde n'était pas déjà au courant, car Edda les avait surpris en train de presque s'embrasser.

Oh, mon Dieu. Elle se demanda ce qui les attendait. Et comment Aaron allait-il réagir ? Il prendrait probablement la fuite et monterait dans le premier avion pour New York.

Lexi espérait seulement qu'elle le reverrait avant. Car même si tout cela semblait faux, c'était trop bon pour que cela se termine.

Elle prit son smartphone en main, tapa la chanson *Nights in White Satin* de The Moody Blues sur YouTube, se pencha en arrière et ferma les yeux. Puis elle repensa à l'après-midi, à Aaron, à son merveilleux parfum, à ses yeux profonds, à ses lèvres douces… et aux étincelles qui avaient jailli bien plus encore aujourd'hui.

Si Sinatra avait été là, il aurait pu le crier haut et fort, mais Lexi s'enveloppa simplement de la sensation que ce moment lui avait laissée. Cette chaleur et ce picotement qui s'étaient installés dans son cœur et qu'elle autoriserait à y rester encore un peu.

Chapitre 23

– Ils se sont embrassés ? s'exclama Murielle, étonnée.

Elle avait les yeux aussi écarquillés que Delores lorsque Sadie leur avait annoncé la nouvelle.

– Oui !

Sadie hocha la tête, euphorique.

– *Presque* embrassés, la corrigea Nolan qui venait de leur servir la boisson du jour, un mochaccino à la vanille. Edda dit qu'ils étaient sur le point de le faire quand elle a franchi la porte.

– Et d'ailleurs, pourquoi a-t-elle franchi la porte ? demanda Murielle. N'a-t-elle donc pas vu de l'extérieur ce qui se passait à l'intérieur ?

– Apparemment non, sinon elle n'aurait certainement pas fait irruption comme ça, répondit Nolan. Car c'était même son plan de leur donner un peu de temps à deux. C'est la seule raison pour laquelle elle est allée à la droguerie.

– Qu'est-ce qu'elle a acheté à la droguerie ? demanda Delores, et tous la regardèrent avec incrédulité.

Qu'est-ce que c'était que cette question alors qu'il y avait tant de choses plus intéressantes à découvrir ?

– Excusez-moi, dit Delores. Je demande juste parce qu'il y a déjà des bonbons d'Halloween là-bas. Et je voulais juste savoir si je suis la seule à avoir déjà envie de ces petites citrouilles en guimauve.

– L'autre jour, j'ai aussi déjà acheté un paquet de Hershey's Kisses en version Halloween pour Abigail et moi, lui fit savoir Murielle. Alors, vas-y. Mais revenons-en au sujet : pensez-vous que si Edda n'était pas entrée, il se serait passé autre chose ?

– Tu veux dire si Lexi et Aaron se seraient vraiment jetés l'un sur l'autre ? demanda Nolan en ajustant le col de son polo jaune, par-dessus lequel il portait un cardigan blanc.

La tenue était parfaitement assortie à la décoration intérieure du café, également jaune et blanche.

– C'est exactement ce dont je parle.

Nolan porta deux doigts à son menton.

– Hum, difficile à dire. Surtout qu'on ne sait pas s'il a une petite amie à New York.

– Quand est-ce que cela a déjà empêché un homme d'essayer une autre femme ? demanda Sadie, qui avait été mal mariée pendant des années.

– Demandons à May…, suggéra Delores, et tous les regards se tournèrent vers la femme enceinte, assise à l'une des tables du coin, qui buvait un thé, mangeait un croissant et lisait le journal.

– C'est une bonne idée, elle en saura plus, après tout, Aaron est le meilleur ami de son mari, dit Murielle. Entretemps, la nouvelle s'était répandue.

– Et qui va se renseigner auprès d'elle ? demanda Nolan, qui était certes ami avec May, mais qui ne voulait pas passer pour une commère.

– Eh bien, celui qui demande, répondirent Sadie et Murielle en même temps.

Nolan leva les yeux au ciel.

– J'aurais dû me douter que ça allait me retomber dessus.

Il prit son plateau, passa devant la table de Lydia et Shane Doyle et demanda à May si tout était à sa convenance.

May leva les yeux de son journal, lui sourit et répondit :

– Demande-moi ce que tu veux me demander.

Nolan devint un peu rouge, car il avait voulu demander en passant. Apparemment, May avait entendu comment lui et les trois Gossip Girls avaient parlé d'Aaron et de Lexi. Ils ne s'étaient pas montrés très discrets et il se promit d'être un peu moins bavard à l'avenir sur ce genre de choses.

– Eh bien, puisque tu le proposes… En fait, nous aimerions juste savoir si tu as une idée si Aaron a une petite amie à New York. Est-il fiancé, marié ?

Voilà, c'était dit, et il avait bien dit « *nous* aimerions savoir » pour ne pas passer pour le seul idiot.

Il regarda May, qui secoua lentement la tête.

– Pas que je sache, non.

– Ah, c'est bien. Je veux dire, je ne demande pas par intérêt personnel, mais parce que, eh bien, tu as sûrement remarqué que Lexi et lui s'entendent bien, et j'aimerais simplement qu'il y ait quelque chose entre eux. Parce que nous souhaitons tous le meilleur pour l'autre, ajouta-t-il. Alors laisse-toi gâter, May, et appelle-moi si tu as besoin d'autre chose.

– Merci, Nolan. Je pourrais en effet utiliser un peu de miel pour mon thé, si tu en as apporté.

– Mais bien sûr, ma chérie, ça vient tout de suite.

Nolan retourna derrière le comptoir et chuchota le plus discrètement possible aux trois dames présentes :

– Il est célibataire.

Elles étaient toutes les trois rayonnantes et se réjouissaient déjà d'avoir des nouvelles de Lexi et d'Aaron, sans se douter que beaucoup de choses allaient encore être révélées aujourd'hui.

Chapitre 24

Aaron avait passé la matinée assis devant son ordinateur à travailler sur quelques croquis. Simon avait déjà appelé trois fois de plus pour lui rappeler que l'horloge ne s'arrêtait pas et que New York ne dormait jamais. L'après-midi, il avait invité Vera à un déjeuner au Café Paradis, qui avait quelques heures de libres et se réjouissait de pouvoir lui parler plus longuement de ses petits-enfants.

– Un jour, il faudra que tu viennes me voir à New York, avait-il dit à Vera, qui avait souri.

– Oh oui, je le ferai. Et tu devras m'emmener chez *Tiffany's*, où nous nous mettrons devant la vitrine dès le matin, avec un café et un croissant, pour regarder les étalages.

– Aaah, comme dans le film avec Audrey Hepburn ? La scène était même imprimée sur des T-shirts.

– Exactement, mon beau.

Vera lui caressa la joue avec amour, comme s'il s'agissait de l'un de ses petits-enfants, et même si elle le faisait en public, cela ne le dérangeait pas. Car Vera était l'une des rares personnes de sa vie avec laquelle il se sentait bien et qui avait une place dans son cœur pour toujours.

Après la réunion, Aaron était retourné faire un jogging, et cette fois-ci, il eut l'occasion de s'imprégner de son environnement. Sur le côté est du lac, quelques nouvelles maisons de ville avaient été ajoutées, qui lui rappelaient quelque peu Greenwich Village ou SoHo à New York, mais qui ne semblaient en aucun cas déplacées ici. Au contraire, s'il construisait une maison au bord du lac, ce serait probablement la même.

Alors qu'il continuait son jogging, il croisa un visage familier : le père de Jonah était assis sur une chaise pliante et pêchait. Il était visiblement heureux de le voir et lui demanda de s'asseoir avec lui. Comme il ne voulait pas froisser Jack, Aaron s'assit à côté de lui sur une souche d'arbre et s'enquit de sa santé.

– J'ai déjà attrapé quatre truites ! s'exclama Jack. Comment pourrais-je ne pas aller bien ?

– Et comment va la quincaillerie ?

– Toujours aussi bonne. Celui qui a besoin d'un marteau vient me voir.

L'homme lui avait déjà dit la même chose il y a quinze ans, et Aaron se demanda involontairement si tout le monde à Lac Paradis ne devait pas déjà avoir un marteau de Jack.

Après avoir échangé quelques banalités, il prit congé.

– Au fait, j'ai rendez-vous avec Jonah aujourd'hui pour jouer au billard.

– Eh bien, je le sais, répondit Jack.

Oui, Aaron aurait pu s'en douter.

Lorsqu'il rencontra Jonah à sept heures devant le bar, son ami le regarda de loin, stupéfait, et secoua la tête.

– Qu'est-ce que j'ai fait ? demanda Aaron.

Jonah lui tendit un papier jaune, qu'il prit et lut.

Échange de fluides corporels
Tu goûtes même encore ce que l'autre a pris au petit déjeuner
C'étaient des corn flakes ?
Des crêpes ?
Un œuf au plat ?
Des baisers au musée du maïs
Ça devait être du maïs

– Merde, qu'est-ce que tu fais ? s'exclama-t-il en regardant Jonah, choqué.

Son ami donnait l'impression de vouloir gronder et rire en même temps.

– Eh bien, je ne sais pas comment vous vous êtes fait prendre, mais les nouvelles vont vite. Et plus vite que la nouvelle que le futur petit train sera peint en bleu.

– Comment peux-tu savoir qu'il s'agit de moi ? demanda Aaron en lui rendant le papier.

– May a entendu les commères du café en parler, ce qui signifie que toute la ville est déjà au courant.

– Merde, dit à nouveau Aaron. Et Lexi ?

– Eh bien, elle doit le savoir aussi, répondit Jonah, qui ne put s'empêcher de rire.

– Oh, non.

Il se toucha la tempe et la frotta.

– Je voulais dire, bien sûr, comment elle prendrait la chose. May est bien son amie, elle t'a dit quelque chose ?

Jonah secoua la tête.

– Non, malheureusement pas.

Il le regarda alors en détail.

– Alors, vous vous êtes vraiment embrassés au musée du maïs ?

– Non, on ne l'a pas fait.

– Non ? Alors pourquoi tout le monde pense ça ?

– Eh bien, peut-être parce que nous avons *failli* le faire.

– Oh !

– Cette vieille femme du musée a fait irruption et a tout gâché.

– Aaron… je croyais que tu voulais rester loin d'elle ? demanda Jonah.

– Oui, je sais. C'est ce que je voulais faire. Mais je n'y arrive pas. Pour la première fois depuis longtemps, je me sens comme… je ne peux pas vraiment le décrire. Bien. Juste bien.

Jonah le regarda fixement.

– Je n'y crois pas. Tu es amoureux ! Aaron Highmore est vraiment amoureux. Je ne pensais pas que ça arriverait.

Il voulut d'abord s'en prendre à son ami, lui demander *pourquoi il n'y avait pas pensé.* Mais Aaron ne dit rien.

Parce qu'il ne l'aurait jamais pensé lui-même.

Ils allèrent boire un verre. Ils firent quelques parties de billard. Mais Aaron n'arrivait pas à avoir une pensée claire, à se concentrer, il ratait chaque coup. Lorsque la boule de jeu noire roula à nouveau dans un trou, il jeta la queue de billard sur la table et croisa les bras.

– Mec, mec, t'as vraiment été touché, hein ? demanda Jonah en le regardant presque avec inquiétude.

– Qu'est-ce qui te fait dire ça ? dit son mécanisme de défense.

Il ne fallait surtout pas admettre que Jonah avait peut-être raison. Il n'allait tout de même pas devenir une épave à cause d'une femme.

– Eh bien, regarde-toi. C'est ta troisième faute en moins de quinze minutes.

– Oui, et alors ? Tout le monde a des mauvais jours. J'ai besoin d'une autre bière.

Il levait déjà la main pour faire un signe au barman lorsque Jonah le retint.

– Tu en as assez, mon pote. Viens, on va plutôt faire une petite promenade tous les deux.

– D'accord, si tu le souhaites, répondit Aaron, sincèrement heureux de sortir de cet endroit maussade et de prendre l'air.

Jonah le poussa presque dehors, et là, il prit d'abord une grande inspiration, puis expira.

– Ça fait du bien, non ?

Il hocha la tête. Son ami partit dans l'obscurité, se dirigea vers l'hôtel de ville, et Aaron marcha à ses côtés.

– D'accord, et maintenant dis-moi ce que tu veux faire, Aaron. Qu'est-ce que tu veux faire ? Rester, par exemple ?

– À Lac Paradis ? demanda-t-il d'un ton moqueur. Jamais, jamais.

– Tu veux donc ignorer tes sentiments et rentrer à New York ?

Gêné, Aaron regarda le sol et secoua la tête. Il ne le savait pas lui-même.

– Je ne sais tout simplement pas ce que c'est. Qu'est-ce que je lui trouve ? Elle ? Je veux dire, à quelqu'un de Lac Paradis ?

– Eh bien, mon ami, le cœur veut ce que le cœur veut.

– Mon cœur semble avoir perdu la tête, rétorqua-t-il d'un ton péremptoire.

– Ah, Aaron, le cœur n'agit que très rarement de manière rationnelle. Tu n'as pas l'air de comprendre grand-chose aux choses du cœur, hein ?

– Non, en fait, je ne comprends pas. Jusqu'à aujourd'hui, je pensais sincèrement que mon cœur était fait de glace. Comme le cœur de tous les hommes Highmore.

– Quelle connerie ! Si c'était le cas, je ne serais certainement pas ami avec toi. Tu as un grand cœur – peut-être que tu ne le sais pas encore toi-même.

– Moi, un grand cœur ? Qu'est-ce qui te fait dire ça ? Je n'ai encore jamais dit « je t'aime » à une seule femme.

– Eh bien, ce n'est pas seulement une question de femmes. Aaron, tu m'envoies chaque année quelque chose de méga-cool pour mon anniversaire, que tu n'as pas oublié une seule fois depuis toutes ces années. Tu m'as accueilli chez toi à New York et tu m'as offert la plus belle semaine de ma vie. Tu envoies chaque année un cadeau de Noël à ta vieille gouvernante Vera et…

– Comment sais-tu pour Vera ?

– Eh bien, quand j'étais à New York, tu me l'as dit. C'est là que nous sommes allés ensemble chez *Macy's* pour lui choisir quelque chose. Tu te souviens ?

– Oh, c'est vrai.

Il se souvint. En décembre, il lui avait offert une bonbonnière.

Jonah se tourna vers la gauche, passa devant la droguerie et tourna dans la rue Paradis.

– Et le même jour, tu as donné un billet de vingt dollars à un sans-abri, a-t-il poursuivi. Vingt dollars, mon vieux ! Alors que d'autres lui ont jeté tout au plus vingt-cinq cents dans le gobelet.

– L'homme avait l'air d'avoir froid. J'avais espéré qu'il s'achèterait un pull chaud ou une écharpe et des gants avec cet argent.

Jonah s'arrêta. Le regarda en fronçant les sourcils.

– Et avec tout ça, tu crois vraiment que tu as un cœur de glace ? Juste parce que tu es le fils de ton père ?

Aaron haussa les épaules et continua à marcher. Jonah lui courut après.

– Reconnais enfin qui tu es, Aaron ! Tu fais partie des gentils.

– C'est juste que je ne me sens pas comme ça. Et je sais que je ne suis pas bon pour Lexi. Pas assez bien.

– À cause de ce que j'ai dit l'autre jour chez moi ? Je suis vraiment désolé pour ça, c'étaient vraiment des conneries. Je vois bien à quel point tu tiens à elle et ce qu'elle représente pour toi. Toi aussi, tu le vois enfin et tu agis, mon pote. Ne laisse pas passer cette chance.

Jonah s'arrêta alors et désigna une maison de l'autre côté de la rue. À la lumière du lampadaire, Aaron vit qu'elle n'était pas très grande, qu'elle ne comportait peut-être que trois ou quatre pièces, dont l'une était bien éclairée.

– Où sommes-nous ? Où m'as-tu emmené ? demanda-t-il.

– C'est la maison de Lexi. C'est ici qu'elle vit.

– Oh, c'est tout ce qu'Aaron put dire.

Il regarda en direction de la seule pièce où il y avait de la lumière, mais Lexi ne le vit pas. Mais elle entra dans la pièce, un gobelet dans une main, un livre dans l'autre. Elle s'assit sur le canapé et commença à lire, et en l'observant ainsi, Aaron sut avec certitude qu'il n'avait jamais rien vu de plus beau.

Chapitre 25

Lexi et Trish se tenaient dans le salon, sans rien faire, Liz ayant annulé le rendez-vous de trois heures avec son lapin. Trish, comme toujours lorsqu'elle s'ennuyait, jouait avec une mèche de cheveux.

– Tu crois qu'elle a annulé parce que l'état de sa mère s'est aggravé ? demanda Lexi.

Elle savait que Liz, la propriétaire du salon de coiffure, s'occupait de sa mère alitée depuis des années. Constance vivait même chez elle.

– C'est possible. En tout cas, le salon de coiffure est fermé aujourd'hui, je l'ai vu tout à l'heure quand je suis allée chercher mon déjeuner.

Normalement, May travaillait au salon, mais elle était sur le point d'accoucher et était déjà en congé maternité.

– Oh, mon Dieu ! La pauvre n'a presque plus de vie privée. Peut-être que sa relation avec Shane Doyle a échoué à cause de ça, supposa Lexi.

Trish secoua la tête.

– Non, ce n'est pas ce que j'ai entendu. Il paraît qu'il l'a trompée.

– Shane ? Je ne peux pas l'imaginer. Il aime Liz par-dessus tout, même un aveugle le verrait.

Lexi déplaça son poids d'une jambe sur l'autre.

– Eh bien, j'espère au moins qu'il n'a pas commis une telle erreur. Les trompeurs sont les pires de tous.

Elle détestait les hommes qui trahissaient leur femme – et les femmes qui trahissaient leur mari également. Elle n'aimait pas non plus les relations ouvertes. Pour Lexi, un couple intime se compose de deux personnes, une troisième n'a rien à y faire.

Keith ne l'aurait jamais trompée, elle en était absolument certaine. Mais comment Aaron voyait-il la chose ? Elle ne le savait pas, mais elle pouvait le deviner. Et cette pensée lui donnait mal au ventre.

– J'espère vraiment qu'ils se retrouveront, c'était un couple si mignon, dit Trish, et Lexi ne pouvait qu'être d'accord avec elle.

Tous deux avaient des défauts extérieurs, Liz se trouvait trop ronde et essayait toujours un nouveau régime, et Shane était à moitié chauve depuis l'âge de trente-cinq ans, mais l'intérieur était bon et les deux allaient ensemble comme le couvercle sur sa casserole.

– On joue à quelque chose ? Je m'ennuie ferme et le prochain rendez-vous n'est que dans une demi-heure, demanda Trish.

Lexi sourit.

– Qu'est-ce que tu préfères faire ? J'ai joué à ça avec Aaron l'autre jour.

Trish ouvrit de grands yeux.

– Quand ?

– Au musée.

– Avant ou après que vous avez failli vous embrasser ?

Bon gré mal gré, elle en avait parlé à son amie.

La moitié de la ville avait déjà eu vent de l'affaire – grâce à Edda, à Buddy et au trio de commérages.

– Eh bien, *avant*, bien sûr. Après, il s'est quand même précipité hors du musée et je ne l'ai pas revu.

– Ça ne fait que quarante-huit heures, et il te manque déjà ? C'est mignon.

– Ce n'est pas le cas.

– Vraiment pas ?

– Bon, un peu peut-être. J'aimerais juste savoir ce qu'il y a entre nous deux et si ça va quelque part.

– Tu veux que ça aille quelque part ? demanda Trish en la regardant sérieusement.

Car elle avait entendu assez souvent Lexi dire qu'elle ne laisserait plus jamais un homme entrer dans sa vie. Qu'elle ne pourrait jamais aimer quelqu'un d'autre que Keith.

Mais il n'était pas question d'amour.

Lexi haussa alors les épaules.

– Je ne sais pas. Peut-être que oui. Je veux dire, je n'attends pas grand-chose, je ne veux pas de relation ou quoi que ce soit. Mais après tout ce temps, ça fait du bien de s'intéresser à quelqu'un, de se rapprocher de quelqu'un. C'est un peu comme quand on était au lycée, tu vois ? Quand on avait quatorze ans et qu'on avait le béguin pour les garçons du lycée. Tu te souviens de Ben Cook ?

– Bien sûr que je me souviens de Ben Cook ! Il vit maintenant à Denver et a sa propre marque de baskets.

– Oh, vraiment ?

– Oui. Mais je me fiche pas mal de Ben Cook en ce moment, Lexi. *Toi*, je tiens à toi. Et je ne veux pas que tu sois perdue.

– Je sais prendre soin de moi.

– Je n'en suis pas si sûre, rétorqua Trish.

– Ne t'inquiète pas. Il ne se passera probablement rien d'autre entre Aaron et moi de toute façon. Il a sûrement déjà acheté son billet de retour et nous ne le reverrons plus jamais.

– Tout au plus à l'enterrement de Vincent Highmore. Il semble toujours revenir à Lac Paradis pour les enterrements.

Oh, si seulement elle n'avait pas laissé Trish savoir qu'Aaron était venu ici pour l'enterrement de sa mère. Il le lui avait dit en confidence, et elle l'avait aussitôt répété – elle ne valait pas mieux que Murielle, Sadie et Delores. D'un autre côté, elle ne l'avait dit qu'à une seule personne, sa meilleure amie, parce qu'elle trouvait ça tellement incroyable. Et si touchant. Cela mettait Aaron Highmore sous un autre jour. Pendant toutes ces années, elle avait supposé qu'il était indifférent à la mort de Mathilda.

– Trish, tu ne devrais vraiment pas parler de la mort des autres, tu vas finir par évoquer quelque chose.

– Allons, Vincent Highmore ne manquerait à personne.

– Il manquerait à Aaron.

– Je croyais qu'ils se détestaient ?

Trish fronça les sourcils.

– Ils se sont simplement brouillés, mais cela ne veut pas dire qu'ils se détestent. Je suis sûre qu'un père ne peut pas du tout détester son fils. Et Aaron cherche à se rapprocher de son père, je le sens. J'espère seulement qu'ils parviendront enfin à s'exprimer. Parfois, quelques mots suffisent, s'ils viennent du cœur.

– Pfff. Je ne pense pas que Vincent Highmore ait un cœur, mais si tu le dis. Alors, on joue ou pas ?

Lexi poussa un soupir. Car, en ce qui concernait Vincent Highmore, elle n'était pas d'accord. Elle ne l'avait pas beaucoup vu ces dernières années, mais quand elle l'avait vu, elle avait remarqué ses yeux tristes. Lexi croyait en la bonté des gens et n'abandonnerait pas encore le vieux bougon.

– D'accord.

Elle réfléchit juste un instant.

– Que préférerais-tu faire – manger un ver de terre ou une crotte de nez ?

C'était la même question qu'elle avait posée à sa meilleure amie quand elle avait huit ans.

Trish ne put s'empêcher de rire.

– Je te donnerai la même réponse qu'à l'époque : une crotte de nez. Parce que, outre le fait que je sois végétarienne, je trouve toujours les vers de terre dégoûtants. Rien que d'y penser…

Trish se secoua.

– Bon, c'est mon tour. Embrasserais-tu Aaron Highmore s'il essayait à nouveau, ou préférerais-tu ne pas le faire ?

Lexi se mordilla la lèvre, pensive.

– Allez, dis-moi !

– D'une certaine manière, ce n'est pas une question du genre qu'est-ce que tu préfères faire ?

– Peu importe. Est-ce que je vais avoir une réponse ?

– Oui, OK, je le ferais peut-être.

– Hourra ! Eh bien, j'espère vraiment qu'il osera à nouveau.

– Oser ? Pourquoi aurait-il peur de le faire ?

– Eh bien, parce que Buddy va sûrement écrire un autre poème à ce sujet, dit Trish.

Mais Lexi se doutait bien de ce qu'elle voulait dire : Aaron avait passé toute une semaine à Lac Paradis, il était donc fort possible qu'il ait entendu parler de sa tragédie et qu'il ait eu peur de la blesser.

Oh, s'il savait qu'il était la seule personne sur Terre à faire en sorte qu'elle aille enfin mieux.

– Bon, c'est encore moi. Qui préférerais-tu embrasser : Steven, s'il te suppliait de revenir chez lui et te promettait de ne plus jamais se couper les ongles des pieds au lit ou notre shérif ?

Trish mit les mains sur les hanches.

– Pourquoi penses-tu toujours qu'il y a quelque chose entre Wyatt et moi ?

– Eh bien, parce que c'est évident.

– Je ne répondrai pas à cette question parce que tu es folle.

– Pourquoi n'admets-tu pas qu'il te plaît ?

– Cet homme a un enfant !

– Oui, et alors ? Je trouve que tu serais super en tant que mère, vu la façon dont tu as élevé tes sœurs.

– Eh bien, Halle m'a beaucoup aidée à le faire.

Après la mort des parents de Trish, sa tante Halle était venue vivre avec elles pendant un certain temps, mais depuis son dix-huitième anniversaire, Trish s'était occupée toute seule de ses deux jeunes sœurs. Rebecca avait maintenant seize ans, Annie quatorze, et Lexi admirait beaucoup la façon dont Trish faisait tout fonctionner.

– Oh, ne te sous-estime pas, tu… Oh, bon sang ! dit-elle parce qu'elle avait soudain aperçu Aaron par la fenêtre, qui traversait la place et se dirigeait vers le Paradis des Animaux.

Trish suivit son regard. Puis un sourire se dessina sur son visage.

– On dirait qu'il se dirige vers toi.

– Je vais me cacher derrière, dis-lui que je ne suis pas là, d'accord ?

Elle était tout à coup complètement nerveuse, elle ne savait même pas comment faire face à Aaron. Son intérieur était un chaos total qu'elle n'avait pas encore commencé à démêler.

– Je dirais qu'il est trop tard pour cela, déclara Trish, et elle avait raison.

Car Aaron avait déjà repéré Lexi, et il lui fit signe avant d'entrer dans le magasin.

Chapitre 26

Il salua comme un idiot. Cinq minutes plus tôt, il était encore tout à fait cool et sûr de lui, il savait ce qu'il voulait, et maintenant, tout s'était soudainement envolé...

Le matin, Aaron était allé chez Hunter et ils avaient à nouveau parlé de Dieu et du monde. Finalement, son vieux copain lui avait confié qu'il était amoureux de Sydney depuis le lycée, mais qu'il n'avait aucune chance. Aaron n'avait rien compris à ce nom, mais quand Hunter lui avait dit que Sydney était la sœur de Lindsay, il comprit pourquoi Hunter était si désespéré. Si Sydney ressemblait un tant soit peu à sa sœur blonde super mince, l'ancienne princesse du maïs, il ne pouvait certainement pas se retrouver avec elle. Malheureusement, Aaron ne savait pas non plus comment aider le pauvre homme, mais il eut soudain une vision de lui-même dans vingt ans, assis à côté de Hunter sur son porche, tous deux une bière à la main et toujours en solo – Hunter parce qu'il n'arrivait pas à la cheville de Sydney, lui-même parce qu'il ne pouvait pas accepter la proximité.

Non, cela ne pouvait en aucun cas finir ainsi !

Aaron avait donc décidé de se rendre chez elle. Il avait demandé à Hunter de lui souhaiter bonne chance, car il avait l'intention de dire à une femme à quel point elle lui plaisait, puis il était parti vers le centre. Sachant où il la trouverait à cette heure, il avait garé sa voiture près de la Taverne Paradis – au cas où les choses tourneraient mal et qu'il aurait besoin d'un verre en urgence – et s'était dirigé vers le salon de toilettage. Il pouvait la voir de loin, à travers la vitrine du magasin, en train de parler avec sa collègue. Toutes deux portaient des tabliers en plastique rose vif et semblaient n'avoir rien d'autre à faire. C'était donc le moment idéal.

Quand elle le découvrit, il fit un signe stupide, puis il monta les deux marches et franchit la porte. Le salon sentait le shampoing, le chien mouillé et quelque chose de vert. De l'herbe à chat, peut-être. Il se força à regarder Lexi directement, à aller vers elle, à être cool.

– Bonjour, dit-elle.

– Bonjour, répondit-il.

– Comment puis-je t'aider ? demanda-t-elle.

– J'ai une question. J'aimerais savoir si tu as le temps de faire une promenade.

Il aurait voulu se frapper le front. *J'ai une question ?*

– Euh… bien sûr. Je pourrais juste après le travail. Vers six heures ?

– Vas-y maintenant, Lexi, il ne se passe rien du tout, dit sa collègue, et Aaron lui fut plus que reconnaissant.

Il ne restait plus qu'à Lexi de dire oui, ce qu'il espérait vivement, car il ne pouvait pas attendre la fin de la journée. Il était déjà à bout de nerfs.

– Oh. D'accord, si tu veux, dit Lexi à sa collègue, puis à lui : Attends une seconde, tu veux ? Je vais chercher ma veste.

Alors qu'elle disparaissait dans l'arrière-boutique, sa collègue lui sourit.

– Je suis Trish, au fait. La meilleure amie de Lexi. Nous nous sommes déjà rencontrés l'autre soir au bal.

– Oui, je m'en souviens.

Trish avait l'air de vouloir lui dire quelque chose de plus, de le mettre en garde, car elle avait un air protecteur dans les yeux, mais Lexi était déjà revenue. Elle avait enlevé son tablier et retiré ses Crocs, elle portait maintenant ses bottes marron et sa veste en jean habituelle avec son jean et son pull lilas.

– Amusez-vous bien ! s'exclama sa collègue. Et prends ton temps, Lexi, je peux me débrouiller toute seule.

– Merci, Trish, répondit Lexi et, en quittant le salon, elle retira l'élastique de sa tresse, de sorte que ses longues boucles blondes tombaient maintenant librement dans son dos.

Aaron était ravi.

– Alors, où est-ce qu'on va se promener ? demanda-t-elle.

– Au bord du lac ? suggéra-t-il.

– Bien sûr. On y va à pied ?

– C'est un peu loin, non ? Prenons ma voiture, je peux la garer près de l'hôtel. Plus tard, je te ramènerai avec plaisir, ajouta-t-il.

– Ou nous pouvons prendre mon vélo, comme ça tu n'auras pas de problème plus tard.

– Où est ton vélo ?

– Il est là, au coin, dit-elle en passant devant le kiosque à journaux.

Elle passa devant le kiosque et se dirigea vers la balustrade à laquelle étaient attachés trois vélos.

– OK, bien sûr, on peut faire ça aussi, dit-il, bien qu'il soit un peu incertain parce qu'elle excluait ainsi d'emblée qu'elle retourne avec lui au centre.

Mais il ne voulait pas se laisser décourager. Aaron lui indiqua la voiture qu'il avait louée pour une semaine supplémentaire, de l'autre côté de la place, et elle y poussa son vélo. Ensemble, ils le mirent dans le coffre. Pour que cela rentre, ils durent rabattre le siège arrière et leurs doigts se touchèrent pendant une milliseconde, ce qui provoqua un éclair dans tout son corps.

Aaron s'assit au volant et se demanda s'il aurait dû lui ouvrir la porte en gentleman, mais elle monta d'elle-même et mit sagement sa ceinture de sécurité. Il fit de même.

– Tu as envie de musique ? demanda-t-il avant de démarrer.

– Bien sûr, répondit-elle.

Il s'apprêtait à se connecter à son iPod, mais il n'était pas sûr que Lexi aime le rock et préféra allumer la radio. Sur le poste de radio, qui était probablement encore réglé par la personne qui avait loué la voiture avant lui, on venait de passer une chanson mièvre de Barry Manilow. Aaron fit une grimace et entendit Lexi rire. Il appuya rapidement sur le bouton de recherche des stations.

I'm Like a Bird de Nelly Furtado retentit, et Lexi s'exclama :

– Eh ! J'adore cette chanson !

Il la laissa donc allumée.

Pendant les quelques minutes qui suivirent, Lexi chanta sur la chanson comme si c'était la chose la plus naturelle du monde, et il se réjouit de voir qu'elle semblait si à l'aise en sa présence.

Lorsqu'ils arrivèrent au lac moins de dix minutes plus tard, l'ambiance était détendue, beaucoup plus détendue du moins qu'au début de leur rencontre. Aaron envoya une pensée de remerciement à Nelly Furtado et gara la voiture devant l'hôtel, d'où ils pourraient se rendre directement à la promenade qui passait derrière le bâtiment. Il remarqua que les feuilles des arbres avaient déjà pris un aspect automnal et cela lui rappela les jours où il s'asseyait sur son banc préféré à Central Park pour travailler. Le croquis sur ses genoux, un gobelet de café *Starbucks* sur le bois à côté de lui et ce parfum particulier de fin d'été dans chaque respiration. C'était ce parfum qu'il percevait maintenant aussi. C'était ce petit quelque chose qui flottait dans l'air et qui promettait déjà un soupçon d'automne et d'Halloween, de citrouilles et de Thanksgiving, alors que l'été n'était pas encore vraiment terminé.

– Comment te sens-tu chez Savannah ? demanda Lexi lorsqu'ils furent descendus.

Il regarda le bâtiment qui avait déjà été un hôtel auparavant. Il s'agissait d'un bâtiment de deux étages de style campagnard, qui contrastait fortement avec les bungalows sobres du côté ouest et les résidences plus récentes et plus élégantes du côté est du lac, qui étaient probablement utilisées comme résidences d'été par des citadins aisés. Mais l'auberge Paradis avait beaucoup changé depuis son enfance, elle avait été modernisée, et pas seulement en ce qui concernait l'extérieur.

– Bien, répondit-il. J'aime l'individualité de chaque chambre.

Il avait déjà eu plusieurs fois l'occasion de visiter quelques-unes des autres chambres d'hôte, et elles semblaient toutes différentes en termes de meubles et de décoration. Dans la sienne, il y avait des photographies de bon goût de différentes plantes et herbes, sa housse de couette était imprimée d'un motif de feuilles de palmier vertes, sur la commode près de la fenêtre se trouvaient deux orchidées jaunes et sur le bureau, un arbre en caoutchouc miniature. Savannah lui avait laissé la « chambre verte », comme si elle avait deviné qu'il était un fan de l'environnement et du développement durable. Et il se sentait bien, assis à sa table avec son ordinateur portable, la brise marine fraîche soufflant doucement sur sa nuque par la fenêtre ouverte.

– Oui, Savannah a mis beaucoup d'amour dans cet hôtel lorsqu'elle l'a restauré à l'époque, raconta Lexi tandis qu'ils flânaient vers le chemin qui, contrairement à l'hôtel, n'avait pas changé d'aspect.

Toujours aussi bien entretenu, comme tous les chemins et espaces verts de Lac Paradis, le maire Doyle y veillait depuis près de vingt ans.

– Quand l'a-t-elle repris ? s'enquit-il.

Car à l'époque où il avait emménagé dans le pensionnat, il appartenait encore aux Masterson.

– Cela doit faire environ six ans que les anciens propriétaires le lui ont vendu et sont partis en Floride pour profiter de leur retraite. Au bout de six mois, tout a été parfaitement rénové et une grande fête d'ouverture a été organisée, pour laquelle ma sœur Helena a fait le voyage. Helena et Savannah sont les meilleures amies du monde, tu sais.

Aaron sourit à Lexi. Il trouvait ça vraiment bien qu'elle lui raconte tout ça, qu'elle lui parle aussi de sa sœur.

– Toi et ta sœur... êtes-vous très proches ?

Lexi hocha la tête.

– Oui, totalement. Malheureusement, elle vit à Kansas City, et je ne la vois pas très souvent. Elle a deux jeunes enfants, un travail et un mari qui est toujours en voyage d'affaires. Il est représentant en fournitures médicales.

– Oh. Alors ça veut dire que tu es déjà tante ?

– Yep.

Elle était radieuse, tout comme le soleil qui se tenait derrière elle dans le ciel et qui brillait sur ses cheveux.

– Ça fait quoi ?

– Quoi ? Être tante ?

– Oui, non. Je veux dire, avoir une famille.

Lexi le regarda avec un peu de confusion.

– Tout le monde a une famille, Aaron. Toi aussi.

– Je ne vois pas les choses ainsi.

– Je sais que tu as perdu des personnes très importantes dans ta vie, dit Lexi avec beaucoup de compassion dans la voix. Mais tu as toujours ton père.

– J'ai un géniteur. Je ne l'ai pas appelé « papa » une seule fois de toute ma vie, et honnêtement, je ne peux pas non plus l'appeler famille.

– C'est vraiment triste.

– C'est comme ça.

Il fut surpris quand Lexi lui prit la main et la serra. C'était presque plus que ce qu'il pouvait supporter. Il n'avait jamais connu une telle intimité de la part d'une femme jusqu'à présent.

Mais il se laissa faire et ne retira pas non plus sa main, et ensemble, ils avancèrent.

Au bout de quelques minutes, ils arrivèrent à la passerelle sur laquelle ils s'étaient déjà assis l'autre jour, et Lexi proposa de faire une pause ici. Ils s'installèrent donc à nouveau tout au bout du ponton et laissèrent leurs jambes se balancer. Lexi retira ses bottes et ses chaussettes, se glissa tout près du bord et mit les pieds dans l'eau.

– C'est froid, non ? demanda-t-il.

– Un peu, oui, mais très revigorant. Tu devrais essayer.

Jamais de sa vie il n'aurait pensé enlever ses chaussures pour les mettre dans un lac infesté d'algues, mais il ne voulait pas jouer les rabat-joie et fit comme Lexi.

– Alors ? Ça fait du bien, non ? demanda-t-elle.

– Oui, tu avais raison.

Et ils restèrent ainsi un moment, les pieds dans l'eau, le monde autour d'eux silencieux.

À un moment donné, de l'autre côté du lac, un père et son fils mirent un canoë à l'eau et se mirent à ramer.

– Moi aussi, je faisais de l'aviron avant, raconta Aaron.

– Vraiment ?

– Oui. J'ai même gagné des compétitions.

– Cool ! Est-ce que tu as aussi ramé avec ton père ? Comme eux deux ?

Elle désigna le bateau.

– Non. Tu connais mon père ? Il ne monterait jamais dans un bateau.

– D'accord, en même temps, je ne peux pas l'imaginer non plus. Je pensais juste qu'avant, il était peut-être différent.

– Non, il n'a jamais été différent. Il a toujours été le type grincheux qu'il est aujourd'hui.

– Tu ne t'es jamais dit qu'il avait peut-être une raison particulière d'être si grincheux ? demanda Lexi.

– Non. Je pense qu'il est né comme ça.

Elle regarda l'eau.

– Tu devrais peut-être le lui demander quand même.

Il ne put s'empêcher de rire.

– Qu'est-ce que je devrais lui demander ? Pourquoi il est un tel salaud ?

– Tu ne devrais pas l'appeler comme ça, mais oui, c'est ça.

Il laissa alors à son tour son regard glisser sur le lac.

– Oui, tu as peut-être raison sur ce point. Peut-être que je devrais vraiment le faire un jour.

– J'ai *toujours* raison, répondit Lexi en souriant.

– D'accord, je m'en souviendrai.

Aaron aurait voulu lui tenir la main à nouveau. Il se contenta donc de la prendre et fut soulagé lorsqu'elle lui adressa un sourire. Le plus beau sourire du monde.

Chapitre 27

Il avait le plus beau sourire du monde. Presque un peu timide, mais il n'appartenait qu'à elle, elle le sentait parfaitement.

Lexi trouvait merveilleux qu'ils soient beaucoup plus détendus aujourd'hui, que la tension entre eux se soit évaporée. Ils parlaient de leurs familles, se tenaient la main et se lançaient des regards qui ne pouvaient signifier qu'une chose : qu'ils s'aimaient vraiment et voulaient plus. Mais Lexi ne savait pas exactement ce que c'était ni où tout cela allait les mener. Et si elle était honnête, elle ne voulait pas trop y penser, mais simplement prendre les choses comme elles venaient. Elle ne voulait pas s'inquiéter de l'avenir, mais profiter du moment présent. Et peut-être était-ce justement la raison pour laquelle elle se sentait si attirée par Aaron. Parce qu'il n'était pas son copain et parce qu'elle savait qu'il allait bientôt partir. Parce que tout cela lui ôtait un peu la mauvaise conscience qui l'aurait poursuivie si elle était sortie avec quelqu'un de Lac Paradis. Quelqu'un avec qui elle aurait pu planifier un avenir commun. Car elle ne pouvait pas encore lâcher Keith, elle n'était tout simplement pas prête à le faire. Mais elle n'était qu'une femme qui aspirait à la proximité et à l'affection, et c'est pourquoi elle sentait un joyeux picotement monter en elle lorsqu'Aaron se tournait vers elle et la regardait profondément dans les yeux.

Avec la chaleur que tout cela provoquait en elle, Lexi ferma les yeux et se laissa faire.

Sentir enfin les lèvres d'Aaron sur les siennes était une sensation incroyable. Le baiser était tendre et long, et elle n'aurait pas été contre le fait qu'il ne finisse jamais. Heureusement, cette fois-ci, personne ne les dérangea et ils purent profiter pleinement de leur tête-à-tête.

Quand Aaron se détacha enfin d'elle, elle était bouleversée. Oui, c'était le mot juste. Complètement submergée par ses sentiments, mais malheureusement pas seulement de manière positive. Et lorsqu'Aaron s'approcha à nouveau d'elle, le passé l'avait malheureusement rattrapée.

Lexi détourna la tête et regarda ses pieds dans l'eau.

– Je ne pense pas que je puisse faire ça, Aaron.

Aaron hocha la tête.

– Je comprends.

– J'aimerais tellement, je le veux vraiment, mais... je ne suis pas sûre que tu saches ce qui s'est passé à l'époque. Que j'étais fiancée et qu'il...

Des larmes se formèrent dans ses yeux, elle ne pouvait pas continuer à parler.

– Je sais ce qui t'est arrivé, Lexi. Et je suis sincèrement désolé. Tu ne méritais pas ça.

– Je crois que personne ne mérite ça.

– Surtout pas toi.

Elle le regarda.

– C'est gentil de dire ça.

Puis elle sortit ses pieds désormais glacés de l'eau et les laissa sécher à l'air automnal.

Aaron lui prit alors à nouveau la main.

– Je peux imaginer à quel point cela doit être difficile pour toi de t'engager à nouveau avec quelqu'un, mais je t'apprécie vraiment, Lexi Dawson. Et si nous ne pouvons être qu'amis, ça me va aussi.

– Honnêtement ?

Il hocha la tête, mais elle pouvait le voir dans ses yeux : Ce ne serait pas OK. Il voulait plus.

Tout comme elle.

Oh, si seulement les choses étaient plus simples. Si seulement elle pouvait rouvrir son cœur.

– Merci de comprendre, dit-elle néanmoins en espérant qu'ils trouveraient un moyen.

Même si ce n'était pas pour aujourd'hui. Pour aujourd'hui, son pauvre petit cœur était suffisamment bouleversé.

– Peut-être devrions-nous partir.

– D'accord.

Il se leva, et elle fit de même. En silence, ils mirent leurs chaussures et rentrèrent ensemble à l'hôtel. Personne ne dit un mot de plus.

Arrivé à sa voiture, Aaron déchargea son vélo. Puis il la regarda encore une fois, la regarda de telle manière que tout en elle maudit le passé et son destin tragique et qu'elle souhaita simplement pouvoir aimer à nouveau.

Mais elle n'y parviendrait pas.

Lexi prit congé, enfourcha son vélo et partit. Le regard vers l'avant, brouillé par les larmes qui coulaient maintenant comme des cascades. Parce qu'elle venait de gâcher tout ce que la vie lui avait réservé.

Parce que Aaron lui manquait déjà.

Chapitre 28

Aaron était totalement perplexe. Blessé, même. Et triste. Triste à mourir. Il avait du mal à y croire lui-même, mais ce baiser avait été la plus belle chose qu'il ait jamais vécue. Comme il aurait voulu qu'il y en ait plus. Plus de Lexi. Il avait presque cru à un avenir commun avec cette femme merveilleuse qui, un instant plus tard, n'avait pas seulement brisé son rêve, mais aussi son cœur.

Et pourtant, elle avait raison !

Il n'était pas bon pour elle. Pas assez. Pas digne d'elle.

Il l'avait su dès le début.

Car qui était-il ? Un type qui n'avait jamais donné d'affection à quelqu'un d'autre de toute sa vie, qui avait traité les femmes comme de la merde, qui ne savait même pas ce qu'il voulait ni où était sa place.

Il ne ferait que la blesser. Ne pourrait jamais lui donner ce qu'elle méritait : une relation durable, son amour, sa vie. Elle l'avait compris et le lui avait fait savoir de la plus belle des manières. Et cela lui avait suffi. Il savait maintenant ce qu'il avait à faire, il le comprit en la regardant s'éloigner sur son vélo. Sortir de sa vie.

Lorsqu'elle ne fut plus qu'un souvenir, Aaron monta dans sa chambre d'hôtel, fit ses valises, quitta l'hôtel et chargea sa voiture. Puis il prit la route. Mais avant de se rendre à l'aéroport, il voulait faire deux arrêts intermédiaires et, espérait-il, prendre un vol pour ce soir. Si nécessaire, il dormirait à l'aéroport, mais il ne supportait pas de rester une nuit de plus à Lac Paradis.

Son premier arrêt fut la villa de son père. Il frappa à la porte aussi fort qu'il le put. Et lorsque le majordome ouvrit, il se glissa simplement devant lui dans le hall d'entrée.

– Où est-il ? demanda-t-il, excédé.

– Monsieur Highmore, je vais vous demander d'attendre dans le salon. Je vais chercher votre père, rétorqua le majordome, presque un peu effrayé, et Aaron craignait déjà qu'il n'appelle la police à la place de son père.

À contrecœur, il s'assit dans l'un des fauteuils en cuir du salon et attendit anxieusement. Lorsque son père entra dans la pièce et le regarda d'un air interrogateur, Aaron se leva d'un bond et se précipita vers lui. Il s'arrêta à un mètre de lui et lui cria :

– Tu sais à quel point je suis brisé ? À quel point je suis malade à cause de toi ?

Il voulait tout laisser sortir, toute sa colère, sa peur, sa douleur. Il voulait rendre son père responsable de tout ce qui n'allait pas dans sa vie – même du rejet de Lexi.

Mais son père ne réagit pas comme Aaron l'avait imaginé. Vincent Highmore ne cria pas en retour. Ne se justifia pas.

Ne le chassa pas de la maison. Au lieu de cela, il baissa les épaules, le regarda plein de remords et dit :

– Je suis désolé.

Aaron fixa avec perplexité l'homme qui avait toujours été si inaccessible pour lui et qui s'excusait maintenant auprès de lui. Il s'attendait à tout, mais pas à ça.

– Tu es désolé ? demanda-t-il, incrédule.

Son père hocha faiblement la tête, les yeux baissés vers le sol.

Aaron secoua la tête, abasourdi, et dut s'asseoir. Il mit son visage dans ses mains pendant une bonne minute. Puis il leva les yeux. Son père s'était assis entre-temps.

– Aaron. Je...

Son père cherchait les bons mots, se débattait avec lui-même. Il n'arrivait toujours pas à regarder Aaron dans les yeux, il tournait ses pouces comme s'il était vraiment nerveux. Puis il leva finalement les yeux et dit d'une voix étranglée :

– Je regrette profondément le mauvais père que j'ai été pour toi.

Aaron avait du mal à croire ce qu'il entendait. Son père avait des remords ? Il avait presque l'impression d'être dans une de ces émissions de télévision où l'on se moque de vous. Un sosie de son père était-il assis devant lui et se ridiculisait-il justement devant un public ?

– Aaron, dis quelque chose, s'il te plaît, demanda son père, et Aaron se força à le regarder en face.

– Pourquoi me dis-tu cela maintenant ? Pourquoi es-tu soudain désolé de la façon dont tu étais à l'époque ? Comme tu l'as toujours été ?

Aaron aurait aimé être un peu plus confiant au lieu de paraître si amer, mais il ne pouvait tout simplement pas sortir de sa peau. Les blessures, les rejets, la froideur étaient trop profonds.

– Tu sais, je..., commença son père avec hésitation. Parfois, malheureusement, on adopte les choses que nos propres parents nous ont apprises... Et on ne réalise que plus tard ce que l'on...

Il s'éclaircit la gorge.

– Aaron, je sais que je ne peux pas effacer ce qui s'est passé et comment notre relation s'est déroulée jusqu'à présent, mais... j'espère sincèrement que tu pourras me pardonner.

Aaron secoua à nouveau la tête, submergé par ses émotions pour la deuxième fois de la journée.

– Ce n'est pas si simple, père. Je ne peux pas te pardonner comme ça. Il s'est passé trop de choses.

– Oui, je sais.

Son père regarda à nouveau vers le sol. Puis il sembla rassembler tout son courage.

– Mais je veux me racheter. S'il te plaît. Donne-moi une chance.

Aaron ne savait pas du tout ce qui lui arrivait. Jamais, au grand jamais, il n'aurait pensé entendre ces mots de la part de son père. Et maintenant, il ne savait même pas comment réagir.

– J'ai... besoin de temps pour y réfléchir.

Il se leva.

– Combien de temps resteras-tu en ville ? demanda son père.

– Je repars aujourd'hui même.

– Eh bien, j'aimerais bien que tu me contactes un jour.

Aaron ne put rien répondre. Il se contenta d'acquiescer et quitta la chambre, la maison et le terrain. Il se dirigea ensuite vers le centre, la tête en vrac, le cœur lourd et pourtant, d'une certaine manière, un peu plus léger.

Tout cela était trop, trop pour un seul jour. C'était plus qu'il ne pouvait le supporter. Il devait arrêter la voiture et réfléchir. Se remémorer tout ce qui lui était arrivé aujourd'hui. Et pourtant il se rendait déjà compte qu'il était heureux que son père s'excuse, car il pouvait maintenant quitter Lac Paradis en sachant qu'il avait au moins résolu ce problème. Ce n'était pas une vraie discussion, mais son père et lui avaient fait un grand pas en avant. Et à l'avenir, ils pourraient certainement s'y atteler.

Mais pour l'instant, il devait retourner à New York. Il devait retourner à sa vie, à la normalité, où l'amour n'existait pas. Ce maudit amour !

Il continua à rouler, se gara dans l'avenue Paradis et sonna chez Jonah. Personne ne lui ouvrit et il était déjà en train de regagner sa voiture lorsque la voisine d'en face, cette commère grassouillette qui portait toujours un jogging, lui cria :

– Ils sont partis à l'hôpital ! May a commencé à accoucher.

Il ouvrit de grands yeux.

– À quel hôpital ? demanda-t-il.

– À Hamilton, je crois.

– Merci !

Il monta dans sa voiture et partit.

En chemin, il appela Jonah, qui répondit au téléphone tout excité.

– Aaron. Désolé, je ne peux pas pour le moment. May est en train d'accoucher.

– Oui, j'ai entendu ça. Dans quel hôpital êtes-vous ?

– Au Franklin Medical à Hamilton.

– J'y vais tout de suite.

– Oh, tu n'as pas à le faire, Aaron. On va s'en sortir.

– J'arrive, dit-il avec détermination.

Court silence.

– Merci, Aaron, cela signifie beaucoup pour moi.

– Pas de problème. Je serai là dans une demi-heure. Vous avez besoin de quelque chose ?

– Non, merci, nous avons tout. May a préparé le sac il y a des semaines. Et… Aaron ?

– Oui ?

Nouveau silence. Puis, comme si Jonah venait de le réaliser :

– Je vais être père, Aaron, je vais vraiment être père !

– Oui, tu vas le faire. Et tu vas le faire merveilleusement bien.

– Merci, j'avais besoin d'entendre ça. À plus tard, Aaron, je dois raccrocher.

Quelle journée, pensa Aaron en démarrant. Il semblerait qu'il ne rentrerait pas aujourd'hui. Son meilleur ami avait besoin de lui maintenant, et il ne le laisserait pas tomber. Et peut-être était-il même secrètement heureux d'avoir une bonne raison de rester encore un peu.

Peut-être que son cœur ne pouvait tout simplement pas lâcher prise.

Chapitre 29

Le lendemain matin, le sujet de conversation numéro un dans le village, et bien sûr en particulier au Café Paradis, était que May Truman avait eu son bébé.

– C'est un petit garçon, raconta Murielle, qui avait déjà téléphoné à sa voisine tôt le matin.

– Est-ce qu'il a déjà un nom ? demanda Sadie.

– Oh oui, et voilà : ils ont appelé le petit *Aaron*.

Delores s'étonna.

– Comme Aaron Highmore ?

Murielle la regarda en fronçant les sourcils.

– Non, comme Aaron Rodgers.

– Oh, je vois. Eh bien, je ne le connais pas.

Stupéfaite, Murielle secoua la tête.

– C'est un joueur de football américain très connu, expliqua Sadie à Delores. Mais Murielle ne fait que plaisanter. Bien sûr, May et Jonah ont appelé leur bébé en l'honneur d'Aaron Highmore, qui est quand même le meilleur ami de Jonah.

– Oh, j'adore ça, répondit Delores en lançant aussitôt un regard noir à Murielle. Mais je ne trouve pas ça gentil que tu te moques toujours de moi.

– Mais tu es toujours difficile à comprendre.

Un peu vexée, Delores sirota son café et tenta d'ignorer son amie qui, une fois de plus, s'était montrée peu amicale avec elle.

Nolan s'approcha de la table et apporta ses autres commandes. Aujourd'hui, Murielle avait commandé une barre de saumon, Sadie un muffin aux noix et Delores une salade de fruits. Elle voulait perdre quelques kilos avant que les fêtes de fin d'année n'arrivent. Et comme elle trouvait merveilleux que cette année un nouvel habitant de la ville participe à la fête, elle décida de tricoter une jolie grenouillère de fête pour le petit Aaron et de la lui offrir à Noël.

– Comment ça va, mesdames ? demanda Nolan de bonne humeur, car la veille, il avait eu un rendez-vous avec quelqu'un de Lac Paradis que personne n'aurait même cru gay.

Il était tout émoustillé par la soirée.

– Tout va bien chez nous, Nolan, répondit Murielle pour elles toutes. Et toi ?

– De même.

Il rayonnait.

– J'ai entendu dire que May avait accouché ?

Bien sûr, il était à la bonne adresse pour savoir ça.

– Oh oui, un petit Aaron, raconta Delores.

– *Wow*, ils l'ont appelé comme Aaron Highmore ?

Murielle s'apprêtait à refaire sa blague sur Aaron Rodgers, mais y renonça lorsqu'elle vit le regard de Delores.

– Exactement, se contenta-t-elle de confirmer. Et il était même avec eux à l'hôpital.

– Vraiment ? demanda Sadie. Je ne le savais pas encore. Qu'est-ce qu'il faisait là, à l'hôpital ?

– Aider Jonah, je suppose.

– Eh bien, peut-être qu'il n'est pas aussi mauvais que vous le pensez, dit Nolan en leur faisant un clin d'œil.

Les trois se turent un instant. Puis le président de l'association des parents d'élèves de l'école primaire de l'État de New York a pris la parole au moment où la porte s'ouvrit et où Aaron Highmore entra dans le café aux côtés de Jonah Truman.

Chapitre 30

Aaron savait que ce n'était pas une bonne idée d'entrer dans le café. Et comme il l'avait deviné, dès qu'ils arrivèrent, vers huit heures et quart, tout le monde se précipita sur eux. Les trois commères assaillirent pratiquement Jonah de félicitations et de questions, si bien qu'il ne put que signaler à son ami qu'il allait leur offrir quelque chose et se diriger vers le comptoir.

Il prit n'importe quoi. Du café, quelques muffins et des bagels. Deux bananes en plus. Aaron paya et s'en alla. Il attendit son copain dehors et repensa à la nuit dernière...

Lorsqu'il était arrivé à l'hôpital, Jonah l'avait accueilli, complètement épuisé. Il était déjà à bout de nerfs et heureux de voir Aaron. La mère et la belle-sœur de May étaient arrivées il y a une demi-heure et se trouvaient maintenant chez elle, rapporta Jonah, qui voulait se servir rapidement un café et prendre un peu l'air. Aaron l'accompagna et écouta, incrédule, tout ce que Jonah lui raconta sur le déroulement de l'accouchement jusqu'à présent. Des choses qu'il aurait préféré ne jamais savoir. Il se secoua intérieurement, tandis qu'il passait un bras autour de l'épaule de Jonah et l'encourageait. Il s'en sortirait certainement. May s'en sortirait, et, dans quelques heures, ils seraient parents d'un enfant qu'ils espéraient en bonne santé.

Les quelques heures se transformèrent en une nuit entière. Et comme il ne fallait pas qu'il y ait trop de monde dans la salle d'accouchement, Jonah se relayait auprès des deux femmes. Chaque fois que Jonah sortait, il avait l'air un peu plus pâle et fatigué. Ensuite, Aaron et lui s'asseyaient ensemble et parlaient de ceci et de cela. Et aussi de Lexi. Aaron raconta à son ami qu'ils s'étaient embrassés au lac et que Lexi avait fait marche arrière. Il lui dit aussi qu'il serait déjà dans l'avion qui le ramènerait à New York si l'accouchement n'était pas intervenu.

– Bon sang, Aaron. Ne fuis pas encore tes problèmes, dit Jonah.

– Je ne le fais pas.

– C'est ce que tu fais.

– C'est simplement ce qu'il y a de mieux pour tout le monde.

– Bien sûr.

– Ça l'est !

– Pourquoi ne veux-tu pas affronter la situation ? Te battre pour Lexi ? Et qu'en est-il de ton père ? Tu ne voulais pas lui parler avant de partir ?

– Je l'ai fait. Il s'est excusé.

Jonah ouvrit de grands yeux.

– Et moi qui pensais que *ma* journée avait été riche en événements. Tu as l'air d'avoir vécu beaucoup de choses aujourd'hui.

– En effet.

– Très bien.

Jonah haussa les épaules et le regarda de côté.

– Si tu es en paix avec ton père et que ça ne marche pas avec Lexi, tu peux vraiment rentrer en avion.

Aaron ignora son sarcasme.

– Exactement.

– Tu es plutôt monosyllabique, mon pote, tu sais ça ?

– Ouaip.

– Bon sang, Aaron, tu vas me rendre fou. Tu as fait tant de choses en quelques jours, et maintenant tu veux partir ?

Il haussa lui aussi les épaules.

– Il n'y a rien qui vaille la peine de rester.

– Et moi ? Avec le bébé ? Tu ne veux pas rester au moins jusqu'à ce qu'il soit baptisé ?

– Pourquoi ?

– Parce que May et moi souhaitons que tu sois le parrain.

– Moi ? demanda-t-il, étonné.

– Oui, bien sûr, toi ! Qui d'autre pourrait le faire ? Je ne fais confiance à personne autant qu'à toi.

Aaron n'était pas sûr de ce que cela signifiait d'être parrain. Cela n'impliquait-il pas une grande responsabilité ?

– Quand le baptême doit-il avoir lieu ?

– Je ne sais pas. Dans deux ou trois semaines peut-être ? Nous devons d'abord en parler au révérend Jones.

Deux ou trois semaines ? Ce n'était vraiment pas faisable. Sans parler de tout le reste, il avait beaucoup de travail à faire à la maison. Simon lui demandait chaque jour quand il reviendrait.

– C'est impossible, Jonah. Préviens-moi quand le baptême aura lieu, et je verrai si je peux m'arranger.

Ils savaient tous les deux qu'il disait ça comme ça. Qu'une fois qu'il serait parti, il ne reviendrait pas de sitôt à Lac Paradis.

Parce que Lexi était là.

– D'accord, comme tu veux, dit Jonah.

Puis il fut appelé à nouveau dans la salle d'accouchement. Le col de l'utérus était dilaté de neuf centimètres.

Une heure plus tard, le bébé était là. Jonah s'approcha de lui, trempé de sueur, mais très heureux, et lui dit que May et le bébé allaient maintenant être transportés dans une chambre. Il le conduisit ensuite auprès d'eux. Le petit Aaron était vraiment mignon, un peu froissé, mais mignon. Aaron était surpris de voir combien de cheveux un nouveau-né pouvait déjà avoir sur la tête, il avait toujours pensé qu'ils étaient chauves.

– N'est-il pas un petit miracle ? demanda Jonah, et Aaron ne put qu'acquiescer et sourire.

Oui, c'était sans doute le bon mot.

– Ouf, j'ai enfin pu me libérer, dit Jonah en sortant du Café Paradis.

On aurait dit qu'il n'avait pas dormi depuis une semaine. May l'avait envoyé chez eux pour qu'il se repose et prenne encore quelques affaires. Mais il devait d'abord manger quelque chose, selon Aaron, c'est pourquoi il lui tendait maintenant un gobelet de café.

– Oh, je te remercie, mais si je bois du café maintenant, je ne vais pas pouvoir dormir. De toute façon, je suis encore tout excité.

Merde, il n'y avait pas pensé.

– Attends, dit Aaron, qui retourna une fois de plus au café et commanda une tisane.

Pendant qu'il attendait au comptoir, les commères chuchotaient entre elles.

– J'ai cru comprendre que tu avais été désigné comme obstétricien, Aaron ? l'interpella Sadie, et lorsqu'il se tourna vers elle, elle lui sourit.

– Non, non. Je suis juste resté assis dans le couloir toute la nuit.

– Eh bien, c'est gentil. Comme c'est gentil d'avoir été là pour Jonah.

– Mathilda serait fière de toi, dit l'autre femme, celle aux cheveux blancs, en lui souriant gentiment.

Son cœur se réchauffa. Oui ? Sa mère serait-elle fière de lui ? Serait-elle heureuse qu'il soit de retour à Lac Paradis ? Que son père et lui se rapprochent ? Et que dirait-elle de ses sentiments pour Lexi ? Que lui conseillerait-elle ?

Il pensa à elle avec amour. Elle lui avait toujours dit qu'il ne devait pas abandonner. Que chaque combat valait la peine d'être mené. Il s'en souvenait maintenant, et soudain il savait exactement ce qu'il devait faire.

Il apporta son thé à Jonah, le ramena à la maison et le mit au lit, puis se rendit au salon des animaux pour voir quand il ouvrait. Sur la porte, il était écrit : « Heures d'ouverture : Du lundi au samedi de 9 h 30 à 18 h 00 ».

Avec un peu de chance, cela signifiait que Lexi était encore à la maison, pensa Aaron. Quelle chance qu'il sache où elle habitait.

Sans plus attendre, il traversa la place et se dirigea tout droit vers la rue Paradis. Lorsqu'il aperçut sa maison, son cœur se mit à battre plus fort, et à chaque pas qu'il faisait pour s'en approcher, son état empirait. Quand il sonna à sa porte, c'était fou, mais en même temps c'était si bon. Et maintenant, il espérait seulement qu'elle ouvrirait.

Chapitre 31

Lexi était dans la salle de bains en train de se sécher les cheveux. Lorsqu'elle crut entendre la sonnette, elle éteignit le sèche-cheveux et écouta. La sonnette retentit à nouveau. Elle se dirigea donc vers la porte. Peut-être était-ce le facteur, la voisine ou sa mère, qui s'inquiétait terriblement pour elle depuis qu'elle avait appris que Lexi était sur le point de donner à nouveau son cœur. Elle était sûre que sa mère avait téléphoné à Helena et avait parlé d'elle. Pourquoi avait-elle fait autant de confidences à sa sœur ?

Sans grande attente, elle ouvrit donc la porte – et se figea.

Aaron était devant elle !

Elle était d'autant plus surprise qu'elle pensait qu'il était déjà rentré à New York. Hier, elle avait en effet appelé l'Auberge Paradis et Savannah lui avait dit qu'il était déjà parti. La propriétaire de l'hôtel lui avait encore demandé si elle devait lui donner le numéro de portable d'Aaron, alors qu'elle n'en avait pas le droit, mais Lexi y avait renoncé et avait considéré sa disparition comme un signe. Cela ne devait tout simplement pas être le cas. Ils n'étaient pas faits l'un pour l'autre.

Mais maintenant, Aaron était devant elle. Et il avait l'air complètement K-O.

– Aaron ! dit-elle. Que fais-tu ici ?

– Je suis venu te voir. Te parler. Alors… si tu as le temps.

– Oui, bien sûr. Entre !

Elle le laissa entrer dans la maison.

– Je ne dois partir au travail que dans une demi-heure. Mais tu peux attendre une minute ? Je dois retourner rapidement à la salle de bains.

– Oui, bien sûr.

– Prends place dans le salon ou dans la cuisine, où tu veux, j'arrive tout de suite.

Le cœur débordant, elle se précipita de nouveau dans la salle de bains, sortit le sèche-cheveux de la prise, attacha ses cheveux encore un peu humides en une queue de cheval et se maquilla aussi vite qu'elle le put. Mascara, blush, gloss – cela devait suffire. Puis elle se regarda encore une fois dans le miroir et se rendit compte que ses joues étaient brûlantes. Elle arracha un peu de papier toilette et essuya le blush pour ne pas ressembler à une tomate trop mûre. Ensuite, elle essaya de respirer profondément et de sourire.

Elle trouva Aaron dans la cuisine. Il s'était assis à la table et regardait le portrait accroché au mur.

– C'est mon grand-père Murphy, lui fit-elle savoir. Je l'ai dessiné.

– Ouah ! C'est vraiment super. Si vivant.

– Merci beaucoup.

– Tu devrais en faire ton métier, tu as vraiment du talent.

Elle rit.

– Non, non. C'est juste un hobby. De temps en temps, j'accepte une commande, mais la plupart du temps, je dessine juste pour le plaisir. Et le vendredi, je donne un cours de dessin à la maison de retraite, bénévolement.

– Les personnes âgées doivent être contentes que tu prennes du temps pour cela.

– Oui, c'est vraiment très épanouissant, tu sais.

– J'imagine, dit-il.

Aaron lui adressa un sourire, et elle lui répondit.

– Je peux t'offrir quelque chose à boire ? Un café ?

– Non merci, je viens d'en prendre un.

Elle regarda autour d'elle en cherchant, un peu nerveuse, se servit un verre de jus d'orange et le posa sur la table. Finalement, elle s'assit en face d'Aaron.

– Je pensais que tu étais parti, dit-elle parce qu'il ne disait rien.

– C'était aussi mon plan, oui. Mais ensuite… il m'est arrivé quelque chose d'incroyable.

– Oui, quoi ?

– May a accouché hier soir, et j'étais à l'hôpital avec Jonah pendant tout ce temps. C'était tout simplement… incroyable. Cette petite créature, elle était si… si peu coupable. Je veux dire, ce petit est encore tout neuf dans le monde, il n'a pas encore commis d'erreurs, tout son avenir est encore devant lui, et il peut le façonner comme il veut.

Oh. May avait eu son bébé ? Lexi ne le savait pas encore, mais elle était sûre que lorsqu'elle allumerait son portable, elle trouverait un message annonçant la bonne nouvelle. Soit de May elle-même, soit de sa mère, soit de Trish, soit de n'importe qui d'autre à Lac Paradis.

Mais bien qu'elle soit heureuse pour May, quelque chose d'autre était encore plus important.

– Comment organiserais-tu ton avenir si tu pouvais appuyer une nouvelle fois sur « redémarrer » ? osa-t-elle demander à Aaron.

Il la regarda et répondit :

– Avec toi.

Juste ça. Il n'avait pas besoin d'en dire plus.

Elle se leva et lui tendit la main, l'emmena dans sa chambre à coucher, qu'elle n'avait encore jamais partagée avec un homme, et fit savoir à Aaron qu'elle voulait exactement la même chose.

Chapitre 32

Lorsque Lexi était arrivée au travail – en retard, bien sûr –, elle rayonnait de tout son visage.

– Qu'est-ce qui t'est arrivé ? Tu as trébuché sur un sac d'argent ? Tu as trouvé le bout de l'arc-en-ciel ? Tu as gagné une rencontre avec Robert Pattinson à un jeu-concours ? demanda Trish en la regardant d'un air amusé.

Adolescentes, elles avaient regardé des dizaines de fois tous les films *Twilight*. Alors que Trish avait un faible pour Taylor Lautner, Lexi avait un faible pour Robert Pattinson. Le vampire. Le mauvais garçon. Peut-être qu'inconsciemment, elle avait toujours eu un penchant pour ce genre de personnes.

Elle s'approcha de Trish, qui était en train de raser le chien de Martha Mitchell, la bibliothécaire. Et lorsque Lexi se tourna vers la femme qui attendait sur l'une des chaises du mur, elle constata avec effroi qu'elle ressemblait beaucoup à son compagnon à quatre pattes.

– Alors, quoi ? demanda Trish avec impatience.

– Je viens de faire l'amour, lui chuchota-t-elle.

Trish faillit laisser tomber le rasoir électrique.

– Tu as fait quoi ?

– Chut ! fit Lexi en se tournant un peu plus loin de Martha. Tu as très bien entendu.

Trish, encore toute stupéfaite, secoua la tête et la fixa avec de grands yeux.

– Avec Aaron ? murmura-t-elle.

Lexi fronça les sourcils.

– Eh bien, qu'est-ce que tu crois ? Que j'ai directement cherché le suivant après l'avoir éconduit hier ?

Trish secoua à nouveau la tête.

– Bon, je suis complètement perdue. Tu pourrais m'éclairer un peu, s'il te plaît ? Je veux dire, tu viens de le dire toi-même, tu l'as largué et il était parti, non ? Du moins, c'est ce que j'ai cru comprendre aux dernières nouvelles.

– Il n'était pas du tout parti. Il était avec Jonah et May à l'hôpital. May a eu son bébé.

– Oui, je sais. Elle m'a envoyé un message ce matin. D'ailleurs, le petit s'appelle aussi Aaron.

– Non seulement ils ont donné son nom au bébé, mais il devrait même être le parrain, raconta Lexi.

– *Wow !* Alors, je dirais que nous avons tous eu une impression complètement fausse de lui pendant tout ce temps, n'est-ce pas ?

– J'ai toujours vu qui il était vraiment, dit Lexi à son amie.

– Qu'est-ce que vous chuchotez toutes les deux ? demande Martha, curieuse. Y a-t-il des nouvelles passionnantes ?

– Oh oui, répondit Trish, et Lexi lui donna un coup de coude dans le flanc pour qu'elle ne dise rien.

Car personne n'avait vraiment besoin de le savoir, il suffisait qu'elle le dise à Trish. Mais comment aurait-elle pu le garder pour elle toute la journée ?

– Notre amie May Truman a accouché la nuit dernière, dit Trish à la bibliothécaire.

– Eh bien, je le sais déjà, répondit-elle, déçue, en continuant à feuilleter son magazine.

– Vous avez une nouvelle coiffure, dit Lexi, changeant ainsi habilement de sujet. Ça a l'air bien.

Les cheveux de Martha ne faisaient plus que deux centimètres.

– Il était temps de prendre un nouveau départ après que Peter m'a quittée.

Lexi hocha la tête, de la compassion et de la compréhension dans les yeux. La pauvre Martha Mitchell avait été échangée après vingt-sept ans de mariage contre une femme qui avait à peine la moitié de son âge.

– Je trouve ça cool, lui fit savoir Trish.

– Oui, approuva Lexi. Parfois, il est juste temps de prendre un nouveau départ.

Une fois de plus, elle rayonnait de bonheur en pensant à Aaron et à la matinée fantastique qu'ils avaient passée ensemble. Elle n'avait pas l'intention de se couper les cheveux, mais pour elle aussi, c'était comme un nouveau départ. Car comme Aaron l'avait si bien dit, on avait son avenir entre ses mains. Et Lexi sentait maintenant à quel point elle voulait à nouveau aller de l'avant – peut-être qu'avec l'aide d'Aaron, elle y parviendrait.

Toute la journée, Lexi était follement excitée, en même temps qu'elle se sentait libérée, et elle se réjouissait de passer la soirée avec Aaron. En se quittant le matin devant la mairie, ils s'étaient donné rendez-vous pour dîner. Aaron avait proposé qu'elle choisisse le restaurant et Lexi avait accepté.

Lexi avait aussi tout de suite su où elle voulait aller avec lui.

Le cours de dessin à la maison de retraite dura un peu plus longtemps aujourd'hui, car tout le monde était si enthousiaste à l'idée de pouvoir enfin dessiner d'après un modèle. Lexi avait persuadé son père de venir, et il était resté assis pendant des heures, se réjouissant certainement d'avoir accepté. Vers six heures, tous avaient terminé leurs portraits et le bonhomme était délivré. Ils passèrent encore un moment chez Murphy, puis Lexi se fit raccompagner par son père. Après l'avoir remercié d'une grosse accolade, elle se précipita dans la maison, sauta sous la douche, enfila sa jolie robe en tricot bleu foncé et se prépara devant le miroir. Elle reconnaissait à peine la femme qui la regardait. Elle ne s'était pas vue, et encore moins sentie aussi heureuse depuis longtemps, et elle était vraiment heureuse de voir qu'elle l'avait encore en elle.

Les deux années et demie passées avaient été difficiles, plus que ce qu'un être humain devrait supporter, mais enfin, enfin, elle voyait une lumière à l'horizon. Ou plutôt toute une guirlande de lumières – au bout de laquelle se trouvait Aaron.

Un coup d'œil à l'horloge lui apprit qu'il était presque sept heures. Lexi n'avait toujours pas le numéro de portable d'Aaron, qu'elle voulait absolument lui demander plus tard, elle ne pouvait donc pas lui écrire qu'elle avait quelques minutes de retard. Mais comme elle ne voulait en aucun cas le faire attendre trop longtemps, elle renonça à appeler rapidement sa sœur, ce qu'elle avait pourtant prévu de faire. En effet, Helena avait toujours les meilleurs conseils à donner en ce qui concernait les hommes, et Lexi préférait l'écouter plutôt que Trish, parce que sa sœur était après tout dans une relation stable depuis des années. Trish, qui changeait d'hommes plus souvent que les piles de sa télécommande de télévision, lui avait bien sûr donné quelques conseils.

Sois cool. Ne lui montre pas trop à quel point tu l'apprécies.

Au dîner, ne commande pas seulement une salade, mais une grande portion de frites au chili, un burger ou autre. Les hommes n'aiment pas que les femmes ne mangent que des légumes verts.

Ne lui demande pas combien de petites amies il a eues, car il y en aura sûrement beaucoup, et cela ne fera que te déprimer.

Ne parle pas de Keith et de tes malheurs, du moins pas lors du premier rendez-vous, cela ne fait que l'effrayer.

Eh bien, ce dernier conseil était probablement un bon conseil, probablement même un conseil qu'Helena lui aurait donné. Et Lexi n'avait pas du tout l'intention de parler de Keith, de son mariage raté et de ses rêves brisés, mais malheureusement, cela l'envahissait parfois sans qu'elle le veuille. Les gens autour d'elle savaient gérer cela, mais elle ne devrait vraiment pas faire ça à Aaron. Il se sentirait mal à l'aise, et elle aussi.

Elle se promit donc de ne pas mentionner Keith, de manger une grande portion de chili fries et de rester cool. En ce qui concerne les relations d'Aaron avec les femmes, elle se pencherait un peu sur la question, le plus discrètement possible bien sûr. Car elle voulait savoir ce qu'il en était. S'il était vraiment un coureur de jupons comme sa réputation l'annonçait. S'il s'était déjà engagé dans une relation sérieuse ou si sa vie se résumait à des aventures d'un soir. S'il avait l'intention de s'engager un jour. Et quelle était leur situation à tous les deux.

De bonne humeur, elle quitta sa maison, parcourut à toute allure les cinq cents mètres qui la séparaient de la place de la ville et arriva au Paradis de Jamie à sept heures et sept minutes exactement. Elle avait choisi ce restaurant parce que c'était le seul de Lac Paradis qui avait au moins une petite touche de romantisme, du moins il y avait des bougies sur les tables.

Et maintenant, il se tenait déjà à l'extérieur du restaurant et lui adressa un sourire en la voyant arriver.

Comme Lexi ne savait pas vraiment comment le saluer, elle le prit simplement dans ses bras et lui dit :

– Veuillez excuser mon retard.

Il fit signe que non.

– Oh, ce n'est rien du tout. À New York, il y a toujours quelqu'un qui arrive en retard, soit parce que la circulation est encore une fois totalement chaotique, soit parce qu'il y a une opération de police quelque part.

Elle essaya de s'imaginer vivre à New York, mais elle n'y parvint pas. Lac Paradis était tout ce qu'elle connaissait et elle n'avait jamais ressenti le besoin de déménager, surtout pas dans une ville de plusieurs millions d'habitants. Elle aimait savoir qui étaient ses voisins, que les gens étaient là les uns pour les autres, qu'on pouvait compter les uns sur les autres. Ici, personne ne se sentait seul, à New York, c'était sûrement très différent. Un jour, elle avait lu dans le journal qu'un vieil homme était mort depuis deux mois dans son appartement. Personne ne l'avait remarqué, il n'avait manqué à personne. Pour elle, cette idée était tout simplement horrible.

– On entre ? Tu as faim ? demanda Aaron.

– Je meurs presque de faim, répondit-elle, et c'était vrai.

Au petit déjeuner, elle n'avait eu qu'un verre de jus d'orange et du sexe, au déjeuner, elle avait bien acheté une baguette complète à la boulangerie bio, mais elle était bien trop excitée pour en avaler quoi que ce soit. Et maintenant, son estomac grondait déjà, car il voulait lui faire savoir qu'il voulait enfin être rempli.

– Très bien. Je suis déjà venu ici l'autre jour, les tacos sont à tomber !

– Oui, ils sont bons, approuva-t-elle, tandis qu'Aaron lui tenait la porte et qu'ils se laissaient ensuite guider par Sue-Ellen, la serveuse, jusqu'à un siège. Mais les frites au chili sont encore meilleures, ajouta-t-elle lorsqu'ils prirent place.

– Je ne suis pas vraiment du genre à manger de la viande, tu sais ? Certes, je mange de la volaille de temps en temps, mais j'essaie d'éviter la viande rouge.

– Ils ont aussi une variante végétarienne. C'est celle que Trish prend toujours, parce qu'elle ne mange plus de viande depuis qu'elle a treize ans.

– Eh bien, si tu es si enthousiaste à ce sujet...

Il lui sourit.

Ils commandèrent deux frites au chili et deux limonades au gingembre frais, se souriant l'un à l'autre tout au long de la conversation.

– J'ai hâte de sortir avec toi ce soir, dit Aaron.

Son cœur se réchauffa.

– Moi aussi.

– J'ai pensé toute la journée à notre... rencontre de ce matin.

Lexi remarqua qu'elle rougissait un peu.

– C'est exactement ce que j'ai ressenti.

– Oui ? demanda Aaron, et elle hocha la tête.

Oui, bien sûr qu'elle y avait pensé. Pas seulement parce que c'était merveilleux, mais aussi parce que c'était la première fois qu'elle faisait l'amour depuis Keith. La première fois qu'elle faisait l'amour avec un autre homme que Keith, et elle s'était inévitablement demandé si elle avait été bonne. Elle n'avait aucune expérience, contrairement à Aaron.

Mais à la manière dont il la regardait maintenant, il semblait avoir apprécié lui aussi.

– J'en suis très heureuse.

Heureuse, Lexi prit le menu en main et le feuilleta comme si elle ne connaissait pas déjà l'offre par cœur.

– Tu veux commander autre chose ? demanda-t-il.

– Non, je regarde juste ce que je veux prendre comme dessert.

– Oh, tu as vraiment l'air d'avoir faim.

Elle ne put s'empêcher de penser à cet émoji avec une goutte de sueur sur le front, car c'était exactement ce qu'elle ressentait en ce moment. Elle remit le menu de côté.

– Je suis juste un peu nerveuse, si je dois être honnête.

– Honnêtement, je le suis aussi, répondit Aaron, et elle le regarda avec surprise.

Chapitre 33

Lexi le regarda avec surprise, et il se demanda pourquoi. Était-ce si extraordinaire qu'un homme soit également nerveux lors de son premier rendez-vous ?

Il acquiesça et fut heureux de voir arriver les boissons. La limonade Ingwer avait l'air bonne, un grand verre rempli à ras bord, avec des tranches de citron vert frais et quelques feuilles de menthe en guise de décoration. Un peu comme au *Green Bird* à New York. Il but quelques grandes gorgées à travers la paille noire, en espérant que ce rafraîchissement le ferait redescendre. Car depuis que Lexi s'était approchée de lui il y avait dix bonnes minutes, il était tout retourné intérieurement. Elle portait une simple robe de laine bleue qui couvrait plus de la moitié de ses cuisses, ce qui n'était pas une tenue très chaude. Et pourtant, il n'avait jamais trouvé une femme aussi sexy. Et quand il pensait à la sensation de ses lèvres sur sa peau nue le matin et à l'incroyable sensation d'être en elle, de la sentir, de l'aimer… jamais il n'avait ressenti cela. Tout cela était si inhabituel pour lui. Cela lui faisait peur et c'était en même temps la plus belle sensation qu'il pouvait imaginer.

Lexi suça également la paille, ce qui la fit ressembler à des choses qu'il ne devrait vraiment pas ressentir ici, à la table d'à côté, avec le vieux couple. Lexi les avait déjà salués, et maintenant elle faisait signe à quelques jeunes femmes qui quittaient le restaurant. Elles semblaient être assises plus loin, car il ne les avait pas repérées auparavant, et il était plutôt content qu'elles soient en train de sortir. Il s'agissait en effet d'Ashleigh, de Lindsay et de leur sœur Sydney, et cela aurait pu être très gênant. Heureusement, Ashleigh n'avait pas fait attention à lui et Aaron put respirer.

Il pensa brièvement à Hunter, qui avait été abattu à Sydney, et se promit de l'aider un peu à trouver le bonheur, car pourquoi serait-il le seul à se sentir bien et pas Hunter ?

Puis il se tourna à nouveau vers Lexi, qui semblait lui avoir posé une question.

– Pardon ? demanda-t-il. La musique est tellement forte, désolé.

Il y avait *What I Wouldn't Do* d'A Fine Frenzy. La musique n'était pas si forte que ça, mais il ne voulait pas que Lexi croie qu'il avait l'esprit ailleurs au lieu de lui accorder toute son attention.

– J'ai demandé ce que tu faisais à New York. Enfin, quand tu ne travailles pas, je veux dire.

Oh. Elle voulait apparemment mieux le connaître, et elle en avait bien sûr le droit. Après tout, ils avaient déjà couché ensemble, et Lexi n'était pas du genre à sauter dans un lit avec un homme sans avoir envie d'en savoir plus.

– J'aime bien me promener, dit-il. Juste comme ça, à travers les rues, je trouve l'inspiration pour mes créations, j'observe les gens, et j'aime super bien m'asseoir à Central Park.

– J'ai entendu dire une fois que ce n'était qu'un cliché, que tous les New-Yorkais s'asseyaient à Central Park et qu'ils préféraient de loin les petits parcs.

– Hmmm... Ce n'est pas le cas pour moi. Bien que j'aime aussi beaucoup Bryant Park, surtout à Noël, par exemple, mais Central Park est mon préféré.

– Pourquoi ? voulut savoir Lexi.

– D'abord parce que j'habite tout près, il n'y a pas cinq minutes entre ma porte et le parc. Et puis, bien sûr, parce qu'il y a tant de choses à vivre et à découvrir. J'aime la fontaine et j'aime le lac, et si on se promène jusqu'au nord, on est déjà à Harlem.

– Harlem n'est-il pas très dangereux ?

Il haussa les épaules.

– On peut voir les choses comme on veut. Ce n'est pas comme si je m'y trouvais en pleine nuit dans des ruelles sombres.

– Et qu'est-ce que tu aimes d'autre à New York ?

Il ne put s'empêcher de sourire. Elle était vraiment curieuse.

– J'aime la diversité. Non seulement on y rencontre des gens du monde entier, mais on peut aussi visiter des restaurants différents.

– Où est-ce que tu préfères manger ?

– Chez le thaïlandais, je dirais. Et chez le japonais. J'adore les sushis.

– Oh, j'aime les sushis aussi. J'en ai mangé quelques fois à Omaha.

Il la regarda.

– Alors, on peut en manger ensemble, si tu veux.

– J'aimerais beaucoup.

Elle eut un large sourire.

– Si tu viens un jour à New York, je t'emmènerai dans le meilleur restaurant de sushis de la ville.

Soudain, Lexi eut l'air très triste. Zut, il n'aurait pas dû parler de ce qui allait se passer une fois qu'il serait reparti. Cependant, ils devaient être conscients de la situation, Lexi ne pouvait pas sérieusement croire qu'il resterait à Lac Paradis.

– Je ne pense pas que je m'y rendrai un jour, dit-elle maintenant. Les grandes villes ne sont pas pour moi.

– En as-tu déjà visité une ? Et Lincoln et Omaha ne comptent pas.

Aucune de ces deux villes ne comptait ne serait-ce qu'un demi-million d'habitants.

– J'ai bien sûr été quelques fois chez ma sœur à Kansas City. Mais sinon, je n'ai jamais quitté le Nebraska, et je ne trouve pas que ce soit un problème. J'aime bien être ici.

– Oui, je peux le voir.

Il lui adressa un sourire, espérant ne pas l'avoir contrariée.

Le repas arriva et fut apporté par le chef en personne, que Lexi lui présenta comme étant Jamie, le propriétaire du restaurant. Aaron fit un signe de tête au grand homme à la barbe fournie et à la chemise de bûcheron et lui dit que le repas avait l'air délicieux.

– Merci. Régalez-vous, tous les deux.

– Merci beaucoup, répondirent-ils en prenant leurs fourchettes en main.

Aaron ne savait même pas par où commencer, car la portion de frites incroyablement grande était accompagnée de chili sin carne, de plusieurs sauces, du fromage fondu, des jalapeños, des morceaux de tomates et des oignons de printemps. Finalement, il planta sa fourchette dans la peau et goûta.

– Mhmmm ! Ils sont vraiment délicieux. Tu n'as pas trop promis.

– Je te l'ai dit, j'ai toujours raison, dit Lexi en riant, ce qui lui fit plaisir.

L'ambiance était à nouveau plus détendue et la soirée semblait sauvée.

Alors qu'il remplissait à nouveau sa fourchette, Aaron vit Jamie retourner derrière le comptoir, où il passa les bras autour de la taille d'une femme aux cheveux roux.

– Qui est-ce ? demanda-t-il, un peu confus.

Lexi suivit son regard.

– De qui parles-tu ? Ah ça, c'est Ricarda, la femme de Jamie.

– Beau couple, dit-il, même s'il était certain d'avoir vu Jamie au bord du lac l'autre jour, alors qu'il était encore parti faire son jogging vers minuit, avec quelqu'un de très différent.

– Oui, ils viennent de fêter leur dixième anniversaire de mariage.

Il hocha la tête. D'accord, chacun comme il l'entendait. Après tout, il n'était pas un saint lui-même.

Il se souvint alors de quelque chose.

– Au fait, je suis allé voir mon père hier.

Lexi leva les yeux.

– Vraiment ?

– Oui, il s'est excusé. Pour tout.

Aaron lui-même n'arrivait toujours pas à y croire.

– Oh, je suis si contente pour toi, Aaron.

– Oui…

Il aurait voulu dire « moi aussi », mais il savait –

Il ne savait toujours pas ce qu'il devait ressentir. Et il ne comprenait toujours pas ce que son père avait voulu dire lorsqu'il avait dit qu'on prenait les choses de ses parents. Eh bien, au fond, il y avait sans doute du vrai dans ce qu'il disait, car combien de fois avait-il pensé ces derniers temps qu'il avait adopté la froideur de son père ?

– Alors, tu lui as pardonné ?

C'était une bonne question. Il piqua quelques tranches de jalapeño et les prit dans sa bouche. Mâchait, mâchait. Il avala. Sentit le piquant dans sa gorge.

– Je ne suis pas sûr de pouvoir le faire aussi facilement.

– L'homme s'est élevé au-dessus de son ombre, Aaron. Peut-être devrais-tu faire de même. Ce serait en tout cas une preuve de force.

Lexi avait probablement raison sur ce point aussi. Oui, peut-être qu'il devrait simplement l'écouter, peut-être qu'il devrait lui pardonner. Son cœur deviendrait alors certainement encore plus léger.

Il hocha la tête.

– Oui, je pense que je devrais le faire.

Satisfaite, Lexi sourit et enfourna quelques frites supplémentaires dans sa bouche.

– Qu'est-ce qu'on doit écrire ? demanda Lexi une heure plus tard.

Ils étaient toujours assis dans le restaurant et Jamie leur avait tendu un papier leur demandant des suggestions de pays pour la semaine à venir. En effet, en plus du menu habituel, Jamie proposait chaque semaine une spécialité internationale. La semaine dernière, il y avait eu des bananes plantain cubaines qu'Aaron avait goûtées et qui étaient absolument délicieuses, cette semaine, c'était du goulasch hongrois, auquel il renonçait volontiers.

– Qu'est-ce que tu souhaiterais ? demanda-t-il.

– Hmmm… je ne sais pas, quelque chose de complètement fou ?

– D'accord. Écrivons tous les deux quelque chose de fou, suggéra-t-il en réfléchissant.

Puis il écrivit « islandais » sur le papier et le montra à Lexi. Celle-ci rit et lui tendit le sien, sur lequel était écrit « cambodgien ».

Maintenant, ils devaient tous les deux rire.

Aaron appréciait tellement d'être avec Lexi, et lorsque le morceau *The Greatest* de Lana Del Rey retentit, il ne put qu'approuver la chanteuse. Oui, c'était génial, probablement la chose la plus géniale qu'il ait jamais vécue.

– On y va ? demanda-t-il en réprimant un bâillement.

Il était vraiment fatigué. Il n'avait pas du tout dormi la nuit dernière et n'avait dormi que quelques heures l'après-midi, après s'être enregistré à l'hôtel. Maintenant, aller chez Lexi et s'allonger avec elle dans son lit était une merveilleuse récompense.

Lexi hocha la tête, il prit donc les papiers avec lui jusqu'au comptoir, les mit dans la boîte prévue à cet effet et paya. Et lorsqu'il se tourna vers elle, Lexi était simplement là, l'air enchanteur. Elle leva légèrement la main et la tendit vers lui.

Main dans la main, ils quittèrent le restaurant et se dirigèrent lentement vers la maison de Lexi. Une fois de plus, il y avait de la magie dans l'air et Aaron était impatient de sentir la peau de Lexi contre la sienne. Il savait déjà que ce serait la meilleure nuit de sa vie.

Chapitre 34

– Quoi de neuf ? demanda Murielle le lendemain matin.

Elle avait à peine dormi la nuit dernière parce qu'Abigail avait attrapé un rhume et n'avait pas arrêté de tousser. Ce matin, lorsqu'elle avait confié la petite à Wyatt, qui venait de rentrer de son travail de nuit, elle s'était sentie épuisée.

– Tu veux que je l'emmène chez le médecin ? proposa-t-elle à son fils.

– J'y suis déjà allé avec elle il y a deux jours. Eric dit qu'elle doit prendre du sirop contre la toux trois fois par jour et se reposer. C'est tout ce que tu peux faire, maman. Eric King était le pédiatre de Lac Paradis et l'un des célibataires les plus convoités.

– Comme tu veux. Veux-tu qu'elle reste avec moi le matin pour que tu puisses aller te coucher ?

– Non, ce n'est pas nécessaire. J'ai congé aujourd'hui et je m'allongerai à chaque fois qu'Abigail dormira. Elle va sûrement faire une longue sieste.

Oui, c'était ce que Murielle avait supposé. Sa petite-fille ne tiendrait probablement pas jusque-là.

– Bon, je vais d'abord aller prendre un petit déjeuner au café. Et j'essaierai de faire encore un peu la sieste après. Je n'ai pas dormi plus de trois heures.

Murielle était juste contente que ce soit samedi et qu'elle ait toujours congé. Les mardis, mercredis et vendredis, elle aidait à la bibliothèque municipale, et cela lui suffisait heureusement pour joindre les deux bouts, car elle avait une bonne retraite de son temps comme assistante de consultation.

– Fais-le, maman. Salue Delores et Sadie de ma part.

– Je le ferai. Et si tu as besoin de mon aide, fais-moi signe, d'accord ?

Wyatt, toujours vêtu de son uniforme de shérif, hocha la tête, ressemblant incroyablement à son père. Murielle chassa les pensées de lui. À cet homme qui, il y a très longtemps, avait irrémédiablement brisé son cœur. Elle embrassa ses deux personnes préférées, se rafraîchit un peu et se rendit ensuite au Café Paradis. Ses deux amies y étaient déjà assises et elle aurait pu jurer qu'elles avaient des nouvelles passionnantes à lui annoncer.

– Ils sont sortis ensemble hier, raconta Sadie à chaud, alors que Murielle s'asseyait.

– Est-ce que tu parles des deux personnes dont je suppose que tu parles ? demanda-t-elle avec joie.

Sadie hocha la tête.

– Oh, oui. Ils étaient au Paradis de Jamie.

– Leur premier vrai rendez-vous, ajouta Delores.

– Comment le savez-vous ?

– Eh bien, la moitié de la ville les a vus le faire, dit Sadie.

– Non, je veux dire, comment savez-vous que c'était leur premier rendez-vous ?

– Eh bien, au moins leur premier en public, dit Delores. Ils se sont même tenu la main.

– Uuuh, j'aime ça.

– Qu'est-ce qui te plaît, ma jolie ? demanda Nolan en s'approchant de la table.

– Lexi et Aaron avaient un rendez-vous, expliqua Murielle.

– Eh bien, toute la ville le sait déjà. Probablement que Buddy a déjà écrit un poème à ce sujet et que ça fera la une de la prochaine *Gazette du Paradis*.

Nolan leva les yeux au ciel. Les jours comme celui-ci, il maudissait la vie dans une petite ville et tous ces ragots. Car si l'on apprenait qui *il* voyait en secret et si cela se répandait, ce ne serait pas bon du tout.

– Alors, de quoi as-tu envie ce matin, Murielle ?

– J'aurais bien envie d'un rendez-vous avec George Clooney, mais si tu ne l'as pas au menu, je prendrais bien un morceau de gâteau pour le petit déjeuner comme celui que Delores a dans son assiette.

Après quelques jours de salade de fruits au petit déjeuner, la bonne dame s'était offert aujourd'hui quelque chose de sucré.

– Ça vient tout de suite. Avec ça, un latte à la vanille ?

Un café au lait à la vanille était exactement ce dont elle avait besoin en ce moment, alors elle hocha la tête.

– Avec plaisir.

– Tu as l'air fatiguée, dit Delores alors que Nolan passait derrière le comptoir.

– C'est parce que je n'ai pas beaucoup dormi. Abigail est malade.

– Oh, la pauvre. Qu'est-ce qu'elle a ?

– Juste un rhume, mais un rhume assez violent.

– Et où est-elle maintenant ?

– Je n'ai pas pu l'emmener à la garderie. Elle est chez Wyatt, il vient de finir son service de nuit.

– Qu'est-ce qu'il fait toute la nuit au Revier ? Il ne se passe jamais rien, voulut savoir Sadie.

Non pas qu'il y ait eu beaucoup plus d'activité pendant la journée.

– Je souhaite tellement pour lui qu'il trouve à nouveau une femme, dit Delores. Il pourrait alors lui parler au téléphone quand il s'ennuie là-bas.

Oui, pensa Murielle, c'était ce qu'elle souhaitait aussi. Elle espérait tellement que le destin était plus favorable à son unique enfant qu'à elle. Wyatt méritait d'être heureux, et Abigail méritait une mère. Une femme qui serait là pour elle. Murielle priait pour cela chaque soir et encore une fois le matin. Car elle savait ce que c'était que d'être seule. D'être sans amour. Et elle ne souhaitait ce sentiment à personne, surtout pas aux personnes qui lui étaient les plus proches.

– Dites-moi, qu'est-ce qui se passe avec Martha Mitchell ? demanda Sadie, choquée.

– Qu'est-ce qui se passe avec Martha ? voulut savoir Delores.

– Elle s'est rasé la tête, raconta Sadie.

– Oh, mon Dieu !

– Alors ? demanda encore une fois Sadie. Comment diable a-t-elle pu avoir cette idée ?

Murielle haussa les épaules, pensant à sa collègue de la bibliothèque.

– Eh bien, elle voulait prendre un nouveau départ.

Et si elle était honnête, elle pouvait très bien le comprendre. Malheureusement, il n'était pas si facile de se remettre d'un amour perdu. Même une nouvelle coiffure ne pouvait pas aider. Lexi le savait, elle le savait mieux que quiconque.

Encore mieux, et Martha Mitchell le saurait bientôt aussi. Après avoir perdu l'amour de sa vie, il n'y avait qu'une chose à faire : oublier. Mais cela aussi était malheureusement beaucoup plus difficile que prévu.

Chapitre 35

Lexi était totalement exaltée lorsqu'elle s'était rendue au travail le samedi. Elle avait passé une nuit incroyable avec Aaron. Et même si, d'un côté, elle se sentait encore mal, elle ne voulait plus se sentir mal pour cela, mais simplement accepter la vie à nouveau, profiter des possibilités, laisser l'amour s'installer. Bien sûr, on ne pouvait pas encore parler de véritable amour, car bien qu'elle ait appris tant de choses sur Aaron au cours des dernières vingt-quatre heures, elle ne connaissait même pas des choses aussi simples que son film préféré, sa couleur préférée ou sa pointure. Mais elle aimerait bien découvrir tout cela, si elle en avait l'occasion.

Un jour ou l'autre, Aaron repartirait, elle en était bien consciente. Mais le fait qu'il se rapproche à nouveau de son père signifiait, espérons-le, qu'il lui rendrait plus souvent visite à Lac Paradis à l'avenir. Oui, elle était vraiment reconnaissante à Vincent Highmore de s'être excusé. Jamais elle n'aurait pensé qu'il en serait capable.

Quand elle rencontra sa mère à la pause de midi, celle-ci était déjà au courant. Lexi n'aurait jamais trahi la confiance d'Aaron, mais comme les excuses de Vincent Highmore avaient apparemment déjà fait le tour de la ville, elle pouvait aussi y répondre.

– Comme c'est bien qu'il ait dépassé sa propre ombre, trouva sa mère, appuyée contre le comptoir de la boutique. Cela aurait tellement fait plaisir à Mathilda.

– Oui, j'en suis sûre. Moi aussi, je suis très heureuse pour Aaron, dit-elle.

Sa mère la regarda avec ce regard particulier avant de croquer dans le hot dog que Lexi lui avait apporté. Rupert la dirigeait depuis peu, et les deux femmes l'ont dégusté pour la première fois aujourd'hui.

– Qu'est-ce qu'il y a ? osa demander Lexi.

– Tu l'aimes vraiment, n'est-ce pas ?

Elle croqua dans son hot dog.

– Eh bien… oui, oui.

Le rayonnement de sa mère s'intensifia.

– Et c'est vrai que vous vous êtes déjà rapprochés ?

– Sans commentaire, répondit-elle.

– Je le vois bien sur ton visage, ma petite. Tu resplendis comme une ampoule électrique.

– Les hot dogs sont vraiment bons, non ? Je ne pensais pas qu'ils seraient aussi délicieux, tenta Lexi pour détourner le sujet.

Mais c'était vrai, les hot dogs avaient vraiment bon goût, la saucisse était croustillante, le petit pain bien moelleux, la moutarde juste assez forte et les oignons grillés étaient merveilleusement aromatiques.

– Là, tu as raison. Hum, dis-moi, il n'y a pas ces stands de hot dogs à chaque coin de rue à New York ? On voit ça dans les films. C'est toujours dans les films, ou je me trompe ? dit sa mère en ramenant habilement la conversation sur Aaron.

– Non, tu ne l'es pas.

Lexi leva les yeux au ciel et n'essaya même pas de le cacher à sa mère.

– Vous êtes vraiment ensemble maintenant, toi et Aaron ? demanda-t-elle l'instant d'après. Un couple ?

– Non, maman, nous ne le sommes certainement pas. Nous ne faisons que profiter du temps que nous avons ensemble.

– Je trouve ça dommage. Vous êtes si beaux ensemble.

– Il va bientôt quitter Lac Paradis, maman. Il doit retourner à New York, où il vit et travaille. Cela n'aurait pas de sens de commencer une vraie relation.

– Serais-tu prête à le faire s'il ne devait pas retourner à New York ? Je veux dire, je sais à quel point tu as eu du mal à penser à quelque chose comme ça.

Lexi haussa les épaules.

– Je ne sais pas. Quand le bon se présentera, je serai peut-être enfin prête à le faire, oui.

– Et Aaron pourrait-il être le bon ?

C'était la question qu'elle venait également de se poser.

– Oh, qu'est-ce qui se passe dehors ? dit cependant sa mère avant qu'elle ne puisse répondre.

Lexi regarda à travers la vitrine vers la place où Rupert et Howie se disputaient à nouveau. Ils se criaient dessus et semblaient sur le point d'en venir aux mains.

– Seigneur, dit sa mère en ouvrant la porte pour mieux entendre ce qui se passait.

Lexi s'en moquait.

Elle avait autre chose en tête. Quelqu'un d'autre. Et elle savait que le temps était compté.

Une demi-heure plus tard, alors qu'elle était de retour au salon des animaux, Lexi prit son téléphone portable et écrivit un message à Aaron.

Tu as quelque chose de prévu pour demain soir ?

Elle aurait préféré écrire « ce soir », mais elle ne voulait pas paraître trop insistante.

Non, pas encore. Pourquoi ?

La réponse ne se fit pas attendre. Elle ne put s'empêcher de sourire.

Aimerais-tu partager un autre dîner avec moi ? Mais cette fois, j'aimerais cuisiner pour toi.

Oh, wow, tu veux cuisiner pour moi ? J'accepte, bien sûr. Je m'en réjouis déjà.

Très bien. Y a-t-il quelque chose que tu ne supportes pas ?

Le maïs.

Haha. Je voulais plutôt dire une allergie ou quelque chose comme ça. Contre le maïs.

Elle ne put s'empêcher de sourire en pensant à ce qu'elle allait faire à Aaron. Car il n'était pas possible que quelqu'un vienne de Lac Paradis et déteste autant le maïs.

D'accord. Laisse-toi surprendre.

Oh, mon Dieu. Je sens que ça va mal se passer.

Ne t'inquiète pas, tu vas aimer ça. Et n'ai-je pas toujours eu raison jusqu'à présent ?

Oui, je dois te l'accorder. Bon, alors à demain soir. À quelle heure je peux venir ?

À huit heures ?

Pendant la journée, elle voulait rendre visite à Tommy à Omaha, c'était ce qu'ils avaient convenu depuis longtemps.

Parfait !

Satisfaite, Lexi mit son téléphone de côté et prépara tout pour le prochain rendez-vous. Teresa Jones, la femme du passage, devait passer avec sa perruche nymphe qui devait se faire couper les griffes.

Pendant qu'elle travaillait les heures suivantes, Lexi réfléchissait déjà à quoi pourrait ressembler exactement la soupe qu'elle allait préparer pour Aaron. Elle ne pouvait pas le laisser garder à jamais un mauvais souvenir de la soupe de maïs.

De la soupe. Oui, elle devait admettre que la soupe de maïs traditionnelle, telle que sa mère la préparait, était assez puissante, et elle savait maintenant qu'Aaron aimait plutôt la cuisine légère – les frites au chili d'hier avaient été une exception. Mais elle voulait enfin lui faire aimer le maïs, le convaincre qu'il pouvait être délicieux, et si elle y parvenait, elle aurait rempli sa mission. Ce ne serait pas facile, mais si elle y parvenait, elle mériterait une médaille, remise par le maire Doyle en personne.

À cinq heures et quart, la dernière cliente de la journée, Lydia Doyle, partit avec son teckel Sherman. Et Trish décida qu'ils pouvaient bien fermer le magasin un peu plus tôt ce samedi, ce qui convenait parfaitement à Lexi, car elle avait encore le temps de faire une petite promenade avec son grand-père. Elle n'avait eu que quelques minutes à lui consacrer hier, ce qu'elle avait regretté à la fin de la journée. Elle se rendit donc à la maison de retraite et fut une fois de plus joyeusement accueillie par les vieilles dames assises dans le hall d'entrée.

– Lexi ! Comment vas-tu ? C'est vrai ce qu'on entend ?

– Qu'est-ce qu'on entend ?

– Que Cupidon t'a touchée avec sa flèche, répondit Rose.

– Où avez-vous trouvé ça ?

C'était tout simplement incroyable que la nouvelle se soit déjà répandue jusqu'ici ! Elle se demandait juste qui avait bien pu la donner aux vieux.

– Je crois que Lindsay l'a dit, dit Mona.

– Chut ! Elle nous a demandé de ne pas dire que c'était elle qui nous l'avait dit, rétorqua Ruth.

Mona se contenta de hausser les épaules, comme si elle s'en fichait. Mais Lexi ne l'était pas. Lindsay n'avait pas à révéler l'état de sa vie amoureuse. En quoi cela la concernait-il ?

Lindsay… Hier, au restaurant, Lexi n'avait pas manqué de voir comment elle regardait Aaron. Comme si elle était attirée par lui. Ce qui était étrange, car elle sortait avec Andy de la droguerie depuis un peu plus d'un an. Quoi qu'il en soit, cela n'avait pas plu à Lexi. Car d'un point de vue purement extérieur, Lindsay et Aaron allaient bien mieux ensemble que Lexi et lui…

– Tu veux aller voir ton grand-père ? demanda Rose.

– Oui, je veux aller le chercher pour une promenade.

– Mais c'est bientôt l'heure du dîner ! dit Ruth.

– Mais pas avant une bonne heure. Un peu d'air frais lui fera du bien.

Les vieilles dames approuvèrent d'un signe de tête.

– Alors, amusez-vous bien ! souhaita Rose.

– Merci !

– Mais… attendez ! Qu'est-ce que c'est que ces rumeurs ? demanda Mona.

Lexi la regarda.

– Tu n'as pas besoin de tout savoir, Mona. À l'école, tu nous laissais souvent ignorer quand avait lieu le prochain test surprise de maths.

Mona fit une moue vexée et prit ensuite son récipient à boire avec la paille qui se trouvait à côté d'elle sur la tablette. Sur la table d'appoint.

Lexi ne put s'empêcher de sourire et se dirigea vers son grand-père.

– Bonjour, grand-père, dit-elle après avoir frappé à la porte et être entrée.

Il leva les yeux et sourit.

– Je me suis dit qu'aujourd'hui, c'était une belle journée d'automne et qu'on devrait aller se promener un peu. Qu'est-ce que tu en penses ? demanda-t-elle, même si elle n'attendait pas de réponse.

Elle mit une veste à son grand-père et lui attacha une fine écharpe. Il n'était pas nécessaire de changer de chaussures, il resterait tout le temps dans son fauteuil roulant, il pouvait donc garder ses pantoufles.

Lexi informa brièvement l'infirmière responsable, puis elle poussa grand-père Murphy dehors, sur le petit chemin du parc et plus loin vers le lac. Ce faisant, elle lui raconta les dernières nouvelles : sa mère lui passait le bonjour, son père avait pêché une grosse truite aujourd'hui, son frère avait réussi un examen avec la meilleure note, Helena allait bien, Leslie apprenait à lire, Mattie savait déjà faire du vélo sans roues d'appui, et elle-même avait rencontré quelqu'un qu'elle aimait beaucoup.

Elle pouvait bien le dire à son grand-père, avec lui tous les secrets étaient en sécurité. Lexi lui confiait tout ce qu'elle avait sur le cœur, et c'était parfois un soulagement de savoir qu'elle ne recevrait pas de commentaires stupides ou de conseils bien intentionnés qui ne feraient qu'empirer les choses.

– Il s'agit d'Aaron Highmore, dit-elle, le fils du grand Vincent Highmore. Tu te souviens de l'histoire de la boîte à pain ? Je te l'ai sûrement racontée une fois. Quand j'étais en quatrième année, j'ai vu une boîte de conserve. Un voyou dans la cour de l'école me l'a prise, et Aaron me l'a reprise. Je pense qu'à l'époque, il s'est en quelque sorte glissé dans mon cœur, et quand j'y pense maintenant, je constate qu'il y est toujours resté. Le revoir maintenant, c'était vraiment bien. Nous nous entendons vraiment bien, et il est très différent de ce que les gens racontent toujours. Mais tu as toujours dit qu'il ne fallait pas se fier à ce que les gens disaient, mais qu'il valait mieux se faire sa propre idée, pas vrai, Gramps ?

Son grand-père lui sourit et elle lui rendit son sourire. Puis elle entendit une voix derrière elle :

– Lexi !

Elle se retourna et vit Aaron debout devant elle dans ses joggings.

– Oh, bonjour, Aaron !

– Vous allez vous promener ?

Elle hocha la tête et dit :

– Oui. Puis-je te présenter mon grand-père Murphy ?

Aaron adressa un sourire au vieil homme, lui tendit la main et dit :

– Enchanté de vous rencontrer.

– Il ne parle pas, expliqua Lexi, et elle s'apprêtait à dire qu'il ne pouvait pas non plus lui tendre la main, lorsque grand-père Murphy tendit lentement la sienne vers l'avant.

Délicatement, Aaron la secoua.

Lexi était complètement abasourdie. Car son grand-père n'avait plus fait un tel geste depuis des lustres. Il fallait le nourrir, lui brosser les dents, l'habiller, le coucher dans son lit, parce qu'il ne pouvait plus faire tout ça tout seul. Depuis sa deuxième attaque cérébrale, qui avait été bien plus grave que la première, il ne pouvait presque plus bouger. Mais maintenant, il serrait la main d'Aaron, ou plutôt il se laissait serrer la main, mais c'était tout simplement incroyable. Lexi eut les larmes aux yeux.

Est-ce que son grand-père faisait cela parce qu'il comprenait à quel point Aaron comptait pour elle ?

– Tout va bien ? demanda Aaron en remarquant ses yeux humides.

Il relâcha doucement la main de son grand-père.

– Oui, plus que ça.

Aaron avait l'air un peu perdu, mais ne posa pas de questions.

– Bon, je vous laisse continuer. On se voit demain soir ?

Elle acquiesça.

– Oui.

– Je suis déjà très impatient.

– Tu as le droit de l'être aussi.

– Ce fut un plaisir, Murphy. On se reverra peut-être un jour ?

Son grand-père fixa Aaron pendant un moment, puis il sourit comme il ne le faisait d'habitude que lorsqu'il recevait des craps de maïs ou du pudding au chocolat.

Lorsque Lexi le poussa à nouveau vers la maison de retraite, elle ne put que secouer la tête, stupéfaite.

Qu'est-ce que c'était que ça ? se demanda-t-elle. Et elle se demandait aussi si grand-père Murphy en savait plus qu'elle. Peut-être était-il un ami de Cupidon qui, selon Rose, tirait déjà des flèches et semblait avoir un plan pour elle et Aaron. Dommage qu'elle ne puisse pas le lui demander.

Chapitre 36

Une heure plus tard, alors qu'Aaron se rendait au domaine de son père, il ne pouvait s'empêcher de penser à Lexi. Cela avait été une belle surprise de la découvrir au bord du lac avec son grand-père. Le vieil homme semblait très affecté et Aaron trouvait formidable que Lexi s'occupe de lui. Il était probable que, même si Murphy ne parlait pas, ils avaient une relation plus intime que celle qu'il avait lui-même eue avec son grand-père.

Il se demanda si la mort d'Alfred avait quelque chose à voir avec le fait que son père était en train de changer. Le vieux aurait-il été d'accord ? L'homme n'avait admis aucune faiblesse, et il aurait certainement considéré des excuses de la part de Vincent comme telle.

Aujourd'hui, quand Aaron rentra à l'hôtel après une journée passée avec Hunter, un message l'attendait. Son père l'invitait à venir dîner chez lui. Cela surprit Aaron, non seulement parce qu'il ne s'attendait pas du tout à une invitation, mais aussi parce qu'il avait dit à son père qu'il avait l'intention de partir. Vincent Highmore avait donc dû se renseigner.

Ou peut-être Vera lui avait-elle dit qu'Aaron était toujours à Lac Paradis. Quoi qu'il en soit, il était surpris et même un peu content. Car un repas en commun lui donnerait l'occasion de parler de certaines choses qui lui tenaient à cœur depuis si longtemps.

Ses pensées se déplacèrent de Lexi à Hunter, avec qui il était allé à Lincoln aujourd'hui, pour faire du shopping. Il avait proposé à son ami – et oui, il le considérait désormais comme tel – un relooking. Il voulait le transformer en un type cool et stylé dont Sydney pourrait tomber amoureuse. Hunter avait bien sûr tout de suite accepté et était reconnaissant de son aide, et ils avaient passé quelques heures à choisir de nouveaux vêtements pour lui, puis étaient allés chez le coiffeur. À la fin, Hunter était méconnaissable. Aaron souhaitait vraiment de tout cœur qu'il atterrisse enfin chez Sydney – ou chez n'importe quelle autre jeune femme sympathique.

De retour à Lac Paradis, Aaron s'était arrêté chez Jonah pour rendre visite à May et au bébé qui étaient sortis de l'hôpital aujourd'hui. Il leur avait apporté un panier cadeau d'un magasin de puériculture, car il n'avait aucune idée de ce qu'il fallait offrir à un nouveau-né. Heureusement, le magasin proposait ces paniers déjà remplis, et apparemment il avait bien fait, car May l'avait remercié par une grosse accolade. Elle l'avait également remercié une nouvelle fois d'avoir été présent à l'hôpital la nuit de l'accouchement et d'avoir soutenu Jonah qui, sans lui, avait été « très malade », « serait probablement devenu fou », comme elle l'avait exprimé.

– Je l'ai fait avec plaisir, répondit-il en se demandant où son père avait bien pu se trouver lors de sa naissance.

Comme il le connaissait, probablement sur le terrain de golf ou à la chasse aux canards. Eh bien, il pourrait simplement lui poser la question, mais voulait-il vraiment connaître la réponse ?

Aaron remonta l'allée, se gara à côté de la fontaine devant la maison et sonna aujourd'hui à la porte d'entrée principale.

Le majordome lui ouvrit avec un sourire qui semblait bien moins réservé que l'autre jour.

– Bonsoir, monsieur Highmore. Veuillez entrer, je vous prie. Puis-je prendre votre manteau ?

Aaron lui tendit le manteau noir qu'il avait porté à l'enterrement et qu'il préférait à la veste en cuir pour une soirée chez son père. À Lincoln, il s'était également acheté aujourd'hui des vêtements appropriés, auxquels s'ajoutaient quelques vêtements décontractés, car il commençait à manquer de vêtements propres. C'était son onzième jour à Lac Paradis, et jamais il n'aurait pensé rester aussi longtemps.

On l'emmena au salon, où son père était assis dans un fauteuil sombre. Quand il le vit, il se leva.

– Aaron. Je suis content que tu aies pu venir.

– Je suis content que tu m'aies invité.

Son père le regarda avec une expression qui semblait dire : « Vraiment ? »

Aaron hocha la tête puis resta debout, dans l'attente d'une quelconque instruction. Il supposait qu'ils se rendraient immédiatement à la table de la salle à manger pour

Aaron se mit à manger du rôti, du canard qu'il avait tiré lui-même ou n'importe quoi d'autre, mais son père lui demanda de s'asseoir sur le canapé.

Aaron s'assit donc et attendit avec impatience et un peu d'appréhension ce qui allait se passer. Il observa son père se diriger vers la grande armoire sombre qui lui avait été interdite lorsqu'il était enfant. S'il s'en était approché, son père l'avait toujours regardé d'un air sévère. Mais Aaron savait qu'il y avait un compartiment secret à l'intérieur, dans lequel son vieux maître gardait des choses enfermées. Quoi exactement, il ne pouvait que le supposer : des actions peut-être, de l'argent liquide, son testament ?

Mais son père en sortit une lettre qu'il apporta sur le canapé et s'assit à côté d'Aaron. Il lui tendit l'enveloppe et Aaron se sentit plus qu'un peu mal à l'aise. Il n'avait pas l'habitude d'être assis à côté de son père et ne se souvenait pas de la dernière fois où il l'avait été. Et maintenant, il regardait l'enveloppe dans ses mains et y reconnaissait l'écriture de sa mère : « Pour mon cher Vincent ».

Une boule se forma dans sa gorge, qui semblait s'épaissir à chaque seconde.

– C'est pour toi, père, il vaut mieux que je ne la lise pas, dit-il péniblement.

– Mais je veux que tu la lises, répondit son père.

Et comme Aaron ne faisait aucun effort pour ouvrir l'enveloppe, il ajouta :

– Ta mère me l'a donnée quelques jours avant sa mort, quand elle savait que c'était bientôt…

Il regarda vers le sol, puis porta une main à son front. Il semblait complètement brisé.

Aaron ne savait pas ce qu'il devait ressentir. De la pitié pour son père ? De la déception de ne pas avoir reçu une telle lettre ? De la tristesse parce que, contrairement à son père, il n'avait pas eu l'occasion de dire au revoir à sa mère ?

D'accord, il voulait oser. Peu importe ce qui l'attendait. Parce qu'il voyait ce que cela signifiait pour son père. Et parce qu'il voulait aller à sa rencontre.

L'enveloppe contenait deux feuilles de papier qui semblaient encore comme neuves. Comme si la lettre n'avait jamais été lue.

Son père semblait avoir deviné ses pensées.

– Ce n'est que récemment que j'ai osé l'ouvrir. Avant… je ne pouvais tout simplement pas. J'avais trop peur de ce qu'il pourrait y avoir dedans, des reproches que ta mère pourrait me faire. Je n'étais pas un bon mari, tout comme je n'étais pas un bon père.

Il poussa un lourd soupir.

– Lis, s'il te plaît !

Et Aaron lut.

Une minute plus tard, les larmes coulaient si abondamment sur son visage qu'il avait du mal à s'en débarrasser. Lire les mots de sa mère avait incroyablement touché Aaron. Plus qu'il n'aurait pu l'imaginer. C'était presque comme si elle était à nouveau avec eux, assise entre eux, et qu'elle disait aux deux personnes les plus chères de sa vie qu'elles devaient enfin se réconcilier. La lettre disait bien plus. Sa mère y parlait de pardon et demandait à Vincent de se pardonner enfin lui-même, comme elle lui avait pardonné. Car, au fond d'elle-même, elle avait toujours su que son mari était un cœur de père chaleureux. Son éducation et les circonstances ne l'avaient malheureusement que très rarement mis en évidence, comme le jour de la naissance d'Aaron, lorsqu'il avait tenu son fils dans ses bras pour la première fois, ou lorsqu'il avait reçu le diplôme de Yale d'Aaron. Mais elle avait toujours su qu'il voulait être un bon père. Et elle lui avait aussi demandé pardon de ne pas avoir essayé avec plus d'insistance d'être la médiatrice entre le père et le fils.

Cette lettre fut une révélation et Aaron comprit parfaitement ce qu'elle avait fait à son père. Comment ces lignes avaient-elles provoqué ce changement en lui ? Car, et Aaron commençait seulement à le comprendre, son père était finalement ce qu'il était, parce qu'on le lui avait appris. Par son propre père, qui n'avait probablement pas su faire mieux. Qui n'avait pas su être simplement un père, être là pour son fils, l'accepter tel qu'il était. De l'aimer inconditionnellement, tout simplement.

Aaron ne cessait de cligner des yeux et d'essuyer ses larmes du revers de la main. Finalement, il renonça et osa regarder son père. Celui-ci avait également les yeux humides. Il se passa alors quelque chose qu'Aaron n'aurait jamais cru possible, pas en un million d'années : son père et lui s'étreignaient !

Il ne savait même pas qui avait commencé, mais à la fin, ils étaient dans les bras l'un de l'autre et pleuraient – pour leur femme et mère perdue, qui leur avait laissé des mots si sages. Pour toutes les années perdues que Vincent et Aaron auraient pu passer ensemble. Pour la relation qu'ils avaient eue.

La relation qu'ils n'avaient jamais eue l'un avec l'autre. Et ils pleuraient de soulagement parce que tout pourrait peut-être s'arranger maintenant. Après toutes ces années.

Sa mère avait peut-être raison de dire qu'il n'était jamais trop tard pour prendre un nouveau départ. Jamais trop tard pour s'excuser. Que la famille devait être consciente de ce qu'elle était : une famille. Des gens qui s'appartenaient, quoi qu'il arrive.

Et Aaron réalisa que seule sa mort avait permis de concrétiser cela.

– Je suis tellement désolé, Aaron. S'il te plaît, pardonne-moi, s'il te plaît, pardonne-moi, sanglota le grand Vincent Highmore, d'habitude si fort et si sou-vaincu.

– Je te pardonne, papa, dit Aaron, conscient que c'était la première fois qu'il disait cela : papa. Comme c'était bon d'en avoir enfin un.

Aaron resta toute la nuit. Pendant des heures, son père et lui s'étaient assis ensemble et avaient parlé du bon vieux temps et de sa mère qui, dans sa lettre, leur avait fait savoir à tous les deux qu'elle les aimerait toujours malgré leurs erreurs – même depuis le ciel.

À un moment donné, Aaron demanda si elle avait beaucoup souffert durant ses dernières semaines et ses derniers jours. Son père lui répondit honnêtement que oui, qu'elle souffrait beaucoup, mais que cela ne l'avait pas affectée autant que le fait que les deux personnes qui comptaient le plus pour elle dans la vie s'étaient brouillées.

– Qu'est-ce qu'on lui a fait ? demanda Aaron, lui-même plein de remords.

Il s'était enfin rendu compte qu'il n'avait pas

Tout était de la faute de son père. Lui-même aurait pu simplement suivre le souhait de sa mère et revenir à la maison de temps en temps. Peut-être que lui et son père se seraient alors déjà réconciliés. Cela aurait rendu sa mère si heureuse, et peut-être ne serait-elle jamais tombée si malade. Et si c'était le cas, elle ne serait pas morte le cœur aussi lourd.

Mais il ne pouvait pas le savoir. Tout ce qu'il pouvait faire, c'était essayer d'arranger les choses, en l'honneur de sa mère. Et peut-être même que Lexi avait raison et que sa mère les regardait de haut en ce moment. Peut-être était-elle enfin heureuse.

Chapitre 37

Le lendemain matin, Aaron et son père étaient certes incroyablement fatigués, mais ils avaient tous deux été soulagés d'un poids énorme. Ils s'étaient expliqué, s'étaient pardonné mutuellement et étaient confiants dans leur avenir commun. Ils ne voulaient plus jamais se traiter de la sorte, mais plutôt rattraper tout ce qu'ils avaient manqué.

– Reviens donc dîner ce soir, lui proposa son père lorsque, après avoir pris le petit déjeuner ensemble vers dix heures, Aaron dit qu'il allait lentement se mettre en route.

Il avait promis à Jonah de l'aider à installer la table à langer, qui lui posait problème. En outre, il devait absolument dormir encore un peu avant son rendez-vous avec Lexi, et il voulait aussi lui acheter des fleurs. Il avait repéré un fleuriste sur la rue de l'avenue Boulevard Paradis, heureusement ouvert le dimanche, il y trouverait certainement quelque chose de convenable.

– Je suis désolé, papa, mais ce soir, j'ai déjà quelque chose de prévu.

– Oh, répondit son père, l'air un peu déçu.

Pour qu'il ne doute pas qu'Aaron était sérieux au sujet d'un nouveau départ commun, il ajouta :

– J'ai un rendez-vous.

Le visage de son père s'illumina.

– Tu as rencontré quelqu'un ici ? À Lac Paradis ?

Si son père était allé plus souvent au centre du village et avait fréquenté la taverne, le restaurant ou le café, il l'aurait appris depuis longtemps par les commères ou par quelqu'un d'autre comme Nolan ou Buddy. Mais Vincent Highmore était un solitaire et il avait toujours été trop gêné pour se mêler aux gens du peuple. C'était un autre point sur lequel ils devaient travailler d'urgence.

– Oui, en fait, je suis plutôt en train de retrouver quelqu'un. Une vieille amie d'école.

Son père n'avait pas besoin de le savoir aussi précisément, l'histoire de la dose de pain ne l'aurait certainement pas trop fasciné.

– C'est merveilleux. Alors viens demain et amène ton amie.

Bon sang. Ils étaient déjà prêts ? Aaron en doutait.

– Je ne sais pas, papa…

– J'insiste !

– Bon, je vais demander à Lexi, d'accord ? Maintenant, je dois vraiment y aller, j'ai promis à un ami de l'aider à faire un travail aujourd'hui.

Son père avait l'air surpris.

– Tu as encore des amis ici ? Tu as été en contact avec eux toutes ces années ?

Il se contenta d'acquiescer, ne voulant pas ajouter du sel à la plaie. Puis il serra légèrement son père dans ses bras et partit.

Aaron n'alla cependant pas directement chez Jonah, mais à l'hôtel.

Il s'était d'abord rendu à l'hôtel pour prendre une douche et se changer. Un pantalon d'homme noir et une chemise n'étaient pas le meilleur choix vestimentaire pour installer une table de Wickel. En fait, il ne savait même pas ce qu'était le Wickel. Est-ce qu'on y changeait le bébé ? Ne pouvait-on pas utiliser n'importe quelle table pour cela ? Et pourquoi fallait-il que ce soit une table ? Pourquoi ne pas simplement poser la petite chose sur le lit ou sur le sol, où elle ne pourrait pas rouler ?

Même s'il n'avait pas été aussi fatigué, il n'aurait probablement pas trouvé de réponses à ces questions, mais il était tellement fatigué qu'il n'aurait même pas pu répondre à la question de savoir quelle était la couleur des yeux de Lexi.

Si, elle était bleue. Il ne pouvait pas l'oublier. Ses yeux étaient bleus et si profonds qu'il voulait s'y plonger. Il était impatient de la voir ce soir.

– Allez, raconte, dit Jonah en lui tendant le tournevis cruciforme. Comment ça se passe avec Lexi ?

Aaron ne put éviter un sourire qui s'étendit ainsi sur son visage.

– Oh. Si bon, hein ? demanda Jonah en riant.

– Je dirais que oui. Elle m'a invité à dîner chez elle ce soir.

– Elle veut cuisiner pour toi ? *Wow !*

– Oui. J'espère juste qu'elle est aussi douée que May pour ça.

– May est naturellement douée pour la cuisine. Tu ferais mieux de ne pas trop en attendre. Avant tout, Lexi n'a jamais quitté Lac Paradis elle n'a pas beaucoup voyagé, alors tu devrais te contenter de se préparer à de la bonne vieille cuisine maison. Peut-être même à...

– Du maïs ? Oh, s'il te plaît, non ! Mais heureusement, Lexi sait que je ne le supporte pas.

– Eh bien, j'ai hâte de voir ce qu'elle va te préparer. Tu me raconteras plus tard.

– Après mon rendez-vous ? Tu dormiras déjà à ce moment-là.

Lorsque son père s'était excusé brièvement hier soir vers vingt et une heures trente, Aaron avait envoyé un message à son ami sur son téléphone portable – et n'avait pas reçu de réponse. Parce que Jonah avait déjà dormi.

– Oui, ça pourrait être bien. La vie avec un nouveau-né est épuisante. Il faut sans cesse se lever la nuit, changer les couches, peser le bébé, faire chauffer le lait et ainsi de suite.

Jonah avait dit cela comme s'il faisait cela depuis des semaines, alors que May et le bébé n'étaient à la maison que depuis un jour.

Aaron ne pouvait s'empêcher de rire, et il avait plus d'une question. Par exemple, il se demandait pourquoi Jonah devait se lever la nuit au lieu de May et pourquoi il fallait réchauffer le lait. Les bébés n'étaient-ils pas généralement allaités par leur mère ? Il préférait toutefois rester silencieux, car une conversation sur l'allaitement lui aurait semblé *too much*.

– Désolé de ne t'avoir répondu que ce matin, poursuivit Jonah en faisant référence au message dans lequel Aaron lui avait annoncé, complètement bouleversé, que son père et lui s'étaient réconciliés et s'étaient même embrassés.

Il avait omis de parler des pleurs parce qu'il ne voulait pas passer pour une mauviette. Même si, au fond, il n'avait pas honte de ses larmes. Elles étaient attendues depuis longtemps.

– Pas de problème.

– Maintenant, il faut que tu me racontes tout exactement. Comment en est-on arrivés à la réconciliation ? Qui a fait le premier pas ?

Aaron commença donc à raconter. Il omit certaines choses, mais dans l'ensemble, Jonah sut au bout d'une heure ce qui s'était passé la nuit précédente.

– Honnêtement, j'ai du mal à le croire, déclara son ami.

– Le glacial Vincent Highmore peut montrer des sentiments.

– Oui, je n'en revenais pas non plus.

– Vraiment cool que ça se soit terminé comme ça. Maintenant que je suis père, je vois les choses différemment. Un père et son fils doivent être là l'un pour l'autre, quoi qu'il arrive.

Aaron ne put s'empêcher de sourire. C'était encore une fois très drôle de la part de Jonah. Il était père depuis à peine trois jours et faisait semblant d'avoir des années d'expérience.

– Qu’est-ce qu’il y a ? demanda son ami en fronçant les sourcils.

– Oh, rien. Je trouve juste que c’est bien de te voir t’épanouir dans ton nouveau rôle.

– C’est d’ailleurs la meilleure chose qui me soit arrivée. Un jour, tu verras ce que je veux dire.

Aaron en doutait cependant. Car il n’avait pas l’intention de mettre un enfant au monde un jour. Oui, il s’était peut-être réconcilié avec son père, mais on ne pouvait pas effacer tout ce qui s’était passé. Les années passées avaient tout simplement détruit trop de choses et marqué à jamais sa vision.

– Tu peux me tenir ça pour que je puisse serrer un peu plus les vis ? demanda-t-il en voulant se concentrer à nouveau sur la table à langer, qui était en fait une commode à langer.

La raison pour laquelle une telle chose avait besoin de mille compartiments et tiroirs lui était aussi mystérieuse que toutes les autres affaires de bébé, mais heureusement, il n’avait pas besoin d’y voir clair.

– Bien sûr. Merci encore pour ton aide, Aaron.

– Je le fais avec plaisir.

– Je suis content que tu sois encore là. D’ailleurs, le baptême a lieu dans deux semaines. Seras-tu encore à Lac Paradis à ce moment-là ?

– Ça se pourrait bien, répondit-il.

Oui, si les choses se passaient aussi bien qu’il l’espérait avec Lexi, ce serait effectivement possible. Même s’il savait bien sûr qu’il ne pourrait pas tout faire éternellement depuis son ordinateur portable et qu'il devrait bientôt retourner sur le terrain pour travailler.

– Ça me fait vraiment plaisir, dit Jonah en le frappant doucement dans le dos.

– Oui, moi aussi, répondit-il, et il le pensait vraiment.

Une fois la table à langer installée et le bébé regardé une dernière fois, Aaron partit. Il était maintenant deux heures et demie et il n'avait rien mangé depuis le petit déjeuner. Il décida donc de prendre quelque chose au supermarché de Howie, juste un peu de pain, du brie et une petite salade, il ne voulait pas se couper l'appétit. Malheureusement, Ashleigh était assise à la caisse. Mais elle se contenta de lui sourire et de le traiter comme n'importe quel autre client. Il espérait toujours qu'elle ne parlerait pas de ce qui s'était passé – ou pas – entre eux. Lexi n'avait vraiment pas besoin de le savoir, cela ne ferait que compliquer les choses. Il aurait aimé demander une nouvelle fois à Ashleigh de se taire, mais elle lui avait déjà promis le matin en question de ne rien dire à personne, il allait donc s'en contenter. Il ne fallait pas qu'il la mette encore en colère et qu'elle change d'avis par dépit. Après tout, elle était jeune, très jeune, et Aaron ne savait malheureusement que trop bien comment fonctionnaient les jeunes filles.

Il sourit donc simplement en retour, paya et quitta le magasin avec ses achats. Il se rendit ensuite chez le fleuriste sur la rue de l'avenue du Boulevard Paradis la même rue que la Taverne Paradis, le Paradis de Jamie, le Café Paradis et le glacier, sauf que les Fleurs Paradis ne se trouvait pas directement sur la place de la ville, mais un peu plus loin dans la rue, entre le salon de coiffure et la boulangerie bio.

Lorsqu'il entra dans le magasin, Aaron sentit tout de suite l'odeur des fleurs les plus diverses. Il ne s'y connaissait pas trop, mais en regardant autour de lui, il découvrit des roses et ces fleurs qui ressemblaient à des soleils colorés. Il y avait de la musique d'une chanteuse de jazz – Ella Fitzgerald ou Billie Holiday ? Mais ça pouvait aussi être Nina Simone, et là encore, il n'était pas un expert.

Il était seul dans le magasin et l'espace derrière le comptoir était également vide.

– J'arrive tout de suite ! entendit-il quelque part derrière lui.

– D'accord, répondit-il en continuant à regarder autour de lui.

Au bout de deux minutes, une femme passa l'encadrement de la porte avec le rideau de perles qui menait sûrement à l'arrière-boutique. Les boutiques de ce genre avaient toujours une petite salle de séjour, une salle de bains, peut-être même une cuisine, non ?

– Bonjour, lui dit la femme d'un ton mélodieux.

Il estimait qu'elle avait une soixantaine d'années, elle portait une coupe afro et aurait pu passer pour une de ces célèbres chanteuses de jazz.

– Bonjour, répondit-il.

– Je voudrais des fleurs.

– Oh, oui ?

La femme lui sourit, comme si elle savait exactement ce dont il avait besoin, et peut-être même qui il était.

– Oui.

– N'hésitez pas à regarder un peu autour de vous.

– Je l'ai déjà fait. Je pense que je vais juste prendre des roses rouges.

La femme secoua la tête.

– Prenez des lys blancs.

– Vraiment ? Et pourquoi ?

– Eh bien, parce que ce sont ses fleurs préférées. Avec ça, vous allez lui faire plaisir.

– Oh. Je, euh... comment savez-vous... ?

Elle rit.

– *Vous* ne semblez pas encore savoir à quelle vitesse tout se sait ici, n'est-ce pas ?

Si, en fait, c'était le cas.

– Bon, je vais prendre des lys blancs.

Si la fleuriste était si sûre que c'était ce que Lexi préférait... Lui-même ne l'avait malheureusement pas encore découvert, comme tant d'autres choses d'ailleurs.

Satisfaite, la femme hocha la tête.

– Au fait, je m'appelle Moesha. Je tiens le magasin depuis vingt ans déjà et je vous ai connus quand vous étiez enfants. Mais vous ne vous en souvenez probablement pas.

– Pas vraiment, désolé.

Il était probable qu'il ne soit jamais allé à la boutique quand il était enfant.

En fait, il n'était jamais allé chez le fleuriste, car ce n'était pas nécessaire. Chez les Highmore, les fleurs étaient toujours soit livrées, soit coupées dans le jardin par le jardinier. Et sa mère les plaçait ensuite dans les vases et les arrangeait joliment, ce qu'elle aimait vraiment faire. Parfois, elle allait elle-même en chercher dans le jardin, mais son père n'avait jamais apprécié cela. Après tout, il y avait des employés pour ce genre de travaux.

– En revanche, *je* me souviens très bien de toi, Aaron Highmore. Une fois, tu m'as presque renversée avec ton vélo alors que toi et tes amis faisiez la course au milieu du boulevard.

– Je suis sincèrement désolé, dit-il, car il venait de se sentir réprimandé comme un petit enfant.

Mais Moesha se contenta de rire à nouveau et de faire signe que non.

– Oh, c'était il y a longtemps. Alors, nous allons faire un joli bouquet pour Lexi. À quelle catégorie de prix as-tu pensé ?

Il n'en avait aucune idée. À New York, il avait tout au plus acheté une douzaine de roses pour l'un de ses flirts de courte durée, et elles avaient toujours été très chères. Mais les prix des fleurs à New York ne pouvaient certainement pas être comparés à ceux de Lac Paradis.

– Cinquante dollars ? dit-il donc.

Moesha ouvrit de grands yeux.

– Je ne crois pas avoir autant de lys blancs. Ils coûtent trois dollars la pièce.

Moesha se dirigea vers le seau où se trouvaient les lys, les sortit tous et les apporta à la table. Les tiges étaient longues et comportaient chacune plusieurs fleurs.

Aaron regarda Moesha faire un bouquet et y ajouter un peu de verdure. À la fin, elle lui demanda trente dollars.

– Merci, dit-il en payant et en prenant le bouquet.

Puis il se rendit à l'hôtel parce qu'il avait l'impression d'avoir fait la fête toute la nuit et qu'il devait vraiment dormir encore un peu. Il ne fallait pas qu'il s'endorme sur le canapé avec Lexi pendant qu'elle lui parlait d'elle ou, pire encore, au milieu des préliminaires. Cela s'était apparemment déjà produit l'autre jour, ce qui le préoccupait encore. Mais Lexi n'était pas Ashleigh, et avec elle, il était sûr qu'il serait entièrement là. Pour elle. Et il voulait absolument lui montrer à quel point elle était importante pour lui. Les fleurs étaient donc un bon début.

Chapitre 38

Lorsque Lexi ouvrit la porte à sept heures moins deux, Aaron était devant et tenait ses fleurs préférées à la main.

– Ohhh ! dit-elle avec joie en prenant le bouquet. Comment savais-tu que j'aime les lys blancs ?

– Quelqu'un me l'a dit, expliqua Aaron en entrant et en retirant sa veste.

Il l'accrocha au portemanteau, comme s'il se sentait déjà chez lui. Puis il suivit Lexi dans la cuisine.

– Oh non, est-ce que je sens… ?

– Du maïs ? Tout à fait ! Mais ne t'enfuis pas tout de suite, j'ai préparé une soupe spécialement pour toi, tu vas l'aimer.

– Oui ?

Aaron n'avait pas l'air très convaincu lorsqu'il s'approcha de la marmite.

– Oh, est-ce que ce sont des pois mange-tout ? Et des champignons shiitaké ? demanda-t-il avec surprise.

– Exactement. Je me suis dit qu'il devait être possible de préparer une soupe de maïs que tu apprécierais également, car je ne veux tout simplement pas accepter que tu détestes le maïs pour toujours. J'ai donc cherché des recettes asiatiques, puisque je sais maintenant que tu aimes la cuisine asiatique.

Heureusement, elle n'avait pas seulement trouvé la recette sur Internet, mais aussi auprès de Rupert.

Rupert, qui proposait quelques aliments asiatiques dans son supermarché. Se procurer les bébés épis de maïs nécessaires n'avait bien sûr posé aucun problème.

– *Wow*, ça me laisse pantois. Ça sent même vraiment bon, et si c'est à moitié aussi bon que l'odeur…

– Assieds-toi. Elle devrait être réchauffée dans une minute. Je l'ai cuisinée hier soir parce que j'étais à Omaha aujourd'hui pour rendre visite à mon frère.

– Je ne savais pas que tu avais un frère aussi, dit Aaron en leur servant un verre avec la carafe d'eau.

– Oui, Tommy. Il a trois ans de moins que moi.

Elle goûta la soupe, la goûta à nouveau, la remua un peu et la versa dans deux bols de soupe profonds.

– Tu aimes la coriandre ? demanda-t-elle.

– J'adore la coriandre, fut la réponse d'Aaron.

Lexi saupoudra les feuilles fraîchement hachées sur la soupe et sourit. Voilà qu'ils avaient encore quelque chose en commun. Keith détestait la coriandre, mais elle ne voulait pas laisser Keith entrer dans son monde mental aujourd'hui. Pas en cette soirée où elle voulait simplement se laisser aller.

Lexi s'assit à son tour et ils commencèrent à manger. Elle regarda Aaron prendre un peu de soupe dans sa cuillère et la porter à sa bouche. Il souffla dessus, ce qui eut l'air si sensuel que Lexi ressentit aussitôt des picotements dans le ventre.

– Est-ce que tu aimes ? demanda-t-elle avec curiosité une fois qu'Aaron eut avalé.

– Elle est tellement bonne. Où as-tu trouvé la recette ?

– Sur Internet. Elle contient du lait de coco au lieu de crème, ce qui la rend moins épaisse que la soupe de ma mère.

Aaron sourit.

– Elle ne sera probablement jamais mon plat préféré. Mais ça, tu l'as vraiment bien réussi. Et le fait que tu aies essayé quelque chose de nouveau spécialement pour moi... Je te remercie, Lexi.

– Avec plaisir, Aaron, dit-elle en continuant à manger en souriant.

– Comment va ton grand-père ? demanda Aaron à un moment donné.

– Oh, il va très bien, merci de demander.

– Vous semblez avoir une relation très intime tous les deux, n'est-ce pas ?

– Oui, nous l'avons toujours été. J'avais aussi une relation très spéciale avec ma grand-mère Ursula. Malheureusement, elle est décédée il y a des années.

– J'en suis désolé.

– Merci.

– Ursula... tu as parlé d'elle au musée, elle était allemande, non ?

Lexi hocha la tête.

– Oui, c'est vrai. Elle est arrivée aux États-Unis avec sa famille à l'époque de la Seconde Guerre mondiale. Au début, ils vivaient même dans l'État de New York, mais ils ont fini par migrer vers l'ouest. À l'époque, on cherchait désespérément des ouvriers pour les champs de maïs de Lac Paradis, mes arrière-grands-parents ont donc commencé comme cueilleurs de maïs. Et c'est un peu resté dans la famille. Grand-ma Ursula a travaillé dans une des usines de maïs et a mis en bouteilles du sirop de maïs pendant quarante ans. Grand-père Murphy a transporté du maïs dans tout le pays, et mon père était contremaître dans l'usine de farine de maïs jusqu'à ce que…

Elle ne continua pas.

– Oh, mon Dieu, dit Aaron. Est-ce que mon père a quelque chose à voir avec le fait que ton père ne travaille plus là-bas ?

– Oui. Il l'a simplement licencié et a engagé quelqu'un de plus jeune à la place pour un salaire inférieur.

– Ça lui ressemble, dit Aaron. Du moins à l'ancien lui. Je pense qu'il essaie vraiment de changer. Mais je suis désolé pour ton père.

– Ne le sois pas, tu n'y peux rien. Et si c'est vraiment vrai et que ton père est en train de devenir une nouvelle personne, c'est merveilleux.

– Oui…

Aaron but une gorgée d'eau.

– Tu sais que j'étais chez lui hier soir ? Il m'a invité à dîner et s'est encore une fois sincèrement excusé auprès de moi. Nous avons parlé longuement, presque toute la nuit, et je vois maintenant certaines choses d'un autre œil. Mon père lui-même n'a pas toujours eu la vie facile, il est toujours le fils de mon grand-père… Eh bien, nous nous sommes réconciliés. Et nous le devons à une lettre de ma mère, qu'elle a écrite peu avant sa mort et dans laquelle elle nous demandait de le faire.

– Mathilda a laissé une lettre ?

Aaron hocha la tête.

– Oui, une lettre très émouvante. Les dernières vingt-quatre heures ont été pleines d'émotions pour moi, lui avoua-t-il.

– Oh, mon Dieu, Aaron, c'est merveilleux. Je suis vraiment heureuse pour toi. Pour vous deux. Peut-être que les choses vont s'améliorer. Peut-être que vous allez enfin pouvoir construire une relation ensemble.

– Nous verrons bien. En tout cas, je remarque qu'il fait des efforts. Il nous a même invités à dîner.

– Nous ? Toi et moi ?

Elle désigna d'abord Aaron, puis se montra plus qu'étonnée.

– Oui, pour demain soir. Mais tu n'es pas obligée de venir. Alors, vu les choses, je comprendrais vraiment que tu préfères ne pas...

Son téléphone portable se mit à sonner et il le sortit de sa poche.

– Désolé, j'ai oublié de le mettre en mode silencieux.

Il repoussa l'appelant, coupa le son et le posa sur la table à côté de lui.

– Pas de problème ! Et pour ce qui est du repas de demain, je viendrai avec plaisir. Très volontiers même, car je trouve que c'est vraiment gentil que ton père m'ait invitée. Et s'il fait un tel geste, je ne devrais pas le refuser.

– Vraiment ?

Aaron semblait surpris. Il ne s'attendait probablement pas à une acceptation de sa part.

– Honnêtement. Et là, j'ai une autre question : comment sait-il pour toi et moi ? Je ne peux pas m'imaginer qu'il ait lu un des poèmes de Buddy ou qu'il ait discuté avec le trio de commères.

Elle sourit à Aaron.

Il prit un champignon shiitaké dans sa cuillère.

– Je lui ai parlé de toi.

Maintenant, elle était plus qu'émue. Mais malheureusement, à ce moment-là, le téléphone portable d'Aaron s'alluma à nouveau, indiquant un nouvel appel.

– Réponds si tu veux, dit-elle, ça a l'air important.

– D'accord, merci. Je serai très bref.

– Pendant ce temps, je peux te resservir de la soupe ?

– Avec plaisir.

Aaron lui tendit son bol presque vide et prit l'appel.

– Simon ? Qu'est-ce qu'il y a ? J'ai un rendez-vous en ce moment.

Qui que soit ce Simon, il parlait si fort que Lexi, qui se tenait au comptoir de la cuisine et tournait le dos à Aaron, pouvait entendre chaque mot. Malheureusement.

– Tu as toujours un rendez-vous en ce moment ! dit Simon d'un ton moqueur. Tu peux me consacrer une minute, s'il te plaît ? Nous avons maintenant toutes les autorisations, et les Hemingway demandent quand nous pourrons commencer la construction.

– Vous allez devoir commencer sans moi, je ne peux malheureusement pas encore revenir.

– Ton grand-père ne devrait-il pas déjà être sous terre ?

– Il l'est. Mais il y a d'autres choses qui nécessitent que je reste encore un peu.

– Eh bien, elles ne peuvent pas être si importantes que ça si tu as le temps de faire des rencontres.

– Il s'agit d'affaires de famille, Simon. Si tu ne comprends pas, j'en suis désolé, mais je ne peux malheureusement rien faire pour l'instant.

Aaron avait haussé le ton et paraissait encore un peu plus agacé.

– D'accord, d'accord. Maintenant, ne te mets pas en colère. Je te laisse encore un peu de temps, mais ne prends pas de risques, tu m'entends ?

Aaron ne dit plus rien, et lorsque Lexi se tourna vers lui, elle vit qu'il avait raccroché. Il éteignit alors complètement son téléphone portable et le posa loin sur l'étagère de la cuisine. Puis il la regarda en s'excusant :

– Désolé, c'était mon partenaire en affaires, Simon. Nous avons quelques projets en cours et il s'inquiète de ce qui pourrait se passer si je ne suis pas là. Il est en effet responsable de l'aspect technique et financier, tandis que je suis responsable de l'aspect administratif, moi, je ne fais que griffonner et superviser les travaux.

– Ah, d'accord.

Elle posa le bol de soupe à nouveau plein devant lui.

– Il ne nous dérangera plus.

Elle s'assit, hocha la tête et fixa sa soupe. Elle n'avait malheureusement plus d'appétit.

– Tout va bien ? s'enquit Aaron.

Lexi leva les yeux.

– Tu devrais peut-être savoir que j'ai entendu chaque mot de votre conversation. Même ce que Simon a dit.

– Oh !

Aaron sembla prendre du recul pendant quelques minutes, puis ses pupilles se dilatèrent.

– Oh, merde ! S'il te plaît, ne prends pas ce qu'il a dit au pied de la lettre.

– Ce n'est donc pas le cas ? Tu n'as pas tout le temps des rendez-vous à New York ?

Aaron resta un moment silencieux, comme s'il réfléchissait à ce qu'il devait lui dire.

– Je suis là maintenant, Lexi. Avec toi, dit-il ensuite.

Mais cela ne l'avait pas calmée. Car elle réalisa soudain qu'elle l'aimait déjà beaucoup plus qu'elle ne voulait l'admettre jusqu'à présent. Et le fait qu'Aaron menait une existence sauvage dans son autre vie, où les femmes ne manquaient apparemment pas, lui donnait du fil à retordre.

– D'accord, dit-elle en plongeant la cuillère dans la soupe.

Chapitre 39

– Comment va Abigail ? demanda Delores le lundi matin, alors qu'elle était assise avec ses amies au Café Paradis.

– Mieux, beaucoup mieux, répondit Murielle. Elle peut retourner à l'école maternelle dès aujourd'hui.

– Oh, quel soulagement.

– Oui, ce rhume était vraiment du genre tenace.

Murielle but son café et elles échangèrent les derniers potins. Par exemple, que Martha Mitchell, dans sa phase de découverte de soi, s'était maintenant acheté un clou de nez et que la vente de puces avait permis de récolter huit cents dollars pour la nouvelle pelouse.

– Tu as vraiment de beaux ongles, Murielle, constata Sadie à un moment donné. Qui te les a faits ?

Delores regardait à son tour les longs faux ongles de Murielle dans un motif zébré rose et noir.

– C'était Lindsay. Elle m'a demandé si elle pouvait s'entraîner sur moi. Elle a suivi ce cours à Lincoln cet été et veut maintenant se mettre à son compte.

– Elle s'en est très bien sortie. Je pense que je vais la laisser s'entraîner sur moi aussi, dit Sadie, tandis que Delores, à l'évocation de la

La mention de Lincoln lui avait bien sûr fait penser à son neveu Paul.

– Fais-le, encouragea Murielle en sortant une liste de courses de son sac à main. Bon, j'ai encore besoin de quelques trucs du supermarché. Qui vient avec moi ?

Sadie était de la partie.

– Oui, je devrais pouvoir faire ça avant d'ouvrir la boutique de glaces.

Celle-ci ouvrait toujours à dix heures.

– Cela fait des jours que j'ai envie de soupe au potiron. Je crois qu'aujourd'hui je vais enfin m'en faire une, accompagnée de pain de maïs. Et qu'est-ce qu'il y a de bon chez vous ?

– Je viens aussi, car j'ai besoin de flétan fumé, c'est ce que George a demandé, raconta Delores. J'espère que soit Rupert soit Howie en a, sinon je vais devoir attendre jusqu'au marché de samedi.

– Oh, tu le trouveras sûrement chez Rupert. La semaine dernière, il a déjà proposé de nombreux et délicieux poissons fumés, se souvint Sadie. Et toi, Murielle ? Qu'est-ce que tu cuisines aujourd'hui ?

– J'ai promis à Abigail un gratin de pâtes multicolore et je dois encore faire quelques courses pour cela. Je voudrais aussi voir si Rupert a encore des gâteaux de Valérie, parce que les siens sont les meilleurs.

Les deux autres ne pouvaient qu'être d'accord. Valérie Hill tenait un stand au marché hebdomadaire depuis des années et Rupert proposait de temps en temps ses délices, qu'elle préparait elle-même dans sa petite cuisine. Auparavant, Valérie avait vécu à l'Allée Paradis, mais elle avait vendu sa maison pour s'installer dans le nouveau lotissement à l'extérieur de la ville. Le lotissement que Vincent Highmore avait construit et qui avait fait fuir la sœur de Murielle.

C'était pourquoi Murielle n'avait pas été en bons termes avec Valérie pendant un certain temps. Mais avec des gâteaux aussi délicieux, elle n'avait pas pu garder longtemps sa rancune.

Nolan s'approcha de leur table, tira une chaise et s'assit.

– Est-ce qu'on sait quelque chose de nouveau sur les Highmore ? demanda-t-il avec curiosité.

– Oh oui, répondit aussitôt Delores. Vincent s'est excusé auprès d'Aaron et…

– Nous le savons déjà.

Sadie gronda Nolan et fit signe à Delores de continuer.

Delores hocha la tête.

– Alors, Vincent s'est excusé une nouvelle fois comme il se doit, et ils ont passé la nuit à parler et à se réconcilier. Vera a dit que c'était déchirant.

– Incroyable !

Nolan semblait sérieusement impressionné.

– Je n'aurais en effet jamais cru que le vieux avait même un cœur.

– C'est comme ça qu'on peut se tromper sur les gens, dit Delores avec un sourire.

Elle avait en effet toujours su, ou plutôt espéré, que le père et le fils finiraient un jour par se retrouver.

La porte du café s'ouvrit et Jamie, qui se trouvait à côté, entra. Nolan se leva immédiatement et retourna au comptoir.

– Est-ce qu'on sait déjà quelle spécialité étrangère sera servie cette semaine au Paradis culinaire ? demanda Delores à ses amies.

– Je n'ai encore rien entendu, répondit Sadie.

– Hé, Jamie ! lança Murielle au propriétaire du restaurant. Avec quoi vas-tu nous gâter cette semaine ?

Jamie, qui portait comme toujours une chemise en flanelle, se tourna vers eux.

– Il y aura quelque chose d'indien.

– Nous sommes impatients, rétorqua Murielle.

– Nolan va être content, dit Sadie alors que Jamie s'était déjà retourné vers le comptoir pour passer sa commande à Nolan. Il adore manger indien, il me l'a dit une fois.

Les trois regardèrent Nolan, qui riait avec exaltation de quelque chose.

– Alors, mesdames, on y va ? demanda Delores.

Les trois se levèrent, laissèrent chacun un billet de cinq dollars pour Nolan sur la table et quittèrent le café. Elles traversèrent la rue de l'avenue Boulevard Paradis et rencontrèrent le maire Doyle devant le supermarché.

– Bonjour, Bertram, dirent-elles toutes les trois à l'unisson.

– Bonjour, mes chères. N'est-ce pas une belle journée ?

– Si je trouve du flétan fumé, c'est sûr qu'elle le sera, déclara Delores.

– C'est ce que Rupert a en vente, sut le maire. J'en ai pris aussi, ainsi qu'une anguille. Il n'y a rien de tel que du poisson fraîchement fumé.

Son mari aurait certainement été d'accord avec le maire, pensa Delores. Malheureusement, George s'était foulé le pied, sinon il serait venu faire les courses avec elle.

– Comment va George ? demanda Bertram.

– Il doit encore porter un bandage, a dit le médecin, et il doit ménager son pied.

– Une chose si stupide. Comment peut-on se blesser le pied de cette façon en pêchant ? C'est toujours un mystère pour moi.

Le maire secoua la tête.

– Eh bien, peu importe, salue George de ma part, s'il te plaît, et souhaite-lui un bon rétablissement.

– C'est ce que je vais faire, dit Delores. Merci, Bertram.

Mais avant de poursuivre, il leur fit savoir :

– Au fait, le petit train avance bien. Peut-être même que nous le ferons fonctionner avant Thanksgiving.

– Ce serait merveilleux !

Delores se promit d'en parler plus tard à son neveu Paul. Il promettait depuis longtemps de venir la voir, Thanksgiving serait l'occasion idéale.

Bertram s'éloigna et les trois amies entrèrent dans le supermarché. Delores trouva le flétan et entendit soudain Murielle l'appeler à travers le magasin :

– Viens voir, Delores, ils ont les gâteaux de Valérie en vente. Trois pour le prix de deux. Tu peux m'en prendre un ?

Eh bien, on ne pouvait pas laisser passer cette offre, et George serait certainement ravi de déguster une délicieuse tarte aux pommes.

– J'arrive ! rappela Delores en tapant droit vers le comptoir des gâteaux.

Chapitre 40

– Et Vincent Highmore t'a vraiment invitée à dîner ? demanda sa mère pendant la pause-déjeuner.

Comme il faisait un temps d'automne magnifique et ensoleillé aujourd'hui, elles ont déjeuné sur le petit banc devant la boutique. Il y avait des sushis du supermarché de Howie, que Lexi voulait absolument essayer, parce que toutes les discussions d'Aaron sur les sushis lui en avaient donné envie. Et à Lac Paradis c'était le seul moyen d'avoir accès à ces petits snacks à base de riz, de légumes et de poisson cru.

Lexi hocha la tête, encore étonnée par l'invitation.

– Il semblerait que oui.

Sa mère regarda avec méfiance le California Roll qu'elle tenait entre ses doigts. Contrairement à Lexi, elle n'avait encore jamais goûté à cette délicatesse japonaise.

– Il faut que tu prennes les baguettes, maman. Viens, je vais te montrer comment faire. Tu dois les tenir comme ça.

Lexi démontra à sa mère ce que son frère lui avait appris à Omaha.

– Je n'apprendrai jamais ça, Lexi, et je ne sais même pas ce que c'est. pas pourquoi tu m'as apporté ces sushis. Du poisson cru, Lexi, ça ne peut pas être sain. Et surtout, nous ne savons absolument pas où il a été produit et quel long voyage il a déjà fait.

Lexi prit la boîte en plastique dans sa main et regarda l'étiquette sur le dessous.

– Il est écrit qu'il est fabriqué à Kansas City, il n'a donc pas fait tout ce chemin depuis le Japon.

Elle ne put s'empêcher de sourire.

– Kansas City… Ah, comme Helena me manque.

– Oui, je sais, et elle me manque aussi. Mais elle m'a promis l'autre jour au téléphone qu'elle reviendrait nous voir très bientôt. Et maintenant, goûte à la fin, tu peux aussi manger avec les doigts si tu veux.

Sa mère fronça le nez, trempa le California Roll au saumon cru et à l'avocat dans la sauce soja et le mit dans sa bouche. Elle le mâcha sans conviction. Fronça les sourcils. Hocha la tête.

– Pas si mauvais que ça.

– Je te l'avais dit. On ne peut pas comparer les sushis de supermarché avec ceux d'un restaurant de sushis, mais c'est vraiment délicieux pour quatre-vingt-dix-neuf centimes.

– Oui, tu peux le manger, mais tu n'as pas besoin de me l'apporter à nouveau.

Elle n'en avait pas l'intention après avoir tant froncé les sourcils. La prochaine fois qu'elle aurait envie de sushis, elle demanderait simplement à Tommy d'aller en manger, ou peut-être qu'Aaron l'accompagnerait à Omaha. S'il était encore là.

– Tu as parlé de lui à Helena ? demanda sa mère, comme si elle pouvait voir exactement à qui elle pensait.

– De qui ?

– Eh bien, ne fais pas l'idiote. D'Aaron, bien sûr.

– Oui, je l'ai fait.

– Et alors, qu'est-ce qu'elle en pense ?

– Elle est contente quand je suis heureuse, maman. Comme toi, non ?

– Mais bien sûr. Je me demande juste s'il est vraiment l'homme de ta vie, Lexi.

– Mais je ne cherche pas le bon. Je veux juste sortir à nouveau. Après tout, j'y ai renoncé assez longtemps.

– Personne ne t'a forcée à le faire, chérie, ni ne s'attendait à ce que tu restes seule pour toujours.

Sa mère la regarda tendrement.

– Je n'étais simplement pas encore prête, maman.

– Mais maintenant tu l'es ?

Elle hocha la tête avec détermination, espérant de tout cœur que Keith lui pardonne.

– Oui.

– Très bien. Et puisque tu es invitée chez son père ce soir, je trouverais juste que tu amènes Aaron chez nous de temps en temps.

Lexi gémit intérieurement.

– Pour quoi faire ?

– Eh bien, pour faire sa connaissance.

– Tu le connais déjà. Ce n'est pas un étranger, maman.

– Oui, mais qu'est-ce que je connais de lui ? Juste les vagues détails que tu racontes de temps en temps.

– Oui, et c'est justement pour cela que je ne l'amènerai pas à la maison. Parce que papa et toi, vous le presseriez comme une orange.

– Nous ne ferions jamais ça !

– Oh si, et tu le sais bien.

– Et si je te promets que nous nous retiendrons ?

Lexi laissa alors échapper un grand soupir.

– D'accord, d'accord, je lui demanderai. Mais je ne peux rien promettre.

– Très bien.

Sa mère sourit, satisfaite, puis se saisit d'un nigiri au thon.

Quelques heures plus tard, Lexi était assise à côté d'Aaron dans la voiture et fixait la gigantesque maison qu'elle n'avait vue qu'une seule fois. La propriété était clôturée par de hautes haies et, bien qu'il n'y ait pas de portail en fer ou autre, personne n'osait entrer, car la rumeur avait toujours couru que Vincent Highmore avait des chiens d'attaque entraînés à faire fuir les visiteurs indésirables. Une fois, elle devait avoir environ onze ans, car c'était peu après le départ d'Aaron, Lexi s'était aventurée dans la propriété. C'était une épreuve de courage à laquelle Trish l'avait défiée. C'est avec la peur au ventre et les jambes tremblantes qu'elle avait gravi le long chemin jusqu'à la maison. Elle était restée là, debout, à la contempler, en se demandant si Aaron regretterait d'habiter dans un si beau palais.

Maintenant, elle se sentait exactement comme à l'époque.

– Tout va bien ?

Aaron gara la voiture et la regarda d'un air interrogateur.

Elle hocha la tête et baissa les yeux. Elle avait opté pour une tenue simple : une jupe noire qui arrivait juste au-dessus du genou, avec un chemisier lavande, un blazer noir et des escarpins noirs.

– Oui, c'est juste que je ne sais pas si je suis habillée convenablement. Ni comment je dois me comporter. Mais sinon, tout va bien.

Elle eut un sourire en coin.

Aaron ne put s'empêcher de rire.

– Sois juste toi-même, d'accord ?

Il ouvrit la portière du conducteur, sortit et fit le tour de la voiture pour lui ouvrir la porte.

Les genoux chancelants, elle s'avança sur l'allée de gravier, saisit la main d'Aaron qu'il lui tendait et passa avec lui devant la fontaine en forme de deux saumons entrelacés et monta les cinq marches menant à la porte. Un dragon béat les regardait fixement.

Lexi aurait voulu s'enfuir, mais elle voulait être courageuse, par égard pour Aaron.

Un majordome leur ouvrit, et il n'était pas du tout aussi sévère et inexpressif que les majordomes que l'on voyait dans les films. Bien au contraire : il leur adressa un sourire radieux, prit leurs vestes et les conduisit dans le salon où le grand Vincent Highmore les attendait déjà.

– Aaron, dit-il en venant à leur rencontre.

Lui aussi avait un sourire sur le visage, même s'il était plutôt réservé.

– Comment vas-tu ?

– Bien, papa, merci. Et toi ?

Lexi s'étonnait, car Aaron lui avait pourtant dit qu'il n'avait jamais appelé son père ainsi. La discussion semblait avoir fait son effet.

– Très bien. Tu veux me présenter ta compagne ?

– Oui, bien sûr. Voici Alexis Dawson, tout le monde l'appelle Lexi.

– Vincent Highmore, enchanté, dit le père d'Aaron en lui serrant la main.

– Enchantée, monsieur Highmore. Merci pour l'invitation, répondit Lexi en espérant que c'était assez formel.

– Asseyons-nous jusqu'à ce que le dîner soit prêt, proposa Vincent en désignant le coin des canapés en cuir qui, d'une certaine manière, semblaient avoir déjà cent ans.

Ils s'assirent et un silence gêné s'installa.

– Aaron m'a dit que vous vous connaissiez depuis l'école ? dit Vincent en brisant le silence.

Lexi hocha la tête, un peu intimidée par cet homme qui possédait la moitié de la ville, dont tout le monde disait du mal et que tout le monde craignait. Un homme avec lequel elle n'avait jamais échangé un mot et qu'elle avait elle-même détesté jusqu'à présent parce qu'il avait privé son père de son travail.

– Oui, c'est ça. J'étais alors deux ans en dessous d'Aaron.

– Comme c'est agréable de vous retrouver tous les deux maintenant.

– Oui, je trouve aussi.

Lexi serra la main d'Aaron.

Vincent Highmore sourit.

– Vous voulez peut-être regarder des albums photos ? Des photos d'Aaron quand il était enfant ?

– Non, papa, ce n'est vraiment pas nécessaire, répondit Aaron avant qu'elle ne puisse répondre.

– Oh, pourquoi pas ?

Vincent se leva et sortit de la pièce, puis ils l'entendirent monter les marches de l'escalier.

– Comment je me débrouille ? demanda nerveusement Lexi.

Aaron lui adressa un sourire.

– Très bien. Je crois qu'il t'aime bien. Parce que je ne me souviens pas qu'il ait déjà montré des photos de moi bébé à qui que ce soit.

– Il ne me connaît que depuis cinq minutes.

– Vincent Highmore a toujours été prompt à se faire une idée des gens, et la plupart n'ont pas passé son inspection.

– Eh bien, je suis contente qu'il ne m'ait pas mise à la porte tout de suite.

Lexi tira sur sa jupe.

– Au fait, tu es très belle ce soir, dit Aaron.

– Oh, merci. J'ai plutôt l'impression d'assister à un entretien d'embauche.

– Essaie de rester décontractée. Il ne va pas te mordre.

– Eh bien, si tu le dis.

Et voilà qu'ils l'entendent à nouveau descendre les escaliers. Lorsque Vincent entra dans le salon, il avait une pile d'albums photos. Il s'assit face à eux sur la table basse en verre et ouvrit le premier. Lexi put alors contempler Aaron au bras de sa mère, barbotant dans la piscine, faisant des câlins à un chien de berger, dans un bateau à rames et avec un trophée du concours de reliure de livres.

Aaron, qui regardait les photos, semblait touché. Il était très calme, presque respectueux. De temps en temps, il lui jetait un regard et Lexi lui adressait un sourire.

Les albums semblaient avoir été feuilletés de nombreuses fois, et Lexi se demandait si Vincent s'était senti seul ces dernières années. Il semblait vraiment heureux de retrouver Aaron et soudain, il ne lui paraissait plus si intimidant.

Les regards qu'il lançait de temps en temps à son fils lui faisaient presque oublier qu'elle avait été en colère contre lui. Oui, elle décida de lui pardonner. Car la vie était trop courte pour garder de la rancune. La vie était trop courte pour la remplir de quelque chose de négatif.

La soirée s'était vraiment bien passée. Après les albums, Aaron demanda à son père de faire visiter la villa à Lexi et il lui montra son ancienne chambre avec une étagère remplie de trophées. Puis il l'emmena à la cuisine et ils saluèrent Vera qui préparait le repas. Bien sûr, Lexi connaissait un peu la gouvernante, elle l'avait souvent vue faire ses courses au supermarché ou prendre un café avec Delores, mais ce n'est que maintenant qu'elle réalisa l'importance de cette femme pour Aaron. Ils étaient très proches l'un de l'autre, Vera semblait jouer un rôle particulier dans la vie d'Aaron. Lexi se promit de lui poser la question plus tard, mais pour l'instant, Vera la poussa hors de la cuisine, car le repas allait être servi, et Aaron la raccompagna au salon. Cinq plats furent servis pour le dîner, et Lexi mangea pour la première fois de sa vie des choses comme du ris de veau, des cailles et du fromage au lait d'élan. Cependant, à chaque bouchée, elle décidait qu'elle préférait s'en tenir à la soupe de maïs, aux frites au fromage chili ou aux sushis de supermarché. Et elle se demandait comment Aaron faisait pour avaler tout cela, puisqu'il n'était pas du tout du genre à manger de la viande, comme il l'avait dit lui-même. Il le faisait probablement pour son père, qui s'était vraiment efforcé de faire de cette soirée une réussite, de faire quelque chose de spécial.

En partant, Vincent annonça qu'il avait une réunion avec les avocats de la famille le lendemain et il demanda à son fils d'y participer.

– Est-ce que ça va ? demanda Aaron à Lexi, car ils avaient prévu une excursion demain mardi.

Elle avait pris un jour de congé exprès.

– Oui, bien sûr, pas de problème.

– La réunion se terminera vers midi, promit Vincent, ce qui leur laisserait au moins l'après-midi. J'ai été ravi de faire votre connaissance, dit-il ensuite à Lexi en la saluant à la porte d'entrée.

– Je vous remercie encore une fois pour votre invitation. J'ai passé une soirée inoubliable.

Lorsqu'ils furent de nouveau dans la voiture, Lexi soupira de soulagement.

– Quel dîner ! Je n'ai jamais rien vu de tel, et j'ai encore l'arrière-goût de ce fromage bleu d'élan dans la bouche.

– Au fait, il coûte cinq cents dollars le kilo.

Elle ouvrit de grands yeux.

– Quoi ? Tu te moques de moi !

– Non, vraiment. Mon père le fait importer spécialement de Suède depuis des années. Il est vraiment spécial.

– Oh là là, et je ne l'ai pas du tout apprécié.

– Ne t'inquiète pas, je pense que tu as fait une assez bonne impression, il se pourrait donc bien que tu en profites à nouveau.

Lexi fit une grimace.

– Mais soyons honnêtes. C'était mieux que ce à quoi je m'attendais. Et pas si effrayant que ça.

– Oui, c'est comme ça que je le vois. Je t'ai dit qu'il était transformé.

Lexi espérait seulement que cela durerait.

– Ah, au fait, puisque nous nous débrouillons si bien avec les dîners chez les parents… ma mère me demande quand tu viendras chez nous.

Aaron la regarda alors avec un peu d'anxiété et elle ne put s'empêcher de rire. *Oui, Aaron*, pensa-t-elle, *après cette soirée, il n'y a pas d'autre solution.*

Chapitre 41

– Merde, j'ai vraiment hérité d'un tas de champs de maïs ! dit Aaron, encore stupéfait, en arrivant chez Lexi à midi.

– Ouah !

C'est apparemment tout ce qu'elle avait pu répondre sur le moment. Puis elle se reprit et demanda :

– Raconte-moi, comment ça s'est passé ?

Il prit une grande inspiration, s'assit à la table de la cuisine et but quelques gorgées de l'eau que Lexi lui avait offerte.

– Je suis arrivé et tout le monde était déjà là, avec son air super sévère, raconta-t-il. Je n'avais aucune idée de ce qui m'attendait, j'avais bien sûr pensé que cela pourrait concerner l'héritage de mon grand-père, mais je n'en attendais absolument rien. Bon sang, le vieux ne m'aimait pas ! Je pensais qu'il ne me laisserait rien d'autre que quelques mots méchants !

C'est ce qu'il avait vraiment cru. Au lieu de cela, l'avocat de son père avait fait un signe au notaire, qui avait sorti le testament et l'avait lu. Son père avait bien entendu hérité de la majeure partie, mais Aaron avait également été gratifié, et plus que généreusement.

– Je ne veux pas t'ennuyer avec les détails, dit-il maintenant. Mais au final, cela revient à dire que j'ai hérité de près de mille hectares de champs de maïs et de la maison de mon grand-père.

Lexi, qui était restée debout jusqu'à présent, s'assit à son tour. Elle était encore très belle aujourd'hui, selon Aaron. Elle portait un jean et un sweat à capuche rose pâle, une tenue tout à fait ordinaire, mais elle était à croquer dans n'importe quelle tenue. Elle avait attaché ses cheveux en un chignon peu soigné et ses lèvres étaient recouvertes d'un gloss rose brillant.

– Tu as hérité d'une maison à Lac Paradis ? demanda-t-elle, stupéfaite.

– Oui. Elle n'est pas aussi grande que celle de mon père, mais elle a tout de même huit pièces et une piscine.

– Je connais cette maison, il s'agit bien de celle qui se trouve au bout de l'avenue Paradis, après la descente vers le Verger Paradis, non ?

Il hocha la tête. Oui, c'était bien de cette maison qu'il s'agissait. On pouvait même la voir depuis la rue, car elle n'était ni clôturée, ni entourée de hautes haies, ni dotée d'une longue allée de parc comme la propriété de son père. Son grand-père avait été plutôt du genre terre à terre, si tant est que l'on puisse utiliser ce mot pour une villa de trois millions.

– Je n'arrive toujours pas à croire à tout ça.

Il finit son verre et secoua la tête.

– Tu préfères renoncer à la sortie d'aujourd'hui ? demanda Lexi. On n'est pas obligés de faire quelque chose si tu as d'autres choses à faire maintenant.

– Non, non, tu as pris un congé spécial, il faut en profiter. Nous devons absolument en profiter. Allons-nous-en, ça me changera peut-être les idées.

Il se leva et regarda autour de lui, encore un peu confus.

– Tout va bien ? Tu vas bien ?

Lexi s'approcha de lui et passa ses bras autour de sa taille.

– Oui, ça va. Je suis juste complètement surpris. Il faut que je digère ça.

Il inspira et expira encore quelques fois, puis il fut prêt pour le trip dans lequel Lexi voulait l'emmener. Elle avait l'intention de lui montrer quelques-uns de ses endroits préférés et Aaron était impatient de savoir où elle allait l'emmener.

Comme Lexi n'avait pas de voiture, ils avaient repris sa voiture de location et elle lui avait donné des instructions sur l'endroit où ils devaient se rendre. Au bout d'une demi-heure, ils arrivèrent à un lac encore plus grand que le lac Paradis. Il était entouré de saules pleureurs, oui, Aaron n'avait jamais vu autant de saules pleureurs ! Ils donnaient au lac un aspect mystique, et on se sentait plus en Caroline du Sud ou en Géorgie qu'au Nebraska.

– C'est incroyable ici ! dit-il alors qu'ils se promenaient sur un chemin au bord de l'eau, beaucoup moins bien entretenu que celui qui entoure le lac Paradis.

Tout était en quelque sorte laissé à l'abandon, mais c'est ce qui faisait le charme de l'endroit.

– Oui ? Je suis contente que ça te plaise, répondit Lexi en se blottissant contre lui.

Elle le faisait souvent et il en profitait pleinement.

Le temps passé avec elle était merveilleux, chaque instant, et il détestait l'idée de devoir bientôt la quitter. Mais Simon ne cessait de l'agacer, et il savait qu'il devrait retourner à New York un jour ou l'autre. Il ne pouvait pas rester éternellement dans le Nebraska.

Intérieurement, il secoua une fois de plus la tête à ces réflexions. Il y a un mois encore, il aurait traité de fou quiconque lui aurait dit qu'il préférerait un jour à Lac Paradis plutôt que New York. Mais à l'époque, il ne connaissait pas encore Lexi, du moins, pas la Lexi adulte – et comment quelqu'un pouvait-il lui résister ?

– J'ai parlé à ma mère, elle a proposé demain soir pour le dîner. Est-ce que ça te conviendrait ?

Il n'était pas si enthousiaste à l'idée de passer la soirée chez les parents de Lexi. Sa mère lui avait déjà paru si curieuse l'autre jour. Mais Lexi était aussi venue dîner chez son père, il devait donc être juste et faire comme elle.

– Oui, bien sûr, dit-il. Demain, ça ira.

Au moins, il en aurait fini avec ça.

– Super, je préviendrai ma mère tout à l'heure. Elle sera contente. Je l'ai déjà prévenue de ne pas trop te mettre la pression, parce qu'elle aime bien ça.

– J'imagine.

Il fit une grimace, et Lexi éclata de rire.

– Ne t'inquiète pas, elle m'a promis de se retenir.

– Bon, d'accord. Et comment est ton père, au fait ?

– Il est plutôt du genre calme. Avec ma mère, il n'a pas souvent la parole non plus.

Elle rit à nouveau – il adorait son rire.

– C'est un gars modeste, il aime pêcher, jouer aux cartes… ce genre de choses. Tu n'as pas à t'inquiéter de lui.

– Ça a l'air bien.

En effet, cela le rassurait déjà un peu.

Ils continuèrent à se promener. À un moment donné, Lexi demanda :

– Dis-moi, quelle est ta couleur préférée ?

– Hmmm… bonne question. Je dirais effectivement le noir, du moins en ce qui concerne les vêtements. Pour le reste, c'est le vert. La décoration de mon appartement est plutôt dans les tons verts.

– Oh, j'aimerais bien voir ton appartement.

– Quand je serai de retour à New York, je t'enverrai quelques photos.

Au moment même où il les avait prononcées, il regrettait déjà ses paroles. Et aussitôt, l'ambiance se transforma de joyeuse à pesante.

– Je n'aime pas l'idée que tu doives rentrer, dit Lexi.

– Moi non plus.

– Alors, reste ici ! Tu as maintenant une maison à Lac Paradis ! Alors, si ce n'est pas le destin…

Elle le regarda avec espoir.

Il baissa les yeux.

– Ce n'est pas possible, Lexi. J'ai un travail à New York, des obligations. Je travaille sur plusieurs projets qui doivent être achevés.

– Et après ? Tu ne pourrais pas revenir après ?

– Je le ferai certainement. Je vais venir plus souvent maintenant, ne serait-ce que parce que je veux continuer à construire la relation avec mon père et parce que je dois m'occuper de mon héritage.

Il s'arrêta et posa un doigt sous le menton de Lexi.

– Et à cause de toi, bien sûr.

Elle avait l'air triste.

– J'aimerais que tu puisses emménager ici.

Il pencha la tête, souhaitant à son tour qu'elle comprenne que cela ne fonctionnait pas aussi facilement qu'elle l'imaginait.

– Nous allons trouver une solution, je te le promets.

Il l'embrassa en espérant que c'était vrai. Qu'ils trouveraient un moyen de rester ensemble. Car il ne voulait pas l'abandonner, elle était déjà bien trop importante pour lui.

Ils passèrent le reste de la journée ensemble, et Aaron essaya de se concentrer entièrement sur Lexi. Mais ses pensées revenaient sans cesse au matin, à la rencontre avec les avocats et à la lecture du testament. Il avait hérité d'un putain de champ de maïs, à l'exclusion de tout autre. Et il n'avait absolument aucune idée de ce qu'il allait en faire.

Plus tard, Lexi l'emmena vers Omaha, où ils sont allés manger dans un restaurant de sushis que Lexi connaissait déjà. Les sushis étaient corrects, mais loin d'être aussi bons que ceux du *Sushi of Gari 46* à New York, mais il n'allait évidemment pas le dire à Lexi, tellement elle était heureuse de lui faire goûter son plat préféré. Et c'était bien meilleur que les sushis du supermarché de Lac Paradis.

Alors qu'il mangeait des makis, des onigiris, des edamames et des gyozas, Aaron se souvint que le jeune frère de Lexi,

Tommy, habitait ici à Omaha et que c'était grâce à lui qu'elle avait fait la connaissance du restaurant. Et il se demanda pourquoi Lexi ne l'avait pas mentionné ou proposé de l'inviter à dîner.

Elle voulait simplement passer du temps seule avec lui, ou alors elle ne voulait pas le présenter à son frère. Parce qu'il n'y avait rien de solide entre eux ou parce qu'il était un mauvais garçon. Non, c'était complètement absurde ! Après tout, elle avait prévu de l'emmener chez ses parents le lendemain. Aaron en avait déjà peur, il aurait préféré se défiler d'une manière ou d'une autre, prétextant le travail ou une indigestion…

Aaaah, qu'est-ce qui lui arrivait ? Pourquoi était-il si perturbé ? Pourquoi se faisait-il des centaines de milliers de réflexions inutiles, alors qu'il était toujours si cool ? L'amour entraînait-il tout cela ?

Et était-ce vraiment de l'amour ?

Il resta silencieux jusqu'à la fin du repas, ne mentionnant ni Tommy ni la soirée de demain. Et il essayait désespérément de ne pas trop penser aux champs de maïs. Mais Lexi semblait sentir que quelque chose n'allait pas.

– Tout va bien, Aaron ?

Il la regarda, mais évita son regard direct.

– Je vais bien. C'est juste un peu trop.

– Oui, je peux comprendre. On rentre à la maison maintenant ?

Il hocha la tête.

– Oui, je crois que c'est mieux. Installons-nous confortablement chez toi. Ou tu veux venir à l'hôtel ?

– Chez moi, il y a du thé, des biscuits faits maison et ma collection de DVD avec plus de trois cents films, est-ce que je t'en ai déjà parlé ?

Oh oui, un film serait exactement ce qu'il faudrait maintenant. Tout simplement pour se déconnecter et ne plus parler ni réfléchir.

– Ça a l'air parfait, dit-il, et ils se mirent en route.

Sur le chemin du retour vers Lac Paradis, ils passèrent devant plusieurs champs de maïs baignés par la lumière du soleil couchant. En les voyant, Aaron se mit à réfléchir et prit une décision.

Lorsqu'ils arrivèrent chez Lexi et qu'elle s'éclipsa brièvement pour appeler sa mère et l'informer qu'ils viendraient dîner demain, Aaron prit son smartphone.

Il composa un numéro de téléphone fixe, car Hunter était probablement la seule personne qu'il connaissait qui ne possédait pas encore de téléphone portable.

– Allô ?

– Hunter ? Bonjour, c'est Aaron.

– Aaron, mon pote, que puis-je faire pour toi ?

– J'aurais une requête, commença-t-il.

– Eh bien, vas-y !

Chapitre 42

Ce mercredi-là, comme tous les matins, les trois commères étaient assises au Café Paradis à huit heures. Mais aujourd'hui, il y avait quelque chose de différent. En effet, elles ne parlaient pas d'ongles joliment faits, d'une quelconque offre au supermarché, de la nécessité de trouver d'urgence un partenaire à Nolan ou des habituels potins de la petite ville. Depuis le retour d'Aaron Highmore, il y avait déjà beaucoup plus à dire que d'habitude. Mais ce qui se répandait aujourd'hui à la vitesse de l'éclair était plus passionnant que tout ce qui avait précédé.

– Le vieux Highmore lui a laissé tous ses champs, rapporta Delores.

– Vraiment tous ? demanda Sadie.

– C'est ce que j'ai entendu dire.

– Et ce n'est pas tout ! rétorqua Murielle. On dit aussi qu'il lui a légué sa maison et son terrain.

Sadie ouvrit de grands yeux.

– Cela veut-il dire qu'Aaron va déménager à Lac Paradis ?

– On peut le supposer, dit Delores.

– Non, certainement pas, affirma Murielle. Aaron déteste le maïs. Je ne l'imagine pas en cultivateur de maïs.

– Jusqu'à présent, il a peut-être détesté le maïs, dit Sadie, et ils le savaient de source sûre, c'est-à-dire de Mathilda elle-même. Mais à l'époque, il n'en possédait pas non plus d'innombrables hectares.

– Je n'arrive pas encore à y croire, dit Delores.

– De quoi s'agit-il, mes chères ? demanda Nolan, qui avait saisi quelques mots au passage.

– De l'héritage d'Alfred Highmore. Aaron a hérité de la maison de son grand-père et de plusieurs champs de maïs, le mit au courant Delores.

– Oui ? Eh bien, c'est bien pour lui. Peut-être qu'il restera ici après tout. Lexi serait ravie.

– Oh, je le pense aussi. Ils semblent déjà faire des projets d'avenir, dit Sadie.

– Oh, vraiment ?

Nolan était tout ouïe.

– Qu'est-ce qui te fait dire ça ?

– Lundi, Lexi était avec nous chez les Highmore, raconta rapidement Murielle avant que Sadie ne le fasse. Aaron l'a présentée à son père et ils ont dîné ensemble. Et ce soir, il est invité chez les Dawson.

– *Wow !* Vous pensez que ça devient déjà sérieux entre eux ? Ils se connaissent à peine depuis quelques semaines.

– Eh bien, cela n'a pas empêché d'autres hommes de demander leur bien-aimée en mariage, lui rappela Delores avec un sourire sur le visage, car tout le monde savait que son George lui avait demandé sa main après seulement quatre semaines.

– Et puis, ils se connaissent depuis bien plus longtemps, dit Murielle. Ils sont allés ensemble à l'école à l'époque. Et puis il y a eu un incident avec une boîte à pain.

– Avec une boîte à pain ?

Nolan fronça les sourcils.

– Oui, c'était vraiment mignon. Donna m'en a parlé l'autre jour. Quand Lexi avait environ dix ans, Donna lui a acheté une nouvelle boîte à pain, une rose avec une licorne dessus. Bref, à la récréation, un voyou l'a prise à Lexi. Et maintenant, devine qui la lui a rapportée en super-héros ?

– Aaron Coolman, dont le superpouvoir est de rester cool en toutes circonstances ? demanda Nolan en souriant.

– Exactement, mon cher.

– C'est vraiment mignon, dit-il lui aussi.

Mais soudain, il ne s'agissait plus d'Aaron et de Lexi, mais d'un Gene Keller en colère qui courait comme un fou sur la place en criant.

Immédiatement, tout le monde se rapprocha un peu plus de la fenêtre pour regarder ce qui se passait.

– Qu'est-ce qui se passe ? demanda Delores, inquiète.

– Peut-être qu'il s'est encore disputé avec Savannah ? supposa Sadie, qui s'est aussitôt inquiétée pour sa nièce.

Pendant ce temps, Gene, visiblement ivre, se dirigeait en titubant vers Buddy, qui se tenait près du musée du Maïs et distribuait son poème du jour. Buddy avait pris peur et s'était enfui devant Gene, et Nolan, qui semblait vouloir jouer les héros, quitta le café comme un éclair.

Jamie et Rupert étaient arrivés en même temps que Nolan. Ils avaient tous essayé de toutes leurs forces d'éloigner Gene de Buddy. Rupert finalement réussit à éloigner Gene en lui parlant doucement et en le poussant en direction la Place Paradis, où se trouvait sa maison.

– Bon sang, qu'est-ce *qui lui* prend ?

Sadie était sous le choc et tous trois attendaient avec impatience le retour de Nolan au café, dans l'espoir qu'il sache quelque chose.

Nolan entra, brandit un des papiers jaunes de Buddy et dit :

– Le poème de Buddy ! Gene l'a pris à son compte et a voulu lui sauter à la gorge.

– Mais qu'est-ce qu'il y a dans le poème de Buddy ? demanda Delores, car elle n'avait pas encore mis la main sur celui d'aujourd'hui, pas plus que Delores ou Murielle.

Nolan le posa sur la table et elles le lurent.

Hier encore, tout allait bien, il avait encore tout son courage, sa fierté et son honneur.
Mais aujourd'hui, il n'y a plus que le vide
La perte fait mal
Ojemine
Son gros orteil est coincé dans la neige.

Froncement de sourcils sur tous les visages.

– Je ne comprends pas un mot, dit Murielle.

Delores aussi était vraiment dépassée par les événements.

– Qu'est-ce que ce poème est censé nous dire ? Il n'a pas neigé depuis février.

Nolan les aida à continuer.

– Le poème parle du père de Buddy. Aujourd'hui, cela fait exactement trente ans que celui-ci a quitté sa famille,

Buddy vient de me l'apprendre. Mais Gene était fermement convaincu qu'il s'agissait de lui. Il a apparemment perdu son travail à la fabrique.

Gene travaillait depuis plus de dix ans dans l'usine de maïs, qui fabriquait entre autres des tortillas et des chips nachos, et appartenait bien sûr aussi à Vincent Highmore.

– Oh non ! Pauvre Gene ! s'exclama Delores.

– Pauvre Savannah, pensa Sadie.

– Maintenant, ils vont probablement se disputer encore plus, surtout s'il n'a plus rien à faire et qu'il est à la maison toute la journée, réfléchit Murielle.

– Eh bien, dit Nolan. On dirait que Vincent Highmore ne s'est pas soudainement transformé en bienfaiteur, hein ?

Delores venait de penser la même chose. Elle avait pourtant vraiment supposé que Vincent Highmore était en train de changer. Vera lui avait dit tant de choses positives. Mais s'il continuait à virer les gens comme il l'avait déjà fait à plusieurs reprises, ce n'était probablement pas le cas.

– Je me souviens ! s'exclama soudain Sadie.

– De quoi ? demanda Murielle.

– Eh bien, comment il s'est retrouvé coincé dans la neige, Buddy senior. C'était par une journée glaciale de janvier 1992, l'année de sa disparition. Il s'était coincé le pied entre l'un des supports à vélos. Ils ont dû faire appel aux pompiers pour le sortir de là, et son gros orteil était déjà rouge. L'orteil était déjà bleu quand ils l'ont emmené à l'hôpital.

Nolan ne pouvait qu'avoir l'air perplexe une fois de plus. Les poèmes de Buddy étaient toujours très profonds, même si c'était de la manière la plus bizarre.

Chapitre 43

– Mille hectares, c'est beaucoup, dit Hunter après qu'Aaron lui eut parlé de son héritage.

Il acquiesça et prit une gorgée de jus d'orange fraîchement pressé.

– Tu peux le dire.

– Je ne possède que soixante hectares, et c'est déjà un travail de cochon, je te le dis.

– J'imagine. C'est aussi pour cela que je ne veux absolument pas garder les champs.

– Alors qu'est-ce que tu vas en faire ?

Hunter sépara un morceau de son œuf au plat avec sa fourchette et l'enfourna dans sa bouche.

– C'est pour ça que je voulais te rencontrer. Parce que j'aimerais bien savoir quelles sont les possibilités. Je veux dire, à qui, à part mon père, pourrais-je vendre ?... Hunter ?

Il suivit le regard de Hunter qui, malheureusement, ne semblait plus vraiment l'écouter, car il était à nouveau uniquement focalisé sur Sydney. Elle était en effet serveuse le matin au *Paradis de Jamie*, raison pour laquelle Hunter avait naturellement proposé cet endroit pour le petit déjeuner. Elle s'était également occupée de sa table et Hunter était resté relativement calme pendant la commande, mais quand Sydney lui avait présenté son assiette de pancakes, il s'était dit qu'il n'y avait rien à faire. Il était devenu nerveux sans fin.

– Quoi ? demanda Hunter d'un air absent.

– Je voulais savoir si tu pensais à quelqu'un qui m'achèterait mes champs de maïs.

– Ah bon… je, euh… non, je ne pense pas. Sauf si tu demandes à ton père.

Aaron leva les yeux au ciel.

– Bon sang, Hunter, ça ne peut plus durer. Pourquoi ne lui demandes-tu pas de sortir avec toi ?

– Qui ? Sydney ? murmura-t-il, les yeux grands ouverts, comme si l'idée était complètement farfelue.

– Oui, Sydney.

– Elle ne voudra certainement pas.

– Pourquoi pas ?

Après tout, ce n'est pas une Lindsay, pensa Aaron, même s'il savait que c'était méchant. Mais Sydney était le vilain petit canard à côté de sa sœur sexy.

– Pourquoi je t'ai fait une telle tête, hein ? Tu n'es plus le mec banal, tu es vraiment beau maintenant. Et Sydney semble le trouver aussi, ça se voyait quand elle était à notre table tout à l'heure.

– Vraiment ?

Aaron hocha la tête.

– Bien sûr.

Ce n'était pas tout à fait vrai, mais cette situation n'était vraiment plus tenable. Hunter se vendait si peu ! C'était un type vraiment bien, même s'il n'était peut-être pas un homme de main ni le plus brillant, mais Sydney pourrait être contente de l'avoir. Enfin, si elle le voulait.

Aaron lui fit signe de venir et commanda un autre demi-pamplemousse et donna un coup de coude à Hunter sous la table avant qu'elle ne reparte.

Hunter s'éclaircit la gorge.

– Euh, Sydney ?

– Oui, Hunter ?

Elle lui sourit. Un beau sourire, selon Aaron. Oui, ils iraient très bien ensemble.

– J'ai une autre question, dit Hunter.

– Comment puis-je t'aider ? Tu veux aussi un demi-pamplemousse ?

– Non, je… euh… je voulais juste savoir d'où venaient vos œufs. D'une ferme de la région ?

Aaron gémit intérieurement.

– Oh oui, de la ferme Anderson. Ce sont des œufs frais et bio.

– Ah, très bien, merci.

– Tu as d'autres questions ?

Sydney continua de sourire à Hunter, l'air presque impatient. Comme si elle espérait qu'il sorte enfin de sa coquille.

Aaron donna un tel coup de pied dans la jambe de Hunter que celui-ci sursauta et serra les dents pour se retenir de crier.

– Ça va ? demanda Sydney en fronçant les sourcils.

– Oui, je...

Hunter ne regardait pas Sydney, mais lui, et Aaron lui fit un signe de tête confiant. De plus, il se promit que si son ami ne prenait pas enfin son courage à deux mains, il interviendrait.

Mais Hunter finit par s'en sortir seul.

– Sydney...

Il la regarda enfin en face.

– Je me demandais si tu voulais aller au drive-in avec moi un jour ?

– Au drive-in ? Oh, ça me ferait plaisir.

Elle rayonnait, le sourire aux lèvres.

– Oui ? demanda Hunter, assez incrédule.

– Oui, j'aimerais beaucoup. Ce soir même ? Vous montrez *Ver s'avance vers Mary.*

– Super ! Je viens te chercher à sept heures ?

Sydney hocha la tête, ravie, et s'éloigna en dansant avec son plateau.

– Enfin ! s'exclama Aaron.

Hunter lui adressa un sourire.

– Elle a dit oui.

– Eh bien, qu'est-ce que je t'avais dit ? Celui qui n'essaie pas ne le saura jamais.

– Tu avais raison, mon vieux.

– Tu as bien fait, Hunter, le félicita-t-il. Vraiment bien.

– Merci.

– Alors, on peut revenir à mon problème ?

– Quel problème ?

– Eh bien, les champs de maïs.

– Aaaah. Je vais me renseigner. Peut-être que l'un ou l'autre fermier sera intéressé pour t'acheter quelque chose. Mais personne ne te prendra tout, c'est sûr.

– Ce n'est pas grave. Même si je devais partager les mille hectares entre mille fermiers, l'essentiel est que j'en sois débarrassé.

Hunter le regarda.

– Pourquoi détestes-tu autant le maïs ?

– Parce que j'ai dû le contrer toute ma vie.

– Oh, c'est tout ce que Hunter sut répondre.

Puis il prit son bacon grillé et croustillant dans la main.

Aaron mangea son pamplemousse.

Après le petit déjeuner, Aaron s'était rendu un peu plus loin dans la campagne, s'était arrêté quelque part au milieu de nulle part et s'était promené le long des champs dont il avait hérité. Il ne savait pas si ces champs appartenaient vraiment à son grand-père ou plutôt à son père, mais cela ne faisait guère de différence.

Du maïs partout où il regardait. Oui, il savait maintenant que les céréales n'étaient pas une mauvaise chose en soi. Jonah lui avait expliqué l'autre jour, après en avoir encore une fois parlé de manière désobligeante, que le maïs ne nourrissait pas seulement les gens de la communauté, mais qu'il était aussi très important pour les abeilles mellifères. Le pollen de maïs était en effet une source de nourriture importante pour cette espèce menacée d'extinction. Cela lui avait donné un peu à réfléchir. Pourtant, Aaron n'arrivait tout simplement pas à sortir de son ombre, même maintenant, après que le maïs l'eut absurdement rendu riche.

Mais puisque tout était déjà si fou, il décida de faire quelque chose d'encore plus fou. Il traversa le maïs haut, s'enfonça dans le champ, dans les étendues infinies de cette céréale qui constituait une si grande partie de sa vie. Qu'il le veuille ou non. Il ne pouvait pas y échapper, Aaron en était désormais conscient. Et c'est pourquoi il devait accepter son destin.

Il ne voulait pas dire par là qu'il voulait tout d'un coup devenir agriculteur de maïs comme Hunter, ni que sa vie devait être centrée sur le travail.

Il ne voulait pas que sa vie tourne désormais uniquement autour du maïs, comme celle de son père. Car il n'avait certainement pas l'intention de construire une usine et de fabriquer des nachos. Mais il pouvait subvenir à ses besoins pour un bon moment, peut-être pour le reste de sa vie. S'il vendait les champs – et peut-être aussi la maison –, il aurait gagné un bon paquet d'argent et n'aurait plus à se soucier de l'aspect financier. Il pourrait acheter l'appartement qu'il louait. Ou il pourrait construire sa propre maison de ville à New York, comme celle que les Hemingway lui avaient fait construire. Oui, il pourrait alors y vivre. Tout seul.

Il ne pouvait s'empêcher de penser à Lexi. Peut-être irait-elle avec lui s'il le lui demandait. Mais en étaient-ils déjà là ? Et pouvait-il même lui demander une telle chose ? D'un autre côté, elle l'avait fait ! Elle lui avait demandé de venir s'installer ici, à Lac Paradis. Mais il y avait une énorme différence, car personne ne l'attendait à New York, alors qu'elle avait de la famille ici. Des gens qu'elle aimait et dont elle ne voulait pas se passer. Rien que l'idée de l'enlever à son grand-père était nulle, et bien sûr, elle ne jouerait jamais le jeu.

Et Aaron ne s'y attendrait pas non plus.

La seule chose qui serait donc possible serait de vivre une relation à distance. Ils pourraient s'écrire, se téléphoner, se voir quand il viendrait à Lac Paradis, et peut-être qu'elle viendrait le voir à New York. Cela lui ferait vraiment plaisir.

Alors qu'il continuait à errer parmi les plants de maïs, Aaron se rendit compte qu'il s'était perdu. Il était déjà parti trop loin de la route et n'avait plus aucune idée du temps qu'il avait passé sur la route. Il fit donc demi-tour dans l'espoir de retrouver sa voiture. Ce faisant, il pensait à sa chance, ou à sa malchance, peu importe comment on la considérait.

À un moment donné, il était arrivé au bord du champ et s'était arrêté sans méditation, car il avait découvert deux chevreuils non loin de là. Il fut surpris de constater qu'ils ne le dérangeaient pas. Ils broutaient tranquillement et semblaient en parfaite harmonie. Aaron était sûr qu'il s'agissait d'un couple et il se demandait pourquoi c'était plus facile avec les animaux.

À Central Park, il avait souvent observé un couple de canards qui se promenaient ensemble depuis des années. Il les avait baptisés John et Yoko. John était vraiment gentil, et chaque fois qu'Aaron leur jetait quelques miettes de pain, il laissait sa Yoko prendre le dessus. Aaron ne put s'empêcher de sourire en pensant à eux, et à ce moment-là, New York lui manqua terriblement.

Il était peut-être temps de rentrer à la maison.

Il avait voulu venir à Lac Paradis pour prendre conscience de certaines choses, et maintenant il devait retourner à New York pour faire de même. Lorsqu'il serait de retour dans l'Upper West Side et qu'il regretterait Lexi autant qu'il regrettait New York, il saurait qu'il ne pouvait pas se passer d'elle. Mais peut-être que sa rencontre avec elle n'avait été qu'une nouvelle incursion dans son passé et qu'elle ne signifiait pas grand-chose. Peut-être imaginait-il tous ces sentiments parce que ce voyage était tout simplement très émotionnel à différents niveaux.

Il allait devoir le découvrir, et il savait que ce ne serait pas si facile.

De retour à Lac Paradis, il acheta un beignet en forme de cœur et l'apporta à Lexi dans le salon. Elle était ravie de la surprise et le serra tendrement dans ses bras. Aaron se demanda comment il allait lui dire qu'il était temps de partir.

C'est alors que le shérif entra dans le magasin. Il voulait manifestement s'assurer que tout allait bien, même si Aaron se demandait ce qui pouvait bien se passer dans un salon de toilettage. Les clients refusaient-ils de payer pour laver leurs chiens ? Ou faisaient-ils des histoires parce que les griffes de leur cochon d'Inde avaient été coupées d'un millimètre de trop ? Mais ensuite, il avait vu les regards que le shérif Wyatt lançait à la propriétaire du magasin et il avait compris pourquoi il était là. Même un aveugle pouvait voir que les deux s'appréciaient.

Alors que Wyatt et Trish flirtaient vivement ensemble et que Lexi lui parlait du maire et de son projet de train miniature, le shérif reçut soudain un appel d'urgence. Il le prit et parla dans sa radio, puis il regarda Aaron avec inquiétude.

– Il y a des problèmes chez ton père, dit-il. Tu veux venir avec moi ?

Aaron acquiesça, embrassa rapidement Lexi et courut derrière Wyatt.

Chapitre 44

Lexi était déjà assise à la table de la cuisine dans la maison de ses parents et aidait sa mère à préparer le repas. Elle avait envoyé un message à Aaron avec l'adresse et attendait de ses nouvelles pour savoir ce qui s'était passé et s'il viendrait.

– Et tu ne sais pas du tout ce qui s'est passé ? lui demanda sa mère en déposant un bouquet de persils qu'elle devait couper en petits morceaux.

Lexi secoua la tête.

– Tout s'est passé si vite. Wyatt était avec nous dans le salon quand l'appel d'urgence est arrivé. J'ai entendu des bribes de mots qui sortaient de sa radio. Apparemment, il s'est passé quelque chose chez Vincent Highmore. Mais quoi exactement, je ne peux pas le dire.

– Qu'est-ce que ça pourrait être ? Un cambriolage ou une agression ?

– N'imaginons pas tout de suite le pire. Aaron nous dira plus tard de quoi il s'agit.

– S'il vient encore.

– Oui.

Elle regarda vers le comptoir, où une tarte aux pêches était prête à être mangée en dessert. Sa mère faisait la meilleure tarte aux pêches qui soit, et Lexi espérait qu'elle n'échapperait pas à Aaron.

– Tu n'as toujours pas de nouvelles de lui ? demanda sa mère pour la énième fois.

Lexi sortit à nouveau son téléphone portable de sa poche.

– Non, malheureusement, toujours rien.

– Eh bien, il finira par nous contacter. Et s'il ne vient pas, nous reporterons simplement le dîner ensemble.

– D'accord, répondit Lexi, mais elle commençait tout de même à s'inquiéter.

À sept heures et quart, l'appel tant attendu arriva enfin.

– Lexi ? C'est moi. J'ai enfin terminé ici et je viens aussi vite que je peux, d'accord ?

– Oui, bien sûr. Que s'est-il passé, Aaron ? Est-ce que tout le monde va bien ?

– Plus ou moins. Je te raconterai tout quand je serai avec toi. À tout de suite.

Dix minutes plus tard, on sonna à la porte et Lexi se précipita dans le couloir pour ouvrir. Elle était reconnaissante à sa mère de ne pas l'avoir suivie.

– Aaron ! dit-elle en se jetant à son cou, soulagée.

S'il était encore en état de se présenter au dîner avec ses parents, les choses ne devaient pas être trop dramatiques, non ?

– Entre donc.

Elle lui prit sa veste en cuir et l'accrocha au portemanteau, qui ressemblait à la plupart des maisons de la cinquantaine, du moins ici dans le Nebraska : bois sombre, massif, rustique – en fait, comme tout l'intérieur.

– Dois-je enlever mes chaussures ? demanda Aaron.

– Oui, je te le demande. Mes parents sont très pointilleux à ce sujet. Tiens, prends les pantoufles, le sol est vraiment froid.

Elle vit Aaron fixer le carrelage marron clair tout en ayant l'air encore ailleurs.

– Aaron... tu vas bien ? demanda-t-elle.

– Oui, tout va bien. Vraiment.

Il se glissa dans les pantoufles de son père et lui adressa un sourire.

– C'était juste une autre de ces journées complètement folles.

– Mais ton père va-t-il bien ? osa-t-elle demander.

– Oui, grâce au majordome.

Elle le regarda en fronçant les sourcils.

– Gene Keller s'est introduit dans la maison et a voulu lui mettre la main dessus.

– Oh, merde ! glissa Lexi.

– Oui, il a rendu mon père responsable de son licenciement, il était furieux et voulait le frapper. Le majordome s'est interposé et a pris un sacré coup. Maintenant, il a un œil au beurre noir et le nez cassé.

– Et ton père ?

– Heureusement, il n'a rien eu.

– Eh bien, heureusement. Mais le pauvre majordome. A-t-il été transporté à l'hôpital ?

– Oui, directement.

– Et Gene ?

– Il a été arrêté. Le shérif l'a emmené avec lui.

– Oh là là ! Quel dilemme ! Je dois tout de suite appeler Savannah pour voir si je peux faire quelque chose pour elle. Mais d'abord, je vais te présenter mon père. Viens au salon avec moi.

Aaron la suivit jusqu'à son père, qui était assis dans son fauteuil préféré et remplissait des sudokus.

– Papa, je te présente Aaron Highmore ! Aaron, voici mon père, Ian Dawson.

– Je suis ravi de vous rencontrer, monsieur Dawson.

Son père rit, se leva et serra la main d'Aaron.

– Oh, pourquoi être si formel ? Appelle-moi Ian. Ici, à Lac Paradis nous nous appelons tous par nos prénoms.

– D'accord, avec plaisir. Vous avez une belle maison.

– Merci beaucoup. Je n'y ai pas beaucoup contribué. Enfin, je l'ai fait construire, mais pour le reste, c'est ma femme qui s'en est occupée. Connais-tu déjà Donna ?

– Oui, je l'ai rencontrée l'autre jour au *Festival du Maïs*. Elle m'a offert une soupe de maïs.

– Ah, sa fameuse soupe de maïs. Comment l'as-tu trouvée ?

– Délicieuse, répondit Aaron, et son père se mit à rire à nouveau, comme s'il lisait parfaitement dans ses pensées.

– C'est la voix d'Aaron que j'entends ? s'exclama sa mère, qui entra dans la pièce l'instant d'après.

Elle s'essuya les mains sur son tablier de cuisine et salua Aaron.

– Bonsoir, madame Dawson… Donna. Veuillez excuser mon retard.

– Ah, ces quelques minutes ! Ce n'est pas grave. De toute façon, je n'ai pas encore fini de manger.

– Alors je suis soulagé.

– J'ai entendu dire qu'il y avait eu un petit incident ?

– Oui, mais tout est réglé, heureusement.

– Le pauvre Harrison, dit sa mère.

Au début, Lexi n'avait rien compris à ce nom, mais elle avait fini par se dire qu'il devait s'agir du majordome.

– Maman, comment es-tu au courant ? demanda-t-elle, étonnée.

– Sadie vient d'envoyer un SMS circulaire.

Oh, mon Dieu ! Eh bien, cela devait faire une super impression que sa mère participe à ces commérages. Lexi leva les yeux vers Aaron. Mais il se contenta de sourire.

– Harrison est soigné à l'hôpital. Je suis sûr qu'il ira mieux bientôt, assura-t-il à Donna.

– Eh bien, espérons-le.

– Que s'est-il passé ? lui demanda son père, que sa mère informa volontiers :

– Gene Keller voulait prendre Vincent Highmore à la gorge, le majordome l'a arrêté et s'est pris quelques coups.

– Oh, mon Dieu ! Et Gene ?

– Le shérif l'a emmené, raconta Aaron.

– J'aimerais vraiment appeler Savannah en vitesse, si ça ne vous dérange pas, dit Lexi.

– Bien sûr, mon enfant, dit sa mère, Aaron tient compagnie à ton père.

Aaron lui fit un signe de tête affirmatif et elle se précipita dans le couloir et monta dans son ancienne chambre d'enfant, qui était maintenant l'atelier de sa mère. Là, elle composa le numéro de Savannah, qui était la meilleure amie de sa sœur et que Lexi connaissait depuis toujours.

– Savannah, je viens d'apprendre la nouvelle. Comment vas-tu ? demanda-t-elle.

– Oh, Lexi, c'est tout simplement horrible. Gene est au poste de police. Wyatt a appelé et a dit qu'il voulait le mettre en cellule pour la nuit afin de le dessoûler. Il a beaucoup trop bu, il était tellement en colère...

Oui, Lexi pouvait l'imaginer. Le pauvre type s'était fait virer comme ça. Par Vincent Highmore. Tout comme son père. Et elle avait vraiment cru, ou du moins espérait que l'homme changerait.

– Mais Vincent Highmore n'a absolument rien à voir avec son licenciement, poursuivit Savannah.

– Le contremaître l'a mis à la porte parce que Gene lui causait sans cesse des problèmes. Il arrivait en retard, était toujours malade et se battait avec... Il l'a bien mérité, il faut le dire honnêtement. J'espère que cette nuit en cellule le réveillera enfin.

Lexi savait par Helena que Savannah n'avait pas la vie facile avec Gene depuis un certain temps déjà. Il semblait si mécontent et se défoulait sur tout le monde, surtout sur Savannah. Heureusement, il n'en était pas venu aux mains jusqu'à aujourd'hui.

– Je suis vraiment désolée, dit Lexi. Si je peux faire quoi que ce soit, fais-moi signe.

– Je ne vois rien pour l'instant, mais merci.

Mais Lexi savait déjà quelque chose. Dès qu'elle raccrocha, elle appela sa sœur à Kansas City et lui raconta ce qui s'était passé.

– Tu dois venir à Lac Paradis, lui demanda-t-elle, Savannah a besoin de toi.

– Je viendrai dès que je pourrai, promit Helena.

Après lui avoir dit au revoir, Lexi put finalement redescendre et libérer Aaron des griffes de son père qui était en train de le questionner sur les prix du poisson sur les marchés de New York.

Aaron la regarda avec un peu d'envie de l'aider lorsqu'elle était entrée dans la pièce. Et heureusement, une minute plus tard, sa mère l'appelait déjà pour le dîner.

La soirée ne s'était pas aussi mal passée qu'on le pensait. Ses parents étaient restés très discrets, ce qui avait surpris et réjoui Lexi. Ils restèrent vagues, ne demandant que des généralités, par exemple comment les New-Yorkais fêtaient Halloween, s'il y avait beaucoup de touristes à Strawberry Fields, le lieu de mémoire de John Lennon, et si le zoo de Central Park était ouvert toute l'année. Ils voulaient savoir comment Aaron se sentait à l'Auberge Paradis, si la ville avait beaucoup changé à ses yeux et combien de temps il prévoyait de rester.

– Je pense que mon temps ici sera bientôt terminé, du moins pour le moment.

Sur ces mots, il regarda Lexi et son cœur fit une petite pause.

Bien sûr, elle était consciente qu'Aaron devait rentrer, mais elle ne voulait tout simplement pas qu'il parte. Et elle espérait qu'il reviendrait très vite.

– Quel dommage, dit sa mère.

– Oui, je le pense aussi, ajouta son père. Je trouve que tu t'intègres bien ici, mon garçon. Surtout parce que ma fille a l'air de beaucoup t'aimer.

Lexi se rendit compte qu'elle rougissait.

– J'aime beaucoup votre fille aussi, répondit Aaron en prenant sa main sous la table pour la serrer.

– Tu sais, poursuivit son père, elle n'a jamais amené de jeune homme à la maison. Donc pas depuis…

Tout le monde se tut. Un silence si profond qu'il en était presque insupportable.

– Alors, comment trouves-tu les pommes de terre ? demanda heureusement sa mère, et Lexi expira.

– Elles sont vraiment délicieuses.

Aaron sourit.

– Je n'ai pas mangé de pommes de terre au persil depuis des années et j'avais oublié à quel point j'aimais ça. Ma mère aussi aimait en manger. Bien sûr, elle ne les cuisinait pas elle-même.

Non, bien sûr que non. Car c'est pour cela qu'ils avaient engagé Vera.

Donna eut une expression nostalgique.

– D'ailleurs, tu es le portrait craché de ta mère, je le pensais déjà l'autre jour.

Elle se tourna vers son mari.

– Ian, Aaron n'est-il pas le portrait craché de Mathilda ?

– Oui, tu as raison.

Son père hocha la tête en signe d'approbation.

– Ils ont les mêmes yeux et le même sourire.

Lexi regarda Aaron. Oui, ses parents avaient raison, elle ne l'avait pas encore remarqué. Aaron avait les mêmes yeux chauds que Mathilda. Seul le sourire était très spécial, selon elle, unique et pas de ce monde. Il avait ainsi réussi à la sortir de sa mélancolie et à lui donner une nouvelle joie de vivre. Et quoi qu'il arrive, elle en serait toujours reconnaissante à Aaron.

Chapitre 45

Lexi était contente de la façon dont les choses s'étaient déroulées la nuit dernière. Aaron avait certes l'air un peu distrait et un peu plus réservé que d'habitude, mais ce n'était pas étonnant après tout ce qui lui était arrivé au cours des quarante-huit dernières heures. Il avait d'abord appris qu'il avait hérité d'une maison et d'une immense surface de champs de maïs, puis il y avait eu l'incident dans la maison de son père. Après le repas, Aaron lui avait dit qu'il voulait aller à l'hôtel parce qu'il avait besoin de temps pour lui, et Lexi avait compris. Elle voulait aussi parler encore une fois à Helena, qui lui avait dit lors de son deuxième appel qu'elle partirait avec les enfants dès vendredi, après la fin des cours.

Aujourd'hui, c'était déjà jeudi. Et Lexi ne savait pas pourquoi, mais son humeur était morose.

C'était peut-être parce que ses jours avec Aaron étaient comptés. Et peut-être aussi parce qu'elle avait peur qu'il ne revienne pas. Ce qui était absurde, puisqu'il avait lui-même dit qu'il viendrait plus souvent à Lac Paradis, ne serait-ce que pour son père. Et puis, il y avait maintenant les champs qu'il allait certainement vendre. Une telle chose

On ne pouvait tout de même pas envoyer un mail depuis New York, n'est-ce pas ?

Avant d'aller travailler, Lexi était passée au supermarché de Howie pour acheter quelques barres de chocolat, elle en avait bien besoin aujourd'hui.

Alors qu'elle se tenait devant le rayon des bonbons et qu'elle attrapait la première barre venue, elle entendit soudain une voix derrière elle :

– Lexi ? Je ne veux vraiment pas jouer les rabat-joie, mais je pense qu'il y a quelque chose que tu dois savoir.

Elle se retourna et vit Lindsay devant elle, toujours aussi belle, dans un jogging rose qu'elle avait certainement porté pour le cours de yoga qui était terminé depuis un quart d'heure.

– Oh, de quoi s'agit-il ? demanda-t-elle en attrapant une barre Oh Henry et en attendant la réponse de Lindsay.

De quoi pouvait-il bien s'agir ? Voulait-elle lui dire que les barres Hershey's étaient moins chères chez Rupert ou attirer son attention sur les nombreuses calories que le chocolat contenait ?

– Pour Aaron et Ashleigh.

D'une seconde à l'autre, le cœur de Lexi s'arrêta. Aaron et Ashleigh ? Qu'est-ce que cela voulait dire ?

– Quoi… ? Je ne comprends pas…

Elle se redressa et regarda Lindsay droit dans les yeux.

– Je pense que tu devrais savoir qu'il s'est passé quelque chose entre eux.

– Ils ont couché ensemble, tu veux dire ? demanda-t-elle, juste pour être sûre.

Même si, bien sûr, cela n'aurait pas été nécessaire.

Lindsay acquiesça.

– D'accord. Merci d'avoir été honnête et de me l'avoir dit, dit-elle comme une idiote qui remerciait celui qui lui avait mis une balle dans le cœur.

Puis elle posa les barres sur l'étagère la plus proche – celle de la fécule de maïs – et quitta le magasin aussi vite qu'elle le pouvait. Ce faisant, elle jeta un coup d'œil à la caisse et fut heureuse de constater que seule la vieille Judith Miller s'y trouvait au lieu d'Ashleigh.

Dehors, Lexi avait du mal à respirer. Elle dut se forcer à prendre plusieurs grandes respirations. Pourtant, des points de suture se sont répandus dans toute sa cage thoracique, lui causant une telle douleur qu'elle dut se pencher en avant, poser ses mains sur ses genoux et se dire qu'il ne s'agissait pas d'une crise cardiaque. Une crise de panique, peut-être. Ou tout simplement un cœur brisé.

Mais avant de pouvoir blâmer Aaron, elle devait d'abord découvrir ce qu'il en était. Bien sûr, elle avait remarqué la façon dont Lindsay regardait Aaron. Au début, elle avait supposé qu'elle était peut-être elle-même attirée par lui, mais maintenant tout avait un sens. Lindsay en savait plus que Lexi et ne voulait pas le garder secret plus longtemps. C'est comme ça que ça devait se passer, non ? Pourquoi aurait-elle dû inventer tout cela ? Cela ne lui ressemblait pas et elle n'avait aucune raison de le faire.

Dès que Lexi s'était un peu calmée, elle s'était rendue au Paradis des animaux, très lentement et en prenant soin de continuer à respirer. Elle ouvrit la porte et découvrit Trish devant la vitrine qu'elle était en train de décorer avec les amusants jouets pour chiens et chats qu'elle avait reçus hier. Lorsque son amie se tourna vers elle, elle vit tout de suite que quelque chose n'allait pas.

– Hé, chérie, qu'est-ce qui se passe ?

– Je ne peux pas... travailler en ce moment. J'ai appris quelque chose... Je dois savoir si c'est vrai.

– Oh, mon Dieu. C'est à propos d'Aaron ?

Elle se contenta d'acquiescer.

– D'accord, je peux me débrouiller seule pendant un moment. Ouvre-toi seulement et découvre cette affaire.

– Merci. Je me rattraperai.

– Tu n'as pas à le faire. Les amis sont faits pour ça.

Lexi hocha à nouveau la tête, encore complètement étourdie. Elle se dirigeait déjà vers la porte, mais fit demi-tour et laissa Trish la prendre dans ses bras. Elle en avait bien besoin.

– Oh, chérie, quoi que ce soit, j'espère qu'il n'y a rien de grave dans cette histoire.

– Je l'espère aussi, dit-elle, mais elle le savait mieux que moi.

Elle savait déjà que c'était la vérité. Aaron l'avait trompée avec Ashleigh. Et Lexi avait l'impression d'être la personne la plus stupide du monde.

Bien sûr, Aaron préférait quelqu'un comme Ashleigh. Elle était grande, mégamince et ressemblait à un mannequin, probablement le type de femme avec qui Aaron sortait à New York. Là où il était un coureur de jupons, le célibataire par excellence.

Oh, comme elle se maudissait, elle et les sentiments qu'elle avait laissés s'exprimer. Comment avait-elle pu s'ouvrir à quelqu'un comme lui ?

Comment avait-elle pu lui offrir son cœur fragile ?

Lexi se rendit à l'hôtel à vélo, dans l'espoir de le trouver là-bas. Il était dix heures moins douze lorsqu'elle arriva.

Elle salua Savannah, qui était assise à la réception, toute triste. Sous ses lunettes, ses yeux étaient gonflés, comme si elle avait pleuré toute la nuit. Lexi s'enquit de son état de santé et de celui de Gene, essayant de paraître aussi calme que possible, même si cela la déchirait de l'intérieur.

– Il a été libéré sous caution ce matin, raconta Savannah en ramenant ses cheveux bruns derrière son oreille. Ni Vincent Highmore ni le majordome n'ont porté plainte, Dieu merci. Cela signifie que Gene n'a qu'à faire un peu de charité que le shérif lui a demandé de faire.

– Oh, il peut décider ça comme ça ?

– Il avait le maire Doyle de son côté. Tous deux ne voulaient pas accepter si facilement que quelqu'un se comporte de la sorte dans notre belle ville. Et ils ont raison.

– Ma pauvre. Comme je l'ai dit, si je peux faire quelque chose…

– Tu en as déjà fait plus qu'assez. Helena m'a écrit qu'elle venait ici ce week-end. C'est sûrement grâce à toi, non ?

Lexi haussa les épaules.

– Je lui ai dit qu'on avait besoin d'elle ici.

Maintenant, probablement même plus qu'elle ne l'avait supposé jusqu'à présent.

– Je te remercie.

Savannah eut un léger sourire.

– Tu veux aller voir Aaron, n'est-ce pas ? Il est dans la chambre 9, tu peux monter si tu veux.

– Il est là ?

– Je l'ai vu revenir de son jogging il y a une demi-heure, donc je pense que oui.

Elle remercia Savannah d'un signe de tête et monta les marches jusqu'à l'étage supérieur, où se trouvaient la plupart des chambres d'hôte. La numéro 9 était l'avant-dernière sur la gauche. Elle frappa et il ne fallut pas longtemps pour que la porte s'ouvre.

– Lexi ! Quelle surprise, dit Aaron en souriant.

Il venait apparemment de prendre une douche, ses cheveux étaient encore humides. Cependant, lorsqu'il vit l'expression de son visage, son sourire disparut immédiatement.

– Il faut qu'on parle, dit-elle.

– Entre.

Il la laissa entrer et lui indiqua la chaise du bureau, la seule dans la pièce. Comme elle secouait la tête, il demanda :

– De quoi s'agit-il ?

– D'Ashleigh.

Elle alla droit au but.

– Merde.

En entendant la réponse d'Aaron, Lexi s'était mise à pleurer, même si elle ne le voulait pas du tout.

– Alors c'est vrai ? demanda-t-elle.

– Ça dépend de ce que tu as entendu.

– Que tu as couché avec elle, c'est ce que j'ai entendu.

– D'elle-même ?

– Non, mais ça n'a pas d'importance pour l'instant. Je veux juste savoir si c'est vrai. As-tu couché avec Ashleigh ?

– Non, je ne l'ai pas fait !

Elle observa attentivement les traits du visage d'Aaron, essayant d'y lire s'il mentait. Mais elle le connaissait bien trop peu pour pouvoir dire quoi que ce soit avec certitude.

– S'il te plaît, ne me mens pas, demanda-t-elle.

– Je ne mens pas.

– Alors pourquoi une personne en particulier me dirait-elle quelque chose comme ça ?

– C'était Lindsay, n'est-ce pas ? Elle est la seule à savoir qu'Ashleigh était avec moi à l'hôtel.

– Elle était avec toi… ici dans la chambre ? Ici ? Est-ce que vous étiez tous les deux dans ce lit…

Elle regarda avec dégoût Aaron, l'homme qu'elle croyait connaître il y a encore une heure. Peut-être même aimer.

– Nous n'avons pas fait l'amour, Lexi ! Je le jure ! C'était après la fête du Maïs. On était tous les deux bourrés, elle est venue avec moi et on a un peu déconné. On s'est embrassés et tout. C'est tout ce qu'on a fait.

Sa déclaration n'avait pas vraiment amélioré les choses.

– Après la fête du Maïs ? demanda-t-elle, perplexe.

À ce moment-là, Aaron et elle n'étaient pas du tout sortis ensemble. C'était il y a des semaines !

– Oui, après la fête du Maïs, cette stupide fête du Maïs où je n'allais que pour *te* revoir ! Lexi…

Il s'approcha d'elle et prit sa main dans la sienne.

– Je n'avais pourtant jamais prévu de rester aussi longtemps à Lac Paradis. Et puis tu es arrivée.

En d'autres circonstances, ce qu'il disait aurait pu être mignon. Mais les choses étaient ce qu'elles étaient.

– Si tu es allé à la fête du Maïs juste pour moi, pourquoi as-tu fini au lit avec Ashleigh ? lui demanda-t-elle en lui arrachant la main.

Il tourna une fois en rond, laissant échapper un son de colère et de doute.

– Parce que j'étais confus. Parce que tout cela est totalement nouveau pour moi, Lexi. Avant, je n'avais jamais ressenti de sentiments en sortant avec une femme.

– Eh bien, félicitations, Aaron, tu as enfin grandi, dit-elle sarcastiquement, sachant qu'elle était méchante, mais elle ne pouvait rien ressentir d'autre que de la déception en ce moment.

– Ce n'est pas juste, Lexi. Il ne s'est rien passé du tout, et je…

– S'embrasser et se peloter, c'est ça que tu appelles rien ?

Elle lui cria à présent dessus.

– Mais c'était avant *nous* ! Avant que nous ne sortions ensemble, avant que nous ne couchions ensemble. Lexi, je ne t'aurais jamais trompée, tu dois me croire.

– Ne pas me le dire, mais c'est exactement ce que je ressens. Pendant tout ce temps, chaque fois que nous avons rencontré Ashleigh ou Lindsay, j'ai été l'idiot de service. Je suis sûre qu'ils se sont moqués de moi parce que j'étais si naïve.

Aaron se laissa tomber sur le lit.

– Je ne sais pas quoi dire de plus, à part que ça ne voulait rien dire. Elle ne signifiait rien pour moi, absolument rien. C'est *toi* qui comptes pour moi.

– Si seulement je pouvais te croire.

Lexi se força à le regarder en face.

– Y a-t-il autre chose que tu as oublié de me dire ? As-tu d'autres secrets ?

Désespérée, elle secoua la tête.

– Je savais dès le départ que je n'aurais pas dû faire confiance à un gars de la grande ville.

Aaron se mit alors en colère. Il se mit à rougir.

Il dit :

– Ne fais pas comme si j'étais le méchant qui a trompé tout le monde. Comme si ton si beau Lac Paradis était un lieu sacré ! Pourtant, tout le monde a ses secrets ici. Je veux dire, qu'en est-il de Murielle ? Personne ne sait qui est le père de Wyatt, n'est-ce pas ? Et Jamie ? Il a une liaison secrète avec Nolan et trompe sa pauvre femme, mais ça va, hein ? Est-ce que tu sais si ton père va vraiment à la pêche quand il le dit ? Et si ta mère lui a toujours été fidèle ?

– Ne mêle pas mes parents à ça, le prévint-elle.

Puis elle réfléchit à ce qu'il avait dit. Est-ce que c'était vraiment possible que Jamie ait une relation avec Nolan ? Elle avait toujours cru que Nolan était le seul habitant gay de la ville. Mais apparemment, elle avait traversé la vie en aveugle.

– OK, je suis désolé, Lexi. Il s'agit de toi et moi, et de personne d'autre.

– Si. D'Ashleigh.

Aaron soupira lourdement.

– Oui, je l'admets, dans mon ancienne vie, à New York, je n'étais pas du genre fidèle, et je ne cherchais certainement pas la bonne. Mais ensuite, tu es revenue dans ma vie, Lexi, et tout a changé. Que puis-je faire pour te prouver que je suis une nouvelle personne ?

Lexi regarda Aaron dans les yeux et crut y déceler de la sincérité. Mais il y avait déjà trop de choses de cassées et il était impossible de les réparer.

– Les gens ne changent pas si facilement, dit-elle, sa voix étant désormais plus calme.

– Si, ils le font. Il suffit de regarder mon père.

– C'est différent, Aaron.

Il ne répondit rien, ne la contredit pas. Puis elle sortit de la pièce, ne pouvant plus supporter sa proximité. Elle était partie, sans savoir si elle voulait le revoir un jour.

Chapitre 46

Il le savait. Il savait qu'il allait la blesser. C'est pourquoi il voulait partir tout de suite, avant que quoi que ce soit ne se passe entre eux. Mais il était resté, il avait tellement essayé de faire les choses correctement.

Et maintenant, c'était arrivé.

Le cœur déjà fragile de Lexi s'était brisé en mille morceaux – et tout ça à cause de lui !

Enfin, au fond, c'était à cause d'Ashleigh – avec qui il ne s'était rien passé du tout !

Oh, qu'est-ce qu'il allait faire ?

Le mieux serait qu'il parte le plus vite possible avant d'aggraver la situation. Mais pouvait-il laisser Lexi comme ça ? Dans son chagrin ? Sa douleur ? Sa déception ? Ne devrait-il pas au moins essayer de se racheter ? Lui parler à nouveau ? Se déculpabiliser ? Lui jurer sur l'honneur de sa défunte mère qu'il n'avait pas couché avec Ashleigh, qu'il n'aimait que Lexi, qu'il l'aimait tellement, et qu'il ne voulait être qu'avec elle ?

Il devait lui faire savoir qu'il avait vraiment l'intention de revenir, et cette fois-ci pas seulement après douze ans.

Parce que, bien plus que de s'occuper de son héritage ou de voir son père, il voulait *la* revoir.

Mais que devait-il faire ? Comment faire pour qu'elle l'entende ? L'écoute vraiment, sans dire des choses aussi cruelles que le matin ?

Elle avait pourtant raison, avec tout ce qu'elle lui avait lancé. Et en fait, il ne méritait même pas qu'elle lui donne une deuxième chance. N'est-ce pas ?

Ou bien ?

Complètement perdu et dépassé, Aaron erra cet après-midi-là dans Lac Paradis. Il s'arrêta à la taverne et commanda un bourbon. Il le descendit et s'assit seul pendant un moment, maudissant le monde et sa vie de merde. Puis il continua à marcher, ou plutôt à se traîner comme un vieux sac de deuil, en veillant toujours à ne croiser ni Ashleigh, ni Lindsay, ni aucune des commères. Il ne voulait même pas voir Hunter ni Jonah, il voulait juste être seul, se complaire dans sa misère et réfléchir à ce qu'il fallait faire. S'il pouvait encore faire quelque chose.

Tout à coup, il s'était senti terriblement assoiffé, comme s'il était en train de se déshydrater. Il décida donc d'aller au supermarché et de s'acheter une bouteille d'eau. Bien sûr, il se rendit chez Rupert, car chez Howie, Ashleigh était à la caisse. Il ne savait pas si elle le faisait à ce moment-là, mais il ne voulait pas prendre de risque.

Malheureusement, il était tombé sur d'autres personnes.

Il y avait des personnes dont il se serait volontiers passé : la commère Sadie, la vieille dame du musée du Maïs et la mère de Lexi, Donna. Les trois se tenaient près des légumes et Aaron se faufila devant elles pour aller chercher des boissons. Il prit une bouteille d'eau et s'apprêtait à passer à la caisse sans se faire remarquer lorsqu'il entendit les trois personnes parler de lui. Il s'arrêta donc, caché derrière une tour de raviolis en boîte, et écouta.

– Oui, il a été très gentil et prévenant, rapporta Donna.

– Oh, je me souviens encore du jour où ma Jenny a ramené son premier petit ami à la maison. C'était une brute, je vous le dis, raconta Edda, la tante du musée, ou quelque chose comme ça.

– Eh bien, Aaron n'est pas le premier petit ami de Lexi, dit Donna. Mais c'est le premier depuis Keith.

– Ah, bon Keith, dit Sadie avec tristesse.

– Oui. Il était le gendre parfait, ajouta Donna. Et tout comme Lexi, je ne me remettrai jamais de l'avoir perdu si tôt.

– C'est tellement triste, estima également Edda. Ils auraient pu être si heureux ensemble.

– Oui, mais maintenant elle a Aaron. Et pensez à quel point Mathilda serait heureuse qu'ils se soient trouvés ensemble, dit Sadie.

– Oui, elle serait vraiment heureuse, fut également sûre Donna.

– Est-ce qu'Aaron va rester ici maintenant qu'il a Lexi et la maison du vieux Highmore ? s'enquit Edda.

– Je ne sais pas, répondit la mère de Lexi. Mais je l'espère vraiment. Cela fait longtemps que je n'ai pas vu Lexi aussi rayonnante.

La mauvaise conscience d'Aaron le rongeait presque. Apparemment, elle n'était pas encore au courant de la dispute. Lexi ne semblait pas lui en avoir parlé.

– Oh, et imaginez seulement leurs enfants communs, entendit-il Edda dire, et là, Aaron reprit soudain toute sa place.

– Oui, ils seraient vraiment mignons.

Sadie avait l'air ravie.

– Oh oui, j'ai hâte d'avoir des petits-enfants, dit Donna, et même s'il ne pouvait pas voir son visage, Aaron savait que cette idée la faisait rayonner.

Tout à coup, son cœur se mit à battre plus vite et il paniqua.

Des enfants ? Lexi et lui ? Il ne voulait pas d'enfants du tout ! Et pourquoi planifiaient-ils déjà tout son avenir alors qu'il ne savait même pas où il en était ?

– Oooh ! Et ils pourraient vivre dans la maison dont il a hérité, dit Edda. Il y a assez de chambres pour tous les petits-enfants.

Maintenant, Aaron en eut assez. Et il s'arrangea vite pour s'en sortir, car tout était soudain très clair. Il n'avait pas besoin de réfléchir plus longtemps.

Ce qu'il devait vraiment faire, c'était partir. Il était déjà resté bien trop longtemps.

Il se rendit à l'hôtel, prépara ses affaires et réserva un billet d'avion pour le lendemain. Puis il appela Simon qui se réjouissait d'être de retour à New York le lendemain et de pouvoir enfin travailler sur place à leurs projets communs.

Aaron attendit ensuite qu'il soit six heures du soir pour prendre la route. Il voulait rendre une dernière visite à Lexi. Il l'attendit devant sa maison et, la voyant arriver, il alla à sa rencontre.

– On peut se parler une minute, s'il te plaît ? demanda-t-il.

Encore pleine de déception, elle le regarda, mais ne dit rien.

– D'accord, alors c'est juste moi qui parle. Mais écoute-moi au moins, d'accord ?

Elle soupira lourdement, puis dit :

– D'accord, je te donne cinq minutes. Viens à l'intérieur.

Elle avança, mais aujourd'hui, au lieu d'être pleine d'élan et de se balancer en queue de cheval comme d'habitude, elle avait les épaules basses, comme si on la tirait vers le sol.

Aaron la suivit et entra dans la maison – probablement pour la dernière fois. Lorsqu'il sentit l'odeur habituelle, un mélange de lavande, de bois et de parfum, son cœur se serra. Combien de moments uniques et inoubliables avaient-ils passé ici ces derniers jours ? Pendant une seconde, il sentit même les larmes monter, mais les ravala rapidement.

– Alors ? demanda-t-elle en s'appuyant sur le cadre de la porte de la cuisine.

Elle ne voulait apparemment même pas enlever sa veste, probablement pour ne pas lui donner le sentiment qu'il pouvait rester et se mettre à l'aise.

– Lexi, je voulais juste te dire que je suis désolé. Que je suis sincèrement désolé. Tu ne méritais pas tout ça, et ce sera mieux pour toi quand je serai parti. C'est ce que je veux que tu saches, je rentre demain matin.

– Pour New York ? demanda-t-elle inutilement.

– Oui, à New York.

– D'accord, dit-elle.

Puis, tout à coup, des larmes ont coulé sur ses joues.

Il ne savait pas du tout comment réagir à cela. Il s'approcha donc d'un pas et posa une main sur son bras.

– Ne pleure pas, Lexi. Nous savions tous les deux que je devais y retourner.

Elle hocha la tête.

– Oui. J'aurais juste aimé que nous nous quittions en bons termes.

– Oui, je le souhaite aussi.

Il lui caressa le bras – et l'instant d'après, ses lèvres se posèrent sur les siennes. Elle l'embrassa comme si cela l'empêchait de se noyer. Comme s'il était tout ce dont elle avait besoin.

Comme Aaron aimerait pouvoir lui donner tout ce qu'elle méritait.

Lexi l'attira dans la chambre et ils dormirent ensemble – une dernière fois dont il se souviendrait toujours.

Une demi-heure plus tard, il s'excusa pour aller aux toilettes. Et comme par enchantement, il ouvrit la chambre à côté de la salle de bains. Elle était peinte en bleu clair et contenait un lit de bébé, comme s'il n'attendait que d'être occupé par un petit Terrien. Un bébé pour Lexi, un petit-enfant pour Donna.

Confiant dans sa décision, il retourna dans sa chambre. En boxer, il regardait Lexi, cette femme merveilleuse à qui il aurait voulu offrir tellement plus. Puis il ramassa son jean par terre et l'enfila.

Lexi se blottit dans la couverture.

– À quelle heure exactement prends-tu l'avion demain ? Tu veux que je t'accompagne à l'aéroport ? proposa-t-elle.

Il prit alors lui aussi son T-shirt.

– Lexi… N'en faisons pas plus que ça, d'accord ?

Elle ferma les yeux et les rouvrit peu après.

– Pourquoi es-tu comme ça, Aaron ? Je ne comprends vraiment pas.

Il s'assit à côté d'elle sur le lit, où elle se mit à trembler malgré l'épaisseur de la couverture.

Même si ça faisait mal, il devait le dire et mettre les choses au clair.

– Nous savons tous les deux que ça ne peut pas marcher entre nous, n'est-ce pas ? Je ne suis tout simplement pas un homme prêt à t'offrir une famille, Lexi, je pensais que tu le savais.

– C'est le cas. Et je ne veux rien de plus de toi que ce que tu es prêt à me donner. S'il te plaît, oublie que c'est Ashleigh qui m'a fait péter les plombs. J'avais l'intention de prendre les choses à la légère entre nous.

Il lui sourit tristement.

– Tu ne peux pas, Lexi, tu ne le sais pas ?

– Oh si, je peux, et je vais te le prouver, je…

– Tu as une chambre d'enfant entièrement meublée à deux portes d'ici, dit-il. Tu aspires à avoir ta propre famille. Et ce n'est malheureusement pas moi qui peux te donner cela. Je suis désolé.

Sur ces mots, il se leva et quitta la pièce. Avant qu'il ne se mette à pleurer.

– Rentre bien à la maison, lui cria-t-elle, et il pouvait entendre à quel point chaque mot lui était difficile.

Tout comme il avait du mal à faire chaque pas. Mais à un moment donné, il avait réussi à sortir de la maison et à se retrouver dans la rue. Et il put enfin respirer.

Cela avait été sacrément difficile, mais c'était pour le mieux. Pour eux deux. Ils devaient tous deux mener la vie à laquelle ils étaient destinés. Et même s'il était désolé, ces vies ne pouvaient pas être plus différentes.

Chapitre 47

Voir Aaron partir était la chose la plus dure qu'elle ait eue à vivre depuis la mort de Keith.

Eh bien, et perdre son bébé.

Quelques semaines avant la mort de Keith, ils avaient découvert que Lexi était enceinte. C'est pourquoi il était si inquiet et lui avait demandé si elle était vraiment d'accord pour qu'il fasse une randonnée. Car, comme la plupart des femmes enceintes, elle n'allait pas très bien à ce moment-là. Elle avait des nausées le matin, était fatiguée pendant la journée et se demandait si elle serait en forme pour son mariage et si sa robe sur mesure lui irait encore. Mais elle lui avait dit de conduire tranquillement, qu'elle se débrouillerait. Elle avait de toute façon du travail, elle voulait aller bruncher avec sa mère, rencontrer la fleuriste et continuer à aménager la chambre du bébé. Keith avait déjà monté le petit lit et, ensemble, ils avaient peint les murs en bleu bébé ; maintenant Lexi voulait encore coller quelques autocollants muraux : des bébés éléphants, des bébés lapins et des bébés canards. Elle avait découvert les autocollants dans un magasin où elle avait déjà acheté quelques grenouillères. Oui, la plupart des gens auraient probablement dit que c'était beaucoup trop.

Il était déjà trop tôt pour aménager la chambre du bébé et acheter le matériel de puériculture, d'autant plus que les douze premières semaines n'étaient pas encore passées, mais Lexi et Keith s'en moquaient. Ils se réjouissaient énormément de leur premier enfant, même s'ils n'en parlaient encore à personne.

Lexi avait le sentiment que ce serait un garçon, et si c'était une fille, ils laisseraient la chambre telle quelle pour leur deuxième bébé. Après tout, il y en avait une autre, qu'ils peindraient en rose.

La mort de Keith avait tout réduit à néant. Le rêve de Lexi d'une famille intacte. Mais elle voulait être forte, pour son bébé et pour elle-même – parce que c'est ce que Keith aurait voulu. Mais alors, le sixième jour qu'elle devait passer sans son âme sœur, elle s'était réveillée d'une sieste en sang et en douleur. Sa mère, qui était assise dans la cuisine et ne la quittait pas des yeux une minute, était arrivée en courant dès qu'elle l'avait appelée. Elle avait conduit Lexi à l'hôpital, mais il n'y avait plus rien à sauver. Keith était mort, tout comme le bébé.

Lexi avait l'impression d'être la personne la plus seule au monde.

Et puis Aaron était entré dans sa vie. Aaron, qui avait éclairé ses ténèbres. Comment pourrait-elle maintenant – sans lui – voir à nouveau la lumière ?

Toutes les personnes qu'elle aimait l'avaient quittée. Le destin lui avait déjà pris tant de choses, et pourtant elle recommençait à croire qu'il était enfin de son côté.

Eh bien, on peut se tromper à ce point.

Le vendredi, Lexi s'était fait porter pâle. Elle appela le salon et dit à Trish qu'elle ne se sentait pas bien.

– Ah, sûrement cette gastro-entérite qui circule en ce moment.

– Oui, probablement, répondit Lexi, car elle ne voulait pas dire à son amie ce qui se passait vraiment.

À savoir qu'elle s'était fait avoir par Aaron, contre lequel tout le monde l'avait mise en garde au début. Parce qu'il était ce coureur de jupons, ce qui s'était même répandu jusqu'au fin fond du Nebraska.

Pourquoi n'avait-elle pas simplement écouté les commères ? Car elles avaient raison. Aaron était un coureur de jupons, il l'avait admis lui-même. Et il ne voulait rien de sérieux, pas de famille à lui, il le lui avait dit avant de l'abandonner dans le lit où ils avaient fait l'amour une dernière fois.

Pourtant, Lexi n'en avait pas l'intention, elle n'avait même pas voulu le regarder après avoir découvert qu'Ashleigh et lui avaient été intimes.

Et elle ne savait toujours pas si elle pouvait croire Aaron lorsqu'il disait qu'il n'y avait rien eu d'autre. Enfin, il disait « rien d'autre ». Lexi trouvait que les baisers étaient déjà assez intimes et que « faire l'amour », comme l'avait dit Aaron, était encore pire. Mais ils n'étaient pas encore ensemble à ce moment-là, s'ils l'étaient vraiment, et de toute façon, cela n'avait plus d'importance.

Rien n'avait plus d'importance.

Après avoir pleuré pendant ce qui lui avait semblé être une éternité, en fixant les lys qu'Aaron lui avait offerts, Lexi décida qu'il était urgent de sortir de la maison avant de se noyer dans l'apitoiement. Elle avait besoin de quelqu'un à qui parler. Certes, Helena arriverait le soir, mais elle serait d'abord occupée par sa mère et par Savannah. Qui savait quand elle aurait du temps pour Lexi ?

La seule personne à laquelle elle pouvait penser pour aller pleurer sans qu'elle lui dise : « Tu aurais dû t'en douter, un type comme Aaron ne veut pas s'engager », c'était son grand-père Murphy. Elle sortit donc en vélo jusqu'au lac.

Son grand-père était assis dans le jardin avec quelques autres résidents, bien emmitouflés dans une couverture en laine, bien qu'il fasse encore 17 °C en ce jour d'octobre. Les autres jouaient aux échecs, aux dames ou au moulin, Murphy se contentait de regarder devant lui. Quand il vit Lexi arriver, il sourit.

– Bonjour, Gramps, dit-elle en l'embrassant sur la joue. Comment vas-tu ?

Pas de réponse, bien sûr.

– Aimerais-tu m'accompagner pour une promenade ?

Lexi crut voir une lueur dans ses yeux.

– N'oubliez pas que le déjeuner est à midi, lui rappela l'aide-soignante qui était assise dehors et qui gardait un œil sur tout le monde.

– Oui, bien sûr, répondit Lexi en regardant sa montre-bracelet.

Onze heures et quart. Ils avaient au moins le temps de faire l'aller-retour jusqu'au ponton.

Le ponton… L'endroit où Aaron et elle s'étaient rencontrés seuls pour la première fois après son retour. L'endroit où il l'avait vue pleurer. Il le lui avait dit plus tard, et aussi qu'il aurait aimé la prendre dans ses bras ce soir-là. Le soir où il lui avait dit, plus pour rire, que toutes les rumeurs étaient fausses sauf une.

Maintenant, elle savait avec certitude laquelle était la vraie.

Lexi poussa un lourd soupir. *Oh, Aaron, j'aurais vraiment dû le savoir dès le début*, pensa-t-elle.

Elle conduit son grand-père dans son fauteuil roulant jusqu'au milieu du ponton et bloqua le frein. Puis elle s'assit à ses pieds et laissa ses jambes se balancer au-dessus de l'eau. Lorsqu'elle regarda le lac et découvrit les deux cygnes, les larmes lui vinrent.

– Il est parti, grand-père. Aaron est encore parti.

Même si elle ne voulait pas entendre de sagesse stupide de la part de qui que ce soit, elle aurait souhaité à ce moment-là que grand-père Murphy puisse parler et lui dire que tout irait bien.

Car elle en doutait fortement.

– Il a dû rentrer à New York, poursuivit-elle. Avant cela, nous nous sommes disputés. Eh bien, nous nous sommes réconciliés, mais ce n'était pas un adieu très affectueux.

Elle essuya ses larmes.

– Je pense que ça ne devait pas se faire, nous ne sommes pas faits l'un pour l'autre. Je veux dire, il n'aime même pas le maïs, ça ne pouvait pas marcher, n'est-ce pas ?

Elle eut un petit rire amer et très triste.

Puis elle regarda son grand-père. Lui aussi avait l'air triste.

– Tu veux sûrement savoir s'il va revenir à Lac Paradis, hein ? Eh bien, malheureusement, je ne le sais pas moi-même.

Elle haussa les épaules – elle ne savait plus rien.

– Il est temps de partir, Gramps. Ton déjeuner t'attend.

Lexi se leva et poussa son grand-père en arrière. Elle annula son cours de dessin pour aujourd'hui, car elle n'aurait tout simplement pas pu le suivre, puis elle rentra chez elle. Et elle n'avait aucune idée de comment passer le reste de la journée.

Elle ne savait plus comment passer la journée.

Chapitre 48

Delores jeta un regard compatissant à Lexi, qui était assise à la table du coin arrière avec sa sœur Helena. Cette dernière était en visite à Lac Paradis, ce qui réjouissait Delores. Elle avait toujours aimé Helena, quand elle était jeune fille, elle lui avait tondu la pelouse pour quelques dollars et de temps en temps Delores l'avait invitée à entrer, simplement pour discuter un peu avec elle. Helena avait apprécié un verre de limonade rafraîchissante, et Delores s'était réjouie d'avoir un enfant à la maison, même si ce n'était que pour quelques minutes. Entre-temps, Helena avait elle-même des enfants, un petit garçon et une petite fille, qu'elle avait tous deux amenés à Lac Paradis. Hier, Delores les avait vus sortir tous les trois du supermarché de Rupert, les mains pleines de paquets de crème glacée d'un litre, de chocolat, de chips et d'autres choses à grignoter. Lorsqu'elle avait demandé en riant à Helena à quoi servait tout cela, celle-ci avait répondu :

– Oh, c'est juste un peu de nourriture de consolation pour remonter le moral de Lexi. Nous voulons faire une soirée cinéma, notre mère et Savannah seront aussi de la partie. Si tu veux, tu es la bienvenue.

invité.

– Oh, c'est gentil. Mais mangez tout seuls, j'ai promis à mon George de jouer aux dominos avec lui ce soir.

– Ça a l'air bien aussi. Salue George de ma part, s'il te plaît.

– Je le ferai, avait répondu Delores, et maintenant elle se rendait compte qu'elle avait oublié.

Mais cela n'avait pas d'importance pour le moment. Ce qui comptait maintenant, c'était Lexi, qui n'allait visiblement pas bien. Elle ne semblait pas s'être maquillée ni coiffée, elle portait des leggings et un vieux sweat-shirt.

Cela semblait presque aussi grave que lorsqu'elle avait perdu Keith. Non, peut-être même pire, car cette fois-ci, elle n'avait même pas fait l'effort de s'accrocher et d'aller de l'avant. Alors qu'à l'époque, elle avait tout essayé pour se distraire de son chagrin et qu'elle avait par exemple aidé à l'aménagement du musée du Maïs, elle se contentait maintenant de rester mollement accrochée à sa chaise, les yeux rivés sur le muffin devant son nez, auquel elle n'avait même pas encore touché.

– Pauvre petite chose, dit Sadie. Si seulement je savais comment l'aider.

– Elle aurait dû nous écouter dès le début, chuchota Murielle. Tout ce que nous avions entendu sur Aaron… il semble que ce soit vrai après tout.

– Eh bien, le braquage de banque, non, contesta Sadie.

– Et les tatouages non plus, ajouta Delores. Du moins, je n'en ai pas vu.

– Eh bien, tu n'as pas tout vu de lui non plus, contrairement à Lexi, dit Murielle.

– Chut ! Elle va nous entendre tout à l'heure, dit Sadie.

– Alors, allons dehors, nous pourrons continuer à parler tranquillement. La messe ne commence que dans une demi-heure.

Elles payèrent et quittèrent le café toutes les trois, tandis que Nolan jetait un regard de regret à Lexi. Lui aussi avait vraiment souhaité qu'elle soit vraiment heureuse.

– Bon sang, personne ne peut voir cette pauvre enfant souffrir, dit Murielle dès qu'elles furent dehors.

Delores jeta un coup d'œil à l'intérieur, où Helena s'était maintenant rapprochée de Lexi et avait passé un bras autour de son épaule.

– Que s'est-il passé exactement ? demanda curieusement Delores.

Sadie la regarda en fronçant les sourcils.

– Eh bien, Aaron l'a quittée, tu le sais bien.

– Oui, mais pourquoi l'a-t-il quittée ? Il devait bien y avoir une raison.

– Je pense qu'il voulait voir comment c'était avec une fille de la petite ville, et quand il en a eu assez, il est retourné à New York, telle était la théorie de Murielle.

– Je ne peux pas l'imaginer, dit Sadie. Ils avaient l'air si heureux. Et Donna m'a aussi dit qu'il avait été un vrai gentleman lorsqu'il était invité chez eux. Elle l'a qualifié de gentil et de prévenant.

– Oui, mais certains hommes font aussi semblant et disent ce que les gens veulent entendre. Et ce faisant, ils trompent de pauvres jeunes femmes, dit Murielle, qui n'avait pas l'intention de se laisser faire.

Seules Sadie et Delores savaient ce qui lui était arrivé.

– Je n'ai aucune idée s'il s'est passé quelque chose entre Lexi et Aaron. Donna n'a rien dit, et Savannah ou Vera non plus.

Sadie détestait ne pas être au courant de ce qui se passait.

– Mais peut-être que Buddy sait quelque chose. De quoi parlait-il vendredi, déjà, dans son poème ?

– Pourquoi vendredi ? demanda Delores.

– Eh bien, parce que c'était le jour du départ d'Aaron.

– Hmmm… C'était encore à propos de quelque chose avec des pieds froids, dit Murielle. Attends, je crois que je l'ai encore dans mon sac à main.

Elle fouilla un peu dans son *shopper* surdimensionné.

– Le voilà !

Elle le tendit à ses amies, qui le relurent toutes.

Le supermarché, un lieu d'horreur
Là où tous les hommes s'enfuient.
Trois femmes parlent, un homme écoute.
Après, ça ne le laisse pas tranquille
Il y a souvent des pieds froids
Et rien ne reste comme on l'espérait.

– Bon sang ! Je ne pense pas qu'il s'agisse encore de son père et de ses pieds gelés, dit Sadie avec un cri. Je crois que je sais ce qui s'est passé !

– Oui, et quoi ? demanda Murielle avec curiosité.

– Il a dû nous entendre ! Dans le supermarché ! Aaron a dû entendre Donna, Edda et moi parler de son avenir et de celui de Lexi.

– Qu'est-ce que tu veux dire exactement ? voulut savoir Delores.

– De quoi avez-vous parlé ?

Sadie réfléchit, se remémorant la conversation.

– De bébés, et qu'après tout, ils pourraient fonder une famille et vivre ensemble dans la maison du vieux Highmore. Qu'ils feraient de magnifiques mariés, et…

– Pour l'amour du ciel, Sadie ! s'exclama Murielle. Et c'est seulement maintenant que tu y penses ?

– Oui, en quelque sorte, répondit-elle en s'excusant.

– Alors, c'est de ta faute – du moins en partie – si Aaron est parti parce que, comme Buddy le prétend, il s'est dégonflé à cause de vos paroles, nous devons nous racheter. Nous devons faire quelque chose ! décida Murielle.

– Oui, et quoi ? demanda Sadie.

À ce moment-là, Lexi sortit du café. Elle avait presque l'air un peu plus brisée. Alors qu'Helena souriait aux trois amies, Lexi ne semblait même pas les remarquer.

Murielle les regarda partir.

– Nous trouverons bien quelque chose. Mesdames, nous avons une mission ! Qui a une idée ?

Chapitre 49

Aaron était de retour à New York.

Jamais un vol ne lui avait paru aussi long, et même entrer dans son appartement lui avait semblé étrange. Mais il savait qu'il n'avait pas le choix. Lac Paradis n'était pas son destin, la vie dans une petite ville non plus, et il ne restait de Lexi qu'un beau souvenir auquel il penserait de temps en temps, quand il aurait envie de chaleur.

Mais New York était sa maison, et elle le resterait toujours. Les jours passaient et il s'habituait à nouveau.

Le jeudi, il se trouvait sur le chantier de Greenwich Village lorsque Simon arriva.

– Comment ça se passe ? demanda-t-il.

– Plutôt bien, répondit Aaron. Nous devons encore ajuster quelques poutres pour renforcer les fondations, mais sinon, tout se déroule comme prévu.

En entendant ces mots, il pensa immédiatement à Hunter, dans la grange duquel il avait aidé à ajuster les poutres.

Lors de sa dernière soirée, Aaron lui avait dit au revoir et avait pris une autre bière avec lui, Jonah avait également été de la partie. Et alors que Jonah n'avait fait que parler de son bébé et Hunter de Sydney, Aaron s'était senti très mal. Il avait pris trois bières et était rentré à l'hôtel. Le lendemain matin, sur le chemin de l'aéroport, il était passé chez son père, qui avait toujours été un lève-tôt. Aaron lui avait dit qu'il devait retourner à New York pour des raisons professionnelles et qu'il reviendrait bientôt pour s'occuper de son héritage.

Mais quand serait-ce « bientôt », il ne le savait pas encore. Car il ne savait pas non plus combien de temps il lui faudrait pour faire le deuil de Lexi.

Le jour de son retour, elle lui avait envoyé un message le soir pour lui demander s'il était bien arrivé à New York. Il lui avait répondu par l'affirmative et lui avait écrit que le temps passé avec elle avait été agréable, mais que maintenant ils devaient tous deux reprendre leur propre chemin.

Bien sûr, il savait que cela signifiait pour Lexi retourner à une vie où elle avait fait son deuil et s'était sentie très seule. C'est du moins ce qu'il avait compris de la conversation avec ses parents. Mais il restait persuadé qu'elle était mieux sans lui. Du moins, à long terme. Parce que, même s'il avait fait une brève incursion dans son monde, il était toujours du genre à ne pas vouloir s'engager, à ne pas vouloir se fixer. Il ne savait pas aimer, car il n'avait jamais appris à le faire. Et même si les choses étaient un peu différentes aujourd'hui, même s'il s'était rapproché de son père et avait développé de vrais sentiments pour une femme, cela ne suffisait pas. Comment pouvait-il savoir s'il ne rechuterait pas et si tout cela ne serait pas trop dur pour lui ?

Ici, à New York, il était heureux, il se sentait bien. Libre, libre. Sans attache. Ici, il pouvait faire ce qu'il voulait.

S'asseoir à Central Park ou manger thaïlandais quand il en avait envie. Ici, il n'avait pas besoin d'espérer que *le* Paradis de Jamie ait un jour une semaine thaïlandaise. Il pouvait manger à tout moment chez *Sushi of Gari 46* et ne dépendait pas des mauvais sushis de supermarché. Il pouvait s'occuper personnellement de ses projets de construction. Et il pouvait sortir quand il le voulait et avec autant de femmes qu'il le voulait.

Mais il n'en avait pas du tout envie.

Il était de retour depuis une semaine à peine, et pourtant il n'avait pas encore eu un seul rendez-vous. Car Lexi ne cessait de se glisser dans ses pensées.

– Les Hemingway nous demandent si nous pourrons occuper la maison dès janvier, dit Simon, tirant Aaron de ses pensées.

– Pour janvier ? Ce sera très court. C'était prévu pour le 1er mars.

– Oui, mais tu sais ce que c'est. Le temps nous échappe. Les gens ont toujours peur de rater quelque chose.

Aaron ferma les yeux. Oui, si on ne faisait pas attention, on risquait de passer à côté des plus belles choses de la vie.

Pendant la pause-déjeuner, Aaron regardait son téléphone portable, toujours dans l'espoir de découvrir un message de Lexi.

Mais elle n'écrivait pas et n'appelait pas non plus. Elle avait compris – contrairement à son cœur. Celui-ci ne semblait tout simplement pas prêt à lâcher prise.

Mais même s'il n'avait pas de nouvelles de Lexi, il y avait des nouvelles de Lac Paradis. Jonah avait écrit que le révérend s'était fait arracher une dent et que le baptême serait donc reporté de deux semaines, au 30 octobre.

Je vais être honnête, Jonah, je ne pense pas que je vais y arriver.

Après avoir répondu, Aaron mordit dans son sandwich Subway. Aujourd'hui, il avait même mis des grains de maïs.

Espèce de tomate infidèle ! Tu es censé être le parrain !

Désolé, mais je ne pense pas que ce soit mon truc.

Ce n'est pas grave. D'une certaine manière, je m'en doutais déjà. Alors on demandera à Josh, le frère de May.

Je suis vraiment désolé.

C'est bon, je comprends. Tu ne veux pas croiser Lexi.

Comment va-t-elle ?
Aaron était lui-même surpris d'avoir osé demander des nouvelles de Lexi.

Pas très bien, comme tu peux t'en douter.

Aussitôt, Aaron eut à nouveau une boule dans la gorge. Ce n'était pas ce qu'il voulait. Il n'avait vraiment pas voulu la blesser.

Comme il aimerait maintenant la prendre dans ses bras et lui dire qu'il était désolé. Mais elle était là-bas, et lui ici. Et rien n'avait changé dans leur situation, ni dans l'idée qu'il se faisait de sa vie future.

Ou bien si ?

Il y avait des moments où il croyait presque qu'il pouvait le faire. Commencer une nouvelle vie. Mais ensuite, ce sentiment s'estompait et il était content d'être sorti de l'affaire. Tout cela impliquait beaucoup trop de responsabilités, plus qu'il ne pouvait en assumer.

Il répondit à Jonah :

N'hésite pas à la saluer de ma part si tu la croises un jour.

Tu crois vraiment que c'est une bonne idée ?

Pourquoi pas ? Nous nous sommes quittés en amis.

Tu le crois vraiment ?

Enfin, peut-être pas en tant qu'amis, mais pas en tant qu'ennemis non plus, pensa Aaron.

Bon, alors ne le fais pas. Je dois continuer ici, je suis sur le chantier.

Très bien, je ne te retiens pas.

Aaron jeta le reste de son sandwich à la poubelle et aurait bien voulu jeter son téléphone derrière lui. Il était soudain tellement en colère contre lui-même. Et il s'en voulait de sa lâcheté.

Après le travail, il rentra directement chez lui. En chemin, son copain Faruk l'avait appelé et lui avait demandé s'il avait envie d'un double rendez-vous. Il avait rencontré deux femmes avec lesquelles ils pourraient certainement passer un bon moment.

– Désolé, je suis fatigué, répondit Aaron.

– Fatigué ? demanda Faruk, et Aaron put presque voir ses sourcils froncés.

– Oui, juste fatigué.

Il souhaita toutefois beaucoup de plaisir à son ami et mit fin à la conversation téléphonique.

Alors qu'il entrait dans son immeuble, il se rendit compte qu'il n'avait pas menti. Il se sentait vraiment fatigué, pas physiquement, mais moralement. Et tandis qu'il ouvrait la boîte aux lettres, il se demanda si c'était peut-être Lac Paradis qui lui avait fait ça.

Il emporta le courrier à l'étage, au dernier étage, ouvrit sa porte et regarda autour de lui dans son appartement penthouse. Tout à coup, il le trouva vide et impersonnel. Puisque, pour le fait qu'il était architecte, il n'en avait pas vraiment fait grand-chose. Bien sûr, tout était aménagé de façon moderne, plutôt économe, car il n'avait jamais été du genre matérialiste. Mais quand il pensait maintenant à la maison de Lexi, où se trouvaient partout des photos de sa famille, des dessins qu'elle avait faits elle-même et des souvenirs particuliers, il trouvait que sa maison manquait un peu d'amour.

Sa maison. Le plus drôle, c'est qu'il ne se sentait plus du tout comme ça.

Il soupira, se prépara un thé au gingembre frais et souhaita l'accompagner d'un morceau de la délicieuse tarte aux pêches de Donna, qui était vraiment incroyablement bonne. Au lieu de cela, il prit une barre de céréales, s'assit sur le canapé noir et consulta le courrier. Il s'agissait principalement d'invitations à des fêtes d'Halloween. Il s'étonnait qu'à l'ère du numérique, il y en ait encore autant qui arrivent par la poste. Perdu dans ses pensées, il ouvrit la première invitation, puis la deuxième et jeta finalement toute la pile sans enthousiasme sur la table basse en verre. Il n'avait pas envie de fêter Halloween et encore moins de se déguiser. Il laisserait probablement tomber cette année.

Alors qu'il se penchait pour prendre sa tasse, il remarqua une lettre parmi les autres qui ne semblait pas être une invitation. Il s'agissait d'une simple enveloppe blanche et, en regardant de plus près, il vit que l'expéditeur était de Lac Paradis.

Il prit immédiatement la lettre en main. Il espérait tellement qu'elle était de Lexi, mais l'adresse complète était la suivante :

Sadie Becker

Les crèmes glacées Paradis

57 Boulevard Paradis Lac Paradis NE88990 USA

Une lettre de Sadie ? Que pouvait-elle vouloir de lui ? Aaron ouvrit l'enveloppe avec excitation.

Chapitre 50

Lexi était assise avec quelques-unes des vieilles dames dans la salle de loisirs, transformée en salle d'art le vendredi après-midi, et regardait fixement devant elle.

– Est-ce qu'elle va bien ? entendit-elle quelqu'un chuchoter.

Quelqu'un d'autre lui répondit en chuchotant :

– Elle semble avoir un chagrin d'amour.

Lexi soupira, leva les yeux, sourit une fois à la ronde pour rassurer tout le monde, puis se consacra à son propre dessin. Aujourd'hui, ils ne travaillaient pas d'après un modèle, comme c'était souvent le cas, mais Lexi avait demandé à tous de dessiner un grand cœur et tout ce qui les rendait heureux.

Elle avait elle-même dessiné une note de musique, une pile de livres, une télévision, une tablette de chocolat, un bouquet de lys blancs, ses parents, son grand-père dans son fauteuil roulant, Trish, Tommy et Helena avec leurs enfants.

Cela avait été un plaisir de retrouver sa sœur pour un petit moment. Helena s'était occupée d'elle avec tant d'amour et lui avait promis que ce n'était pas la fin. La vie continuerait toujours d'une manière ou d'une autre. Et si Aaron n'était pas le bon, il ne devait pas l'être, et il valait mieux que cela se termine avant qu'elle ne mette trop de sentiments dans cette relation. Un jour, son véritable prince charmant viendrait certainement l'assommer. Mais si Aaron avait été l'homme de sa vie, le destin l'aurait ramené à elle.

– Car le destin réunit toujours ce qui va ensemble, Helena en était sûre.

Lexi en était moins sûre. Car Aaron était parti, et depuis une semaine, elle n'avait plus de nouvelles de lui. Pas d'appel, pas de message, pas de signal de fumée, pas de message dans une bouteille, pas de pigeon voyageur. Il semblait l'avoir déjà oubliée, et cela ne l'étonnait même pas. Il était juste à la recherche d'autre chose. Quelqu'un comme Ashleigh.

Elle soupira à nouveau, cette fois plus fort que prévu.

– Tu vas bien, Lexi ? s'enquit Mona.

– Ça va aller, dit-elle en se levant pour aller voir les dessins de ses élèves.

Mona hocha la tête et la laissa jeter un coup d'œil à son dessin. L'ancienne enseignante avait dessiné quelques formules de maths, un livre, un gâteau et quelques oiseaux dans son cœur. Pas de personnes jusqu'à présent. Cela rendit Lexi vraiment triste, et pour la première fois, elle se demanda ce qui avait bien pu arriver à Mona dans le passé pour qu'elle n'ait personne pour lui rendre visite aujourd'hui. Peut-être avait-elle aussi perdu son véritable amour ? Peut-être qu'elle aussi avait eu le cœur brisé et que c'était pour cela qu'elle était si grincheuse ?

Lorsqu'elle eut terminé son tour, Lexi continua avec sa propre image.

Elle dessina une assiette de sushis, puis elle dessina Aaron. Parce qu'il était quelqu'un qui la rendait heureuse. Il l'avait fait.

Oh, si seulement il n'était pas parti ! Ou même s'il n'était jamais revenu à Lac Paradis, elle aurait pu s'épargner tout ce chagrin.

Après le cours d'art, Lexi alla dire au revoir à grand-père Murphy dans sa chambre. Mais il était en train de faire la sieste et elle voulait le laisser dormir tranquillement jusqu'à ce qu'il soit appelé pour le dîner.

Dans le couloir, elle tomba sur Miss Eliza, assise sur une chaise et souriant devant elle, et s'assit avec elle.

– Comment allez-vous, Miss Eliza ? demanda-t-elle.

Miss Eliza était, avec Vincent Highmore, la seule habitante de Lac Paradis à laquelle tout le monde s'adressait de manière aussi formelle. Lexi ne savait pas vraiment pourquoi, c'était comme ça depuis toujours. Cela avait peut-être un rapport avec le fait que cette femme était très riche et qu'elle avait habité dans cette magnifique villa de style colonial, la seule qui se trouvait directement sur la place de la ville. Mais peut-être n'y avait-il pas de raison particulière.

La vieille dame continuait à sourire, à regarder devant elle, et Lexi pensait qu'elle ne la remarquait même pas, mais elle dit :

– Je vais bien, merci. Je pense à l'homme que j'aime. Il s'appelait Robert.

– Oh, comme c'est gentil, répondit Lexi en attendant de voir si quelque chose allait venir.

Et en effet, Miss Eliza poursuivit :

– C'était il y a de nombreuses années… Je vivais avec ma famille dans une ferme, mon mari et mes enfants étaient partis pour quelques jours à une exposition agricole, et je suis restée seule. Soudain, une voiture s'est arrêtée devant notre ferme, un homme en est descendu et a demandé son chemin.

Les yeux de la vieille dame s'illuminèrent lorsqu'elle poursuivit son récit :

– Il était photographe, il voulait photographier les ponts de la région. Et nous sommes tombés amoureux.

Lexi se sentait mal à l'aise. Parce qu'elle trouvait déjà très étrange ce que Miss Eliza lui racontait. Parce que, pour autant qu'elle le sache, cette femme n'avait jamais été mariée. Et aussi parce que, en y réfléchissant, cette histoire lui semblait très familière.

– Robert est resté quelques jours chez moi, c'était la plus belle période de ma vie. Mais quitter ma famille pour lui, je ne pouvais tout simplement pas le faire. Ce n'est qu'après la mort de mon mari que j'ai retrouvé Robert. Malheureusement, lui aussi était déjà décédé, déclara Miss Eliza, une larme roulant sur sa joue.

Lexi lui prit la main. Parce qu'elle était infiniment désolée pour Miss Eliza. D'autant plus que l'histoire qu'elle lui avait racontée n'était même pas la sienne. Elle était tirée des *Ponts sur la rivière*, Lexi avait déjà vu le film plusieurs fois. Miss Eliza pensait-elle vraiment que cela lui était arrivé à elle, alors qu'elle avait passé toutes ces années seule dans cette immense maison ?

Miss Eliza la regarda avec tristesse. Et Lexi se demandait si elle au moins, quand elle serait vieille, aurait une histoire d'amour qui vaille la peine d'être racontée.

Après le travail, Lexi alla chercher une pizza à emporter chez Halle, car elle n'avait pas envie de cuisiner en ce moment, mais elle savait qu'elle devait manger quelque chose malgré tout.

Alors qu'elle sortait de la pizzeria avec sa pizza funghi, elle faillit percuter Ashleigh.

– Oh, désolée, dit-elle en faisant attention à ne pas laisser tomber le carton de la pizza.

– Pas de problème. En fait, je t'attendais ici. Je... voulais te dire quelque chose.

Lexi regarda Ashleigh avec impatience.

– Alors, je sais que Lindsay t'a parlé d'Aaron et de moi...

Le cœur de Lexi s'accéléra.

– Ne sois pas fâchée contre Lindsay, elle voulait juste faire ce qui était juste.

Lexi ne put rien faire d'autre qu'acquiescer.

– Elle avait supposé qu'il s'était passé quelque chose de plus entre nous et qu'il t'avait trompée. Mais, Lexi, quand c'est arrivé, vous n'étiez pas encore ensemble, précisa Ashleigh.

– Oui, je sais.

– Bien. Et il ne s'est rien passé d'autre. Nous nous sommes juste embrassés, c'est tout, tu dois me croire.

Le pouvait-elle ? Aaron lui avait tout de même dit qu'Ashleigh et lui s'étaient aussi « embrassés ».

– Eh bien, Aaron a dit que ça aurait été un peu plus, dit-elle avec difficulté.

Ashleigh fronça les sourcils et secoua la tête.

– Aaron ne se souvient de rien du tout. Il était bien trop ivre. On s'est embrassés, puis il s'est laissé tomber sur le lit et s'est endormi.

– Vraiment ?

– Oui, vraiment. Et il n'a pas arrêté de marmonner ton nom dans son sommeil.

Lexi ouvrit de grands yeux. Il avait fait ça ? Elle n'avait donc pas seulement imaginé qu'il y avait déjà eu une étincelle entre eux à ce moment-là ? C'est pour cela que l'événement avait été si dévastateur pour elle !

– Merci, Ashleigh, tu ne sais pas à quel point tu m'as aidée.

Elle se jeta au cou de la jeune femme et sourit, heureuse.

– De rien, répondit Ashleigh.

Ce soir-là, Lexi mangea à nouveau avec un véritable appétit, elle dormit profondément, et elle put enfin simplement regretter Aaron, sans cet arrière-goût de méchanceté.

Maintenant, tout dépendait d'Aaron. Et de l'importance qu'elle avait pour lui. Ce qu'elle ressentait, elle le lui avait fait savoir plus que clairement.

Chapitre 51

Aaron était assis dans l'avion et tenait la lettre dans sa main. Il la relut et ne put s'empêcher de sourire.

Cher Aaron,

Nous – Murielle, Delores et moi – devons t'écrire une fois. Car il semble qu'il y ait eu un malentendu. Entre-temps, nous avons appris que tu as entendu Donna, Edda et moi parler de Lexi et de toi au supermarché. Mais s'il te plaît, sois sûr que ce n'étaient que des paroles stupides, ni plus ni moins. Cela ne signifiait en aucun cas que Donna souhaitait déjà avoir des petits-enfants ou que quelqu'un s'attendait à ce que vous vous mariiez bientôt – ou même un jour proche. Nous, les commères, n'avons pas grand-chose pour nous tenir en haleine, et quand il y a quelque chose de nouveau dans notre petite ville, nous en parlons.

Je te prie de m'excuser !

Nous ne voulions pas t'effrayer. S'il te plaît, ne t'en prends pas à Lexi. Elle était enfin de nouveau si heureuse, elle rayonnait à tes côtés comme elle ne l'avait pas fait depuis longtemps. Elle t'aime vraiment, laisse trois vieilles femmes sages te le dire, et on ne reçoit pas souvent une telle affection dans la vie. Alors, ne laisse pas passer l'occasion – car on ne vit qu'une fois.

Avec mes salutations les plus cordiales, Delores, Murielle et Sadie.

On ne vit qu'une fois. Et il faut savoir saisir sa chance, c'est ce qu'Aaron avait finalement compris après avoir lu la lettre pour la première fois.

Il n'avait pas pris de décision tout de suite, mais voulait au moins dormir encore une nuit. Mais le lendemain matin, il y voyait plus clair que jamais. Il comprit enfin pourquoi il regardait toutes les femmes aux cheveux blonds bouclés dans Central Park, pourquoi il avait déjà mangé des sushis quatre fois depuis son retour, pourquoi il n'écoutait plus que des chansons d'amour et pourquoi il ne pouvait s'empêcher de penser aux moments qu'il avait passés avec Lexi.

Il l'aimait !

Oui, il l'aimait. Pour la première fois de sa vie, il était vraiment amoureux d'une femme, il voulait l'avoir à ses côtés – et pas seulement de l'autre côté du lit, mais toujours. Quand il se réveillait le matin, quand il buvait son café du matin, quand il rentrait du travail le soir et quand il se couchait. Lors de fêtes, les jours fériés, au cinéma, au restaurant ou en se promenant dans le parc. Il voulait lui parler quand il était triste, rire avec elle quand il était joyeux, lui raconter ses rêves et l'embrasser, l'embrasser encore et encore.

Comme ses lèvres lui manquaient déjà, et la sensation de chaleur lorsqu'ils étaient tout près l'un de l'autre.

Il aimait Lexi, il l'avait toujours su en secret, mais il ne l'avait pas bien compris. C'était la lettre de Sadie qui le lui avait fait comprendre. Et maintenant, il le *sentait* enfin : il ne pouvait pas, non, il ne voulait plus être sans Lexi.

Mais avant de retourner à Lac Paradis Aaron avait encore quelque chose à faire. Il voulait faire un peu de travail préparatoire et donner aux ouvriers suffisamment d'instructions pour qu'ils puissent se passer de lui pendant quelques jours. Et il voulait aussi obtenir quelque chose. Il espérait que cela montrerait à Lexi à quel point il était sérieux.

Lorsqu'il atterrit à Omaha le samedi précédant Halloween et qu'il désactiva le mode avion de son téléphone portable, il découvrit aussitôt un message de Simon qui le grondait de l'avoir encore laissé seul.

Je vais revenir. J'ai juste quelque chose d'important à faire.

Avec ce message, il tentait de rassurer Simon. Et ce n'était pas un mensonge. Car, bien sûr, il retournerait à New York. Il avait tout de même quelques projets en cours qui nécessitaient son attention. Et il garderait aussi son appartement.

Mais il rentrerait de temps en temps chez lui, à Lac Paradis, où Lexi vivait et où, espérons-le, elle l'attendait avec impatience. Il voulait oser s'engager dans une relation à distance, et ils verraient bien où cela les mènerait. Il voulait jouer le tout pour le tout. Si Lexi le voulait encore.

Si Lexi le voulait encore.

Chapitre 52

– Est-ce qu'il t'a contactée ? demanda Donna, avec qui Lexi était dans la cuisine en train de préparer des biscuits pour Halloween.

C'était un samedi après-midi, Lexi était en train de découper de la pâte avec un moule à citrouille et de la poser sur la plaque. Elle était plus joyeuse qu'elle ne l'avait été depuis longtemps. La radio diffusait *I Do* de Colbie Caillat, et elle dansait et chantait en même temps.

– Non, malheureusement pas, répondit-elle à sa mère.

– Oh. Je pensais juste... parce que tu es si joyeuse aujourd'hui.

Oui, Lexi aussi souhaitait que la raison de sa gaieté soit la présence d'Aaron.

aurait été qu'Aaron se soit manifesté, mais ce n'était pas le cas. Pourtant, elle se sentait beaucoup plus légère que lors de son départ il y a trois semaines, et elle avait toutes les raisons de l'être, selon elle.

– Non, non. Je me sens juste mieux. J'ai l'impression que l'avenir m'est à nouveau ouvert.

– Oui ?

Sa mère lui sourit, puis sortit une plaque toute prête du four.

– Oui.

Lexi prit à son tour une plaque de biscuits pas encore cuits et l'enfourna. Puis elle s'empara de l'emporte-pièce en bois.

– En plus, j'ai appris quelque chose qui… qui rend les choses un peu plus faciles pour moi.

– Le truc avec Ashleigh ? demanda sa mère.

Lexi leva les yeux au ciel. Dans cette ville, aucun secret n'était à l'abri.

– Il ne s'est absolument rien passé entre ces deux-là.

– Oui, je sais. Lindsay nous l'a déjà dit. Et aussi qu'elle est désolée d'avoir contribué à vous séparer.

Oui, Lindsay était aussi déjà venue s'excuser auprès de Lexi. Et Lexi lui avait pardonné.

– Oh, tu sais, maman, au fond, ce n'était pas vraiment la faute de Lindsay. Elle a peut-être déclenché quelque chose, mais il y avait d'autres problèmes entre nous.

Sa mère hocha la tête et prit les biscuits chauds sur la plaque avec une spatule.

– Dis-moi, sais-tu combien de temps prend une lettre d'ici à New York ?

Effrayée, Lexi fixa sa mère.

– Maman ! Pourquoi tu me demandes ça ? Qu'est-ce que tu as fait ?

– Rien du tout, répondit sa mère avec un air innocent, mais Lexi voyait très bien qu'elle cachait quelque chose.

– Est-ce que tu as écrit une lettre à Aaron ?

– Pas moi, non.

– Maman ! Dis-le-moi !

– Eh bien, je crois que je dois t'avouer quelque chose...

Lexi s'assit sur l'une des chaises de la cuisine.

– C'est parti !

– L'autre jour... il y a un peu plus de trois semaines, Sadie, Edda et moi étions en train de discuter au supermarché de Howie... et Aaron a dû l'entendre d'une manière ou d'une autre.

– Comment ça, *il l'a entendu* ?

– Eh bien, apparemment, il a tout entendu, avoua sa mère.

Oh, Lexi se sentait mal.

– Et de quoi avez-vous parlé ?

– Eh bien, de... de vous.

Lexi écarquilla les yeux, car elle pouvait très bien s'imaginer cette conversation.

– De quoi avez-vous parlé exactement ?

– Que vos enfants seraient sûrement mignons et que vous feriez un beau couple de mariés.

Oh, bonté divine !!!

– Digne ou à venir ?

– Quelle différence cela fait-il ? demanda sa mère, perplexe.

– Eh bien, une grande ! « Si » signifie que cela pourrait arriver, « si » signifie que c'est déjà décidé.

– Honnêtement, je ne le sais plus maintenant. Alors... Mais il se peut que nous ayons dit « vous ».

– Oh, maman ! Cela veut-il dire qu'il a pris la fuite à cause de vous ?

Maintenant, tout avait un sens ! Le fait qu'Aaron ait été si étrange lors de leur dernière soirée ensemble et qu'il lui ait dit qu'il n'était pas prêt à fonder une famille.

– Je suis vraiment désolée. Et Edda et Sadie aussi.

– Mais pourquoi je ne l'apprends que maintenant ? D'habitude, dans cette ville maudite, tout le monde sait tout.

– Eh bien, ceux qui ont été attentifs ont pu le lire dans le poème de Buddy vendredi dernier, il y a trois semaines, dit sa mère.

Lexi se remémora les poèmes des dernières semaines.

Oui, il y avait eu quelque chose avec le supermarché et les pieds froids. Mais on avait tout de suite supposé qu'il s'agissait encore du père disparu de Buddy et de son orteil gelé !

Bon sang, si elle avait su de quoi parlait vraiment le poème… Elle n'aurait rien pu faire.

N'est-ce pas ?

Bien sûr, elle aurait pu appeler Aaron maintenant ou même aller à New York pour mettre les choses au clair. Mais apparemment, quelqu'un d'autre l'avait déjà fait.

– Maman, qui a écrit une lettre à Aaron ? osa-t-elle demander.

– C'était Sadie. Avec Delores et Murielle.

– Oh, pourquoi donc ?

– Eh bien, parce qu'elle voulait se racheter. C'est ce que nous voulons tous.

– Ah, et pourquoi es-tu si sûre que vous n'avez pas aggravé les choses en faisant cela ?

Après tout, elle n'avait pas de nouvelles d'Aaron jusqu'à présent.

– Je ne sais pas.

Sa mère tira une chaise, s'assit à côté d'elle et posa une main sur la sienne.

– Nous devions au moins essayer, ma chérie.

Lexi hocha la tête. Mais l'ambiance joyeuse s'était envolée.

Une fois que tous les biscuits furent sortis du four et que Lexi eut décoré les citrouilles avec de la glace orange et les sorcières avec de la glace noire, sa mère lui demanda si elle avait aussi faim.

– En fait, non. J'ai déjà tellement grignoté de ces biscuits que j'ai la nausée.

– Mais chez Jamie, il n'y a de la délicieuse paella espagnole que jusqu'à demain, et là, nous mangeons déjà à la fête de Jonah et May.

En effet, demain avait enfin lieu le baptême du petit Aaron.

– Aujourd'hui, c'est donc notre dernière chance de la goûter. Tu ne veux pas aller nous chercher deux portions pendant que je fais le ménage ?

– D'accord, dit-elle.

La paella avait l'air vraiment délicieuse, et il faudrait peut-être qu'elle mange quelque chose de vrai à côté de toutes ces sucreries.

– Tu n'as pas besoin d'apporter quoi que ce soit pour ton père, il a déjà annoncé que Bertram essaierait son nouveau barbecue aujourd'hui et qu'on s'occuperait de lui là-bas.

Ian était parti depuis des heures pour jouer aux cartes avec le bourgmestre et le pasteur, car il n'avait pas envie de faire des biscuits.

Lexi enfila sa veste et se mit en marche. Au Paradis de Jamie, elle tomba sur Nolan, assis au comptoir, en train de discuter avec Jamie tout en buvant un coca. Delores et George étaient assis à l'une des tables et lui faisaient signe.

– Deux paellas à emporter, s'il vous plaît, dit-elle à Jamie, qui transmit aussitôt la commande à la cuisine.

– Comment ça va, chérie ? demanda Nolan.

– Oh, ça va, merci de demander. Et toi, comment vas-tu ?

Elle se demandait encore s'il y avait du vrai dans l'affirmation d'Aaron et si Nolan et Jamie avaient vraiment une relation. Mais Lexi avait gardé l'affaire pour elle et elle continuerait à le faire, car les rumeurs ne sont pas une fatalité.

Les ragots peuvent faire des ravages, comme elle l'a malheureusement appris elle-même ces derniers temps.

– Tout va bien.

Nolan rayonnait en quelque sorte.

– J'en suis ravie. As-tu déjà goûté la paella ?

– Non, parce que je suis pescetarien, tu ne le savais pas ?

Elle secoua la tête.

– Ça veut dire quoi exactement, déjà ?

Elle ne comprenait plus rien à tout ce discours de végétalien-ovo-lacto-végétarien-frutarien.

– Ça veut dire que je mange du poisson, mais pas de viande.

– Ah bon.

Encore une fois, Lexi apprit quelque chose.

– En quoi vas-tu à la grande fête d'Halloween ? lui demanda Nolan.

Mais elle se rendit compte qu'en fait, il voulait qu'elle lui demande en quoi *il* allait. Il était en effet le champion des costumes à Lac Paradis. L'année dernière, il s'était déguisé en pompier, l'année précédente en policier. Et à chaque fois, il avait l'air d'un vrai, car il savait exactement comment se procurer les meilleures tenues.

– Je pense que je ne vais pas me déguiser du tout, répondit-elle.

– Oh, allez, ce n'est pas possible. Tout le monde va se déguiser !

Oui, il avait raison. Car Halloween était *le* point culminant du mois d'octobre, il y aurait à nouveau une parade et plein de fioritures sur la place de la ville. Le meilleur costume et la plus grande citrouille seraient également récompensés.

– Eh bien, peut-être que je vais juste mettre un chapeau de sorcière et tenir un balai dans la main ou quelque chose comme ça, dit-elle.

– Lexi, Lexi, Lexi, je n'aime pas du tout ça.

Elle haussa les épaules.

– En quoi iras-tu cette année ? En cow-boy ou en Indien ?

Dans ce cas, il aurait bientôt fait le tour de tous les Village People.

Nolan rit.

– Non ! J'y vais en épouvantail. Celui du *Magicien d'Oz*. Et en fait, je pensais que je pourrais peut-être te convaincre d'y aller en tant que Dorothy.

– Désolée, Nolan, mais je n'ai même pas de chaussures rouges. Facile l'année prochaine, d'accord ?

– Bon, d'accord.

Nolan avait l'air affligé et Lexi se demandait qui elle pourrait lui proposer à la place de Dorothy lorsqu'elle entendit une voix derrière elle :

– Alors, il y a enfin du cambodgien cette semaine ?

Son cœur fit un bond. Un grand sourire sur le visage, elle se retourna.

– Non, malheureusement. Cette semaine, il y a une spécialité espagnole, et la semaine prochaine, une spécialité turque.

– Quel gâchis ! Alors je suis revenu pour rien.

Aaron lui sourit avec insolence.

Lexi regarda brièvement Nolan, qui lui sourit et lui donna un coup de pouce dans la direction d'Aaron.

Elle se dirigea vers lui.

– Tu es de retour, constata-t-elle, heureuse.

– Oui, je le suis. Cependant, pas vraiment pour la nourriture, mais parce que je voulais te donner quelque chose.

Il sortit quelque chose de derrière son dos et le lui tendit. C'était une boîte à pain rose avec une licorne dessus, elle ne ressemblait pas exactement à celle de l'époque, mais elle en était assez proche.

– Tu m'offres une boîte à pain ? demanda-t-elle, les larmes aux yeux.

– Regarde ça ! entendit-elle Delores dire à George.

Aaron lui prit la main libre.

– Je me suis dit que je pourrais peut-être me racheter un peu et redevenir ton héros, dit-il.

– Tu n'as jamais cessé d'être mon héros, répliqua Lexi en l'embrassant, pleine de nostalgie et de soulagement.

Et tout le monde dans le restaurant se mit à applaudir.

Lorsqu'ils se séparèrent enfin, Jamie l'appela pour lui dire que son repas était prêt.

– Tu me prépares une troisième portion ? lui demanda-t-elle.

Puis elle dit à Aaron :

– J'espère que tu as envie d'une paella et de biscuits en forme de citrouille ? Parce que ma mère et moi en avons fait plein aujourd'hui pour la fête d'Halloween de lundi.

– Halloween est aussi fêté ici ?

– Mais bien sûr. Si tu es toujours là, on pourra aller voir le défilé ensemble ou même participer au concours de costumes, si tu veux.

– Hé, je croyais que tu ne voulais pas te déguiser ? demanda Nolan, indigné.

– Tais-toi, Nolan, lui siffla-t-elle.

Puis elle regarda Aaron avec expectative.

Aaron sourit et dit :

– Je serai certainement encore là.

Épilogue

Halloween à Lac Paradis. Murielle, Sadie et Delores étaient assises au Café Paradis et parlaient de leurs costumes.

– Abigail et moi allons nous déguiser en chats, raconta Murielle avec excitation, car la tradition voulait que les trois ne se dévoilent que le matin d'Halloween en qui ou en quoi elles allaient à la fête l'après-midi. J'ai cousu les costumes moi-même.

– Oh, je suis impatiente, dit Sadie, qui avait déjà enfilé son costume de Mary Poppins, car elle devait ouvrir le glacier juste après le petit déjeuner, comme toujours.

Elle se tourna vers Delores.

– Et toi et George, en quoi vous y allez ?

Delores sourit.

– Cette année, nous sommes le Petit Chaperon rouge et le loup.

– Oh ! Alors j'espère juste que *tu* seras le Petit Chaperon rouge et pas George, dit Murielle en riant, et les autres se mirent d'accord.

Même Nolan, qui venait de s'approcher de la table et de distribuer gratuitement des biscuits d'Halloween.

– Vous savez déjà en quoi y vont Lexi et Aaron ? demanda-t-il en espérant qu'elles ne le sachent pas encore.

– Je le sais par Donna, répondit Sadie.

– Chut ! Ne le dites pas ! Vous autres, vous le savez déjà ? demanda Nolan.

Murielle et Delores secouèrent la tête.

– Ils y vont en tant qu'Elvis et Priscilla Presley, leur révéla-t-il.

– Oh, je trouve ça génial. Je suis sûre qu'ils vont gagner le concours de costumes, dit Delores.

– C'est bien possible.

Murielle hocha la tête.

– Et Wyatt a toutes les chances de remporter le prix de la plus grosse citrouille.

– Mais depuis quand Wyatt cultive-t-il des citrouilles ? demanda Sadie.

– Depuis qu'il a déménagé à l'Allée du Paradis. Il a une petite serre dans le jardin arrière, révéla Murielle.

Oh, pensa Delores. Il y avait donc parfois des choses secrètes dans cette ville qui étaient révélées au grand jour.

– Alors je lui souhaite beaucoup de succès, dit-elle.

– Merci. J'espère qu'il ne sera pas appelé en mission pendant la cérémonie de remise des prix, dit Murielle.

– Oh, que peut-il arriver ? demanda Nolan, et il avait raison.

Depuis l'incident avec Gene Keller, il ne s'était rien passé de grave et Gene s'était heureusement calmé.

– Eh bien, pensez au sac de chips de maïs qui a été volé au musée, dit Sadie.

– Dégoûtant ! Il n'était pas périmé depuis longtemps ?

Nolan fit une grimace.

Sadie haussa les épaules.

– C'est peut-être le maire lui-même qui a voulu se faire un peu de publicité.

C'était bien possible, car le vol des chips de maïs avait fait la première page de la *Gazette Paradis*.

C'était à ce moment-là que Lexi et Aaron étaient entrés dans le café et avaient commandé deux latte macchiato aromatisés à la citrouille. Nolan les prépara lui-même, ajouta beaucoup de poudre de citrouille orange et leur souhaita beaucoup de plaisir pour la fête d'Halloween. Il ne leur avait pas souhaité bonne chance pour le concours, car il espérait encore pouvoir en sortir vainqueur. Avec Trish en tant que Dorothy à ses côtés, rien ne pouvait aller de travers.

– Merci, amuse-toi bien toi aussi, dit Lexi en rayonnant comme la citrouille la plus lumineuse.

Puis elle prit le gobelet de café chaud dans une main et tendit l'autre à Aaron, qui la saisit.

– Ne forment-ils pas un beau couple ? demanda Delores une fois qu'ils furent sortis du café.

Les trois commères, ainsi que Nolan, les regardèrent partir par la fenêtre.

– Oui, c'est un très beau couple, approuva Sadie. Et je suis vraiment contente que nous y ayons contribué un peu.

Aaron lui avait offert un bouquet de fleurs à son retour et l'avait remerciée pour sa lettre.

Murielle hocha la tête. Puis elle désigna Buddy, qui distribuait aujourd'hui le poème en compagnie de sa mère. Ils avaient repris leur look de partenaires, tous deux portaient un jogging orange et un serre-tête avec une citrouille qui se balançait sur la tête. Même le poème semblait être écrit aujourd'hui sur un papier orange, une fois n'est pas coutume.

– Faites attention, ils vont finir par faire la course, dit Murielle.

Sadie rit, puis demanda :

– On y va, mesdames ? Nous avons beaucoup de travail à faire.

Et elle ne parlait pas seulement de cette journée, des costumes et de tout ce qu'impliquait Halloween, mais aussi et surtout de toutes les personnes qui avaient besoin de son aide.

Car une fois que l'on avait commencé à réunir des amoureux, on ne pouvait pas s'en lasser. Et il y avait encore quelques habitants de Lac Paradis à qui il fallait donner un petit coup de pouce…

La Playlist de Lexi

Ce que je ne ferais pas – A Fine Frenzy
You're Somebody Else – Flora Cash
My Little Corner of the World – Yo La Tengo
Talking to the Moon – Bruno Mars
Memories – Maroon 5
Shallow – Lady Gaga & Bradley Cooper
Feel Again – OneRepublic
Borderlines – Hollow Coves
Say I Am – Gavin DeGraw
Hello Sunshine – Super Furry Animals
Sunrise – Norah Jones
Sleepy Little Town – The White Buffalo
Count Me In – Early Winters
I'm Gonna Be (500 Miles) – Sleeping at Last
Don't Stop Believin' – Journey
Nights in White Satin – The Moody Blues
Halo – Beyoncé
I Do – Colbie Caillat
Home – Phillip Phillips
The Greatest – Lana Del Rey

Les recettes de Lac Paradis

Beignets de maïs de Lydia

INGRÉDIENTS POUR ENV. 40 PIÈCES

250 g de fécule de maïs
200 g de farine de blé
1 cuillère à café de sel
Poivre selon les goûts
Poivre de Cayenne selon les goûts
2 cuillère à café de levure chimique
500 ml de lait ou de substitut végétal
3 cuillères à soupe d'huile d'olive
1 petit oignon
150 g de maïs en grains en boîte
2 cuillères à café de ciboulette hachée (fraîche ou surgelée)
1 litre d'huile de colza ou de tournesol

Mélanger la fécule de maïs, la farine de blé, le sel, le poivre, le poivre de Cayenne, la levure chimique, le lait et l'huile d'olive pour obtenir une pâte homogène. Ajouter l'oignon épluché et haché menu, les grains de maïs égouttés et la ciboulette.

Chauffer l'huile de friture dans une casserole et y verser une cuillère à soupe de pâte. Dès que la pâte flotte sur le dessus, retourner les beignets à l'aide d'une écumoire et les retirer lorsqu'ils sont dorés. Laisser égoutter sur du papier absorbant et déguster chauds.

Soupe de maïs Lexis

INGRÉDIENTS POUR 4 PERSONNES

1 petit oignon rouge
1 gousse d'ail
1 cuillère à soupe d'huile d'olive
1 petit poivron rouge
100 g de pois mange-tout
150 g de champignons shiitaké (frais ou séchés)
200 g d'épis de maïs miniatures (frais ou en bocal)
1 cuillère à café bombée de pâte de curry jaune (en verre)
1 cuillère à café bombée de bouillon de légumes (en poudre)
400 ml de lait de coco
600 ml d'eau
Sel

Couper l'oignon en gros dés, le mettre dans une casserole avec la gousse d'ail hachée et les faire revenir dans l'huile d'olive. Couper les poivrons en lanières, les pois mange-tout et les mini-épis de maïs en deux en biais, les champignons shiitaké en deux.

Faire tremper les légumes séchés pendant une heure dans de l'eau chaude, mettre le tout dans la casserole et faire revenir pendant deux ou trois minutes. Ajouter la pâte de curry et le bouillon de légumes en poudre, remuer le tout, puis ajouter le lait de coco et enfin l'eau. Laisser mijoter le tout à feu moyen pendant dix à quinze minutes. Assaisonner avec du sel et servir dans de petits bols à soupe.

Des cubes de tofu grillés, de la coriandre fraîche hachée ou des feuilles de basilic peuvent servir de garniture.

Donnas Peach Pie

INGRÉDIENTS POUR UNE TARTE POUR LA PÂTE

375 g de farine
100 g de sucre
1 pincée de sel
225 g de beurre froid ou de margarine
2-3 cuillères à soupe d'eau froide

POUR LA GARNITURE

1 kg de pêches (fraîches ou en boîte)
100 g de sucre
3 cuillères à soupe de fécule de maïs
1 cuillère à café de cannelle
Un peu de lait ou d'alternative végétale
2 cuillères à soupe de sucre brun

Mettre la farine, le sucre et le sel dans un récipient et les mélanger. Ajouter le beurre/la margarine en petits morceaux et travailler la pâte. Ajouter suffisamment d'eau froide pour que la pâte soit souple, mais ferme. L'envelopper dans un film alimentaire et la mettre au réfrigérateur pendant une demi-heure.

Retirer la peau des pêches fraîches et les dénoyauter ou laisser égoutter les moitiés de pêches en boîte. Les couper en gros cubes et les mélanger avec le sucre, la fécule de maïs et la cannelle dans un saladier supplémentaire.

Sortir la pâte du réfrigérateur et la couper en deux. Étaler les deux moitiés sur une surface farinée. Déposer une moitié dans un moule à tarte ou à gâteau graissé (26-28 cm de diamètre) en veillant à ce que les bords remontent jusqu'au bord. Piquer le fond à quelques reprises avec une fourchette. Verser la garniture aux pêches. Découper la deuxième moitié de pâte abaissée en bandes et les placer sur la garniture en formant un quadrillage. Appuyer sur les extrémités et découper l'excédent de pâte.

Faire dorer pendant quarante à quarante-cinq minutes dans le four préchauffé à 180 °C à chaleur tournante sur une grille moyenne.

Conseil de Donna : déguster chaud avec une boule de glace à la vanille.

Remerciements

Une nouvelle maison d'édition, une nouvelle série de livres, une nouvelle étape de ma vie. Je tiens tout d'abord à remercier les gens merveilleux de Rowohlt de m'avoir si chaleureusement accueillie.

Un grand merci à ma nouvelle éditrice, Ditta Friedrich, pour m'avoir soutenue avec des suggestions d'amélioration incroyables, tout en me permettant de rester fidèle à mon style d'écriture – Ditta, je pense que nous avons réussi à faire un livre vraiment merveilleux, et je me réjouis déjà de faire d'autres excursions ensemble à Lac Paradis.

Merci aussi, comme toujours, à Anoukh Foerg, le meilleur agent du monde, qui, dès le début, a vu plus en moi que tous les autres – Anoukh, ma gratitude est infinie.

Merci à ma famille, qui comprend désormais si bien quand j'ai besoin d'être seule et de me reposer complètement pour vivre pleinement dans mon propre monde (de livres) – je reviens toujours avec plaisir vers vous et vous aime de tout mon cœur.

Merci aussi à mes collègues auteurs qui me donnent toujours de bons conseils, en particulier Roberta Gregorio et Anne Sanders. Un grand merci également à Maria Dürig, Britta Dubber, Jana Voosen et Angela Kuepper – vous savez pourquoi.

Un grand merci également aux libraires et aux bouquinistes qui intègrent toujours mes livres dans leur assortiment et les placent souvent si joliment.

Et pour finir, je voudrais bien sûr remercier mes chers lecteurs et lectrices fidèles ainsi que les merveilleux blogueurs et blogueuses de livres de me soutenir activement depuis tant d'années – vous êtes les meilleurs *followers* que l'on puisse souhaiter en tant qu'auteur.

Sous la direction de : Ambre Rouvière
Assistante éditoriale : Brune Valton, Prescillia Lutumba
Correction : Nord Compo
Composition : Nord Compo
Conception graphique de la couverture : Nord Compo
Illustration de couverture : © Prisma Media

Depuis 2009, Prisma Media met en place une politique d'achat écoresponsable. Ainsi, près de 100 % du papier de nos magazines est certifié PEFC (gestion durable des forêts). La fabrication des livres des Éditions Prisma s'inscrit également dans cette démarche.

Dépôt légal : septembre 2025 – n° 506.656
Achevé d'imprimer en France par : Laballery